ANTONELLA SBUELZ

Heute gehe ich NICHT nach HAUSE

ROMAN

Aus dem Italienischen von Michaela Heissenberger

Arctis

Die Originalausgabe erschien 2021 unter dem Titel *Questa notte non torno* bei Feltrinelli Up, Mailand.

Questo libro è stato tradotto grazie a un contributo del Ministero degli Affari Esteri e della Cooperazione Internazionale italiano.

Die Übersetzung dieses Buches wurde durch einen Übersetzungszuschuss des Italienischen Ministeriums für auswärtige Angelegenheiten und internationale Zusammenarbeit ermöglicht.

Deutsche Erstausgabe
1. Auflage 2023
© Atrium Verlag AG, Zürich 2023
(Imprint Arctis)
Alle Rechte vorbehalten
Text © Antonella Sbuelz, First published in Italy by Giangiacomo Feltrinelli Editore Milano in 2021.
This edition published in arrangement with Grandi & Associati.
All rights reserved including the rights of reproduction in whole or in part in any form.
Übersetzung: Michaela Heissenberger
Lektorat: Leona Eßer
Umschlaggestaltung: Niklas Schütte unter Verwendung von Bildern von www.istockphoto.com: 1300870482, © YorVen / 486360649, © lukas_zb
Satz: Pinkuin Satz und Datentechnik, Berlin
Druck und Bindung: CPI books GmbH, Leck
Printed in Germany 2023
ISBN 978-3-03880-066-8

www.arctis-verlag.de
Folgt uns auf Instagram
unter @arctis_verlag

*Meinen Schülerinnen und Schülern
von heute und von gestern.
Weil ich weiß, dass ich von jeder
und jedem von ihnen etwas gelernt habe.*

Prolog

Was einen Fuß zum Fuß macht

Der menschliche Fuß besteht aus drei Abschnitten, sechsundzwanzig Knochen, einhundertsieben Bändern und zahlreichen Sehnen.

Anders als bei der Hand lassen sich die Muskeln des Fußrückens von denen der Fußsohle unterscheiden.

Nach einer üblichen Einteilung der Fußformen gibt es:

den ägyptischen Fuß, bei dem die große Zehe länger ist als die zweite Zehe;

den griechischen Fuß, bei dem die zweite Zehe länger ist als die große Zehe; und

den römischen Fuß, bei dem die große Zehe und die zweite Zehe gleich lang sind.

Die Füße beginnen sich, wie die Hände, etwa in der achten Schwangerschaftswoche herauszubilden, wenn der Embryo durchschnittlich ein Gramm schwer und etwa 1,6 Zentimeter lang ist und weibliche oder männliche Geschlechtsmerkmale entwickelt.

Michelangelo nannte den menschlichen Fuß »ein Kunstwerk und ein Meisterwerk der Ingenieurskunst«.

In der chinesischen Gesellschaft wurde der weibliche Fuß jahrhundertelang durch eine schmerzhafte Prozedur im Alter von üblicherweise drei bis zehn Jahren künstlich deformiert, um ihn extrem klein und zart zu halten, sodass damit nur zögerliches

Gehen möglich war, scheinbar graziös, doch auf der ständigen Suche nach Gleichgewicht, zwischen Standfestigkeit und Sturz, Hinfallen oder Abheben.

Auf den Füßen lastet das ganze Gewicht des oft zu wohlgenährten Körpers. Nicht selten werden sie vernachlässigt und in schädliches Schuhwerk gezwängt.

In einer Stunde können sie durchschnittlich 8000 Schritte zurücklegen.

Wie schon oft in der Vergangenheit, tragen die Füße des Menschen auch heute wieder die Hauptlast langer und beschwerlicher Migrationen von einem Teil des Planeten zum anderen.

Doch du geh. Bleib nicht stehen.

Auch barfüßige Prinzen sind den Gefahren der Straße gewachsen.

Horizonten jenseits des Horizonts, Himmel über unbekannten Landstrichen, Jahreszeiten neuer Herausforderungen unter fern scheinenden Monden.

Keiner soll deine Schritte einsperren. Keiner wage es, dein Schicksal aufzuhalten.

Heute lernst du, nicht zurückzuschauen.

Heute gehst du nicht nach Hause.

Aziz

Ich heiße Aziz, ich bin müde und erschöpft.
Aber ich gehe weiter, denn ich habe starke und gute Füße.
Die Kraft kommt von unten.
Das Wichtigste sind die Füße.
Ich erinnere mich nicht mehr an die Namen all der Grenzen, die wir überquert haben, seit wir aus Kabul fortgegangen sind.
Aber an viele Bilder erinnere ich mich.
Ein Pferd mit kurzem schwarzem Fell, das den Kopf hob und uns anblickte, auf dem Weg nach Iran.
Ich hätte es gern gestreichelt, aber Papa sagte mit einem Blick Nein.
Ein alter Kurde, der mir Wasser, Joghurt und einen Granatapfel anbot, auf dem Weg in die Türkei.
Und Papa sagte mit dem Blick Ja.
Die schneebedeckten Berge und der eiskalt pfeifende Wind, der die Haare eines Mädchens im roten Anorak fliegen ließ, auf dem Weg nach Sofia.
Und die leichten Rauchwolken meines Atems, wenn ich inmitten der anderen in meinem Schlafsack zu schlafen versuchte, im alten Bahnhof von Belgrad, wo wir zwei Monate lang gelebt haben. Bis zu dieser Nacht im Februar. Bis vor ganz wenigen Stunden.
Aber jetzt zählt nur diese Straße.
Es zählt nur diese neue Grenze, die wir noch überqueren müssen: ein Hindernis aus Stacheldraht, eine Mauer zwischen Serbien und Ungarn. Und die Kälte, die sich in meinen Schuhen breitmacht, bis unter die Nägel vordringt.

Nur die Schritte zählen, nur die Füße.
Und in den Füßen die Kraft weiterzugehen.

Wir sind nachts losgegangen. Ich. Mein Vater. Mein Onkel Ahmad. Als alle schliefen.

Als ich den Pullover überzog, sprach einer im Schlaf, in irgendeiner pechschwarzen Ecke zwischen Wänden, Schlafsäcken und Finsternis. Aber ich habe die Worte nicht verstanden.

Es sind nutzlose, verbrauchte Worte, wie die tote Haut der Schlangen.

Worte, denen niemand zuhört. Worte, die von einem Krieg erzählen, einer zurückbleibenden Familie, einem bestochenen Wächter, einer Grenze.

Worte, die ich schon kenne.

Manchmal ist irgendetwas anders in diesen Geschichten. Aber es sind immer nur Details. Ein Land, eine überwundene Grenze, wie sie überwunden wurde, wie viel Geld im Voraus bezahlt werden musste. Oder mit welchem Auto die Reise losging.

Wir sind mit einem Simorgh Want Jeep in Kabul gestartet.

Fünfzehn Erwachsene und ich. Wir haben uns zusammengedrückt. Aneinander gedrängt, gepresst, geknäuelt. Damit wir hineinpassten, haben wir uns fühllos gemacht wie Ziegen in einem zu kleinen Pferch, mit Köpfen, die aneinanderschlugen bei jedem Schlagloch, jeder Kurve, jedem Rand des Straßengrabens. Dann die Hitze, die beißenden Krämpfe, der Schweiß, der Staub, der im Hals kratzt. Das Auto zurücklassen, zu Fuß weitergehen, sich einem neuen Führer anvertrauen, der dir vielleicht helfen will, vielleicht aber auch bereit ist, dich zu verkaufen, zu verraten, weiteres Geld zu verlangen, damit er dich nicht den Grenzwächtern ausliefert.

Und immer, vor allem anderen, der Durst.

Die Reise ist für alle dieselbe.
Zuerst war es kämpfen oder fliehen.
Jetzt ist es nur noch hoffen und durchhalten.
Was dann kommt, weiß man nicht.

Uns verbindet der Lebensinstinkt, dieses Zusammennehmen aller Kräfte, wie es die Ameisen im Herbst machen: Beladen mit enormen Gewichten, marschieren sie dennoch vereint.

Uns verbindet dieses Gehen im Dunkeln. Und der Glaube an ein Ankommen. Und die Angst.

Aber meine Geschichte ist anders.

Auch weil ich zwei in einem bin: zwei Namen, zwei Alter, zwei Wahrheiten.

Und ein Geheimnis, das die beiden zusammenhält.

Ja, meine Geschichte ist anders.

Ich habe sie nie jemandem erzählt.

Mattia

»Was machst du denn für ein Drama?!«, frage ich Argo. Argo schaut mir ungeduldig zu, während ich mit seinem Futter herumhantiere.

Er zappelt, drückt seine Schnauze an mich, stürzt sich auf die Dose, die ich zu öffnen versuche, reibt sich an meinen Beinen und meinem Arsch. Wenn er Hunger hat, verliert er jeden Anstand.

»Was soll das?!«, schnauze ich ihn an. »Sei nicht so gierig!«

Er stoppt, einen Moment lang perplex, ein Ohr heruntergeklappt und eines hochstehend.

Dann macht er weiter. Ein Stückchen Hundefutter fällt auf meinen linken Schuh: eine glibbrige Beleidigung meiner nagelneuen weißen Nikes. Ich rubble die Beleidigung mit Zewa weg, aber alles, was ich erreiche, ist, dass die Gelatine sich ausdehnt wie eine Riesenfresszelle und als ekliger Fleck die Schuhspitze ruiniert.

Ich schütte die ganze Dose in Argos Schüssel, während er über meine Finger schlabbert und sie mit der Schnauze wegschiebt. Dann stürzt er sich mit dem ganzen Nachthunger eines zweijährigen Labradors, der schon über dreißig Kilo wiegt, auf sein Frühstück.

Wenn das Verhältnis 1 Hundejahr = 7 Menschenjahre stimmt, ist Argo ein Jahr jünger als ich.

Nur dass er nicht in die Schule muss, und das scheint mir um diese Morgenstunde kein schlechter Vorteil zu sein.

Ich schaue aufs Handy: schon zehn Minuten …

»Zu spät!«, schreit Mama aus dem Bad. »Du bist schon wieder zu spät, Mattia!«

»Stimmt nicht!«, schreie ich zurück. Nie was zugeben, nicht beim ersten Mal. »Und außerdem ... bin ich fertig. Ich gehe!«
»Zähne?«, fragt sie aus dem Flur, während sie in einen Stiefel steigt.
»Stark und gesund. Kein Wackelzahn.«
»Spinner. Sind sie geputzt oder nicht?«
»Mama, ich bin fünfzehn!«
»Und hast Angst vor der Zahnbürste.«
Mama erscheint im Türrahmen. Sie zieht den zweiten Stiefel hoch, während sie auf einem Bein herumhüpft, schlüpft in den Mantel, wickelt sich den Schal um.
»Und wenn du aus der Schule kommst, räum dein Zimmer auf. Da liegen überall Kleider herum! Und Socken, die nach Ziegenkäse stinken.«
»Wennschon Stilton, nicht Ziegenkäse.«
Mama nagelt mich mit einem Mörderblick fest.
»Ich hoffe, in London hast du mehr gelernt, als englische Käsesorten am Geruch zu erkennen.«

Während ich den letzten Keks in den Mund stecke, nahrhaft durch eine Schicht Nutella, werfe ich einen Blick aus dem Fenster. Es schüttet. Es ist Montagmorgen. Heute werde ich in Mathe drangenommen. Es sind noch fast zwei Monate bis zu den Osterferien. Marco, mein bester Freund, ist gestern nach Frankreich abgereist. Sechs Monate Schüleraustausch in Vichy. Sechs Monate aus der Welt.

Bei dieser Planetenkonstellation könnte mich nicht einmal Black Widow, die sich vor dem Kühlschrank materialisiert, von meiner Depression erlösen.

Ich streiche Argo über den Kopf, nehme den Rucksack, öffne die Tür.

»Hey, gehst du einfach so?«, fragt Mama, während sie ihren Kaffee austrinkt.

»Nein, Telegramm folgt.«
»Dir auch einen schönen Tag!«, höre ich ihre Stimme beim Rausgehen. Ich winke Ciao Ciao und springe die Treppe hinunter. Der Bus ist voll. Ich stehe. Ein Ellbogen trifft mich in die Rippen, ein Stoß zwischen Schulterblatt und Nacken.
Der Rucksack wiegt circa zwanzig Kilo.
Der Regen schlägt gegen die Scheiben.
Der Himmel ist grau. Die Welt ist grau.
Meine Laune logischerweise: dunkelgrau.
Ich öffne WhatsApp.

Die Mathe-Prof ist eine Aushilfe, erst seit zwei Wochen da, also versuchen wir seit dreizehn Tagen, Infos über sie zu kriegen: ein effizientes Spionagenetzwerk über fünf oder sechs Schulen hinweg. Die Kommentare ihrer Ehemaligen, die in unserem Klassenchat landen, reichen von geistreich (Humanistisches Gymnasium) bis kurz und knackig (Hotelfachschule).

```
Frage: Wie ist die Sabbatucci so? Wie prüft sie? Help! ☹
```

- ```
  Antwort 1: Chillt mal. Kaum schlimmer als ein
  Gestapoverhör.
  ```
- ```
  Antwort 2: Ein Herzchen. Der Legende nach hat sie
  mal drei Osterlämmer gerettet. Nachdem sie zwanzig
  geschlachtet hatte.
  ```
- ```
  Antwort 3: Macht ihr euch verrückt?! Ich hab eine 4-
  gekriegt, nach nur drei Wochen Lernen ☺
  ```
- ```
  Antwort 4: Zuckersüß. Wenn du Diabetiker bist.
  ```
- ```
  Antwort 5: Gebrauchte Gebetskerzen günstig abzugeben.
  Wir empfehlen die Abnahme der Großpackung.
  ```
- ```
  Antwort 6: Die beste Lehrerin, die ich je hatte:
  verständnisvoll, beruhigend, sogar einfühlsam. Wenn
  sie prüft, sorgt sie dafür, dass du dich wohlfühlst,
  korrigiert gutmütig kleinere Fehler und nutzt die
  ```

größeren, um dir noch einmal das Prinzip zu erklären, das du nicht verstanden hast. Im Dezember kommt sie als Weihnachtsmann verkleidet, begleitet von ihrem Schäferhund, der ein rotes Mäntelchen und Rentiergeweih trägt. Zu Ostern verteilt sie Überraschungseier mit personalisiertem Inhalt. Deine Schwächen tadelt sie mit der Zuneigung einer Mutter, die gerade deine Lieblingstorte auf den Tisch stellt. Wenn du bei einem Test kein Genügend erreichst, betrachtet sie deine Wissenslücken als Scheitern ihrer persönlichen Lehrmethode und wird sich in Zukunft mehr Mühe geben. Sie ist umgänglich und entgegenkommend und zudem eine außerordentlich fähige Lehrkraft.
Gezeichnet: AL ZHEIMER ☺☺☺

Suuuuuper. Jetzt bin ich aber voll beruhigt.

Zwischen 07:40 und 08:00 Uhr stürzen von Montag bis Freitag an dieser exakten Stelle des Planeten Erde Raum und Zeit ineinander zu einer modernen Version des Urchaos: Busse, Scooter, Autos und Fahrräder spucken mehrere Tausend Schülerinnen und Schüler auf die Gehwege, alle unterwegs in ihre jeweilige Schule. Es ist bloß das Schulzentrum von Udine, meiner Stadt, aber für rund zwanzig Minuten verwandelt es sich in einen Verkehrsknotenpunkt von Shanghai. Wenn du nicht früher kommst, hast du Pech gehabt. Der Big Bang bäumt sich auf zu einer Schlange und verschluckt dich wie einen Frosch.

Inmitten der Schreie und Rempeleien anderer Frösche stelle ich fest, dass mein Schirm klemmt.

Nach x Versuchen geht er immer noch nicht auf. Von der Bushaltestelle zum Schuleingang sind es weniger als zweihundert Meter, aber heute reicht das für eine gründliche Dusche.

Als ich endlich das Foyer erreiche, bin ich klatschnass und durchgefroren.

Die erste Klingel ist schon seit einer Weile vorbei.

»Hey, du!«
Meint die mich? Ich drehe mich um.
Es ist die Zwölf. Zwölf ist keine Personalnummer. Zwölf ist die Höhe der Absätze, die die Hausmeisterin trägt, jeden Tag, im Sommer wie im Winter.
An unserer Schule laufen Wetten darüber, wann sich die Zwölf damit überschlagen wird: auf welcher Treppenstufe, welchem Stockwerk, Einfach- oder Splitterbruch.
Ich schaue sie an. Warte ab.
Sie fixiert mich mit einem Leguanblick.
»Du tropfst den ganzen Boden voll! Abtrocknen, bevor du reinkommst?!«
Ich wische mir die Haare mit dem Ärmel ab, steige dann weiter die Treppen hoch.
Und formuliere wie jeden Morgen im Stillen einen Wunsch.
Immer denselben, nur den einen.
Der betrifft ausschließlich immer nur *sie*. Sofia.

Aziz

Ich stolpere über eine Wurzel. Für einen Moment verliere ich das Gleichgewicht, aber ich schaffe es, nicht zu fallen.
Ich weiß nicht mehr, wie lange wir schon gehen.
Das Dunkel ist jetzt weniger dunkel.
Fast kann ich schon die Umrisse der Dinge um uns herum erkennen: Bäume, Zäune, Heuschuppen.
Ein paar Häuser, aber weit entfernt. In der Nähe die Gleise der Eisenbahn.
Manchmal lasse ich meine Augen auf nahen oder fernen Details ausruhen. Einer Pflanze, einer Kurve des Wegs, der dünnen Spitze eines Zweigs.
Dann sage ich mir: *Los, bis dorthin*. Und wenn ich dort bin, wähle ich einen weiteren Punkt in der Landschaft und erkläre den Weg dorthin zur nächsten Etappe, die mich, zusammen mit unendlich vielen weiteren Etappen, schließlich ans Ziel bringen wird.
Und immer sage ich mir: *Los, geh weiter*.

Wenn du stundenlang gehst, fangen deine Füße an zu rebellieren.
Bei jedem Schritt musst du sie zwingen, sich zu heben, zu senken, sich wieder zu heben.
Den Rhythmus der anderen nicht zu verlieren. Onkel Ahmad vor mir, Papa hinter mir.
Einen weiteren Stein, eine weitere Sanddüne, eine weitere graue Pfütze zu überwinden. Oder einen Klumpen aus getrocknetem Schlamm, der vor langer, langer Zeit, noch vor unserem Krieg, vielleicht ein Stückchen Mauer war, die Ecke von einem Haus oder einem Basar.

Die Landschaften haben ganz unterschiedliche Formen. Der Horizont unter dem Himmel ist immer ein anderer, und mit ihm verändern sich die Kälte, die Hitze, der Wind. Die Gesichter der Leute, die dich anschauen, der Klang ihrer Worte. Aber die Müdigkeit in den Füßen ist immer die gleiche. Wenn du stundenlang gehst, sind deine Füße nicht mehr deine Füße.

Sie gehören nicht mehr zu dir. Sie sind dir völlig fremd. Sie bekommen Blasen, werden zu Eis oder zu Feuer. Krämpfe beißen dir in die Waden.

Ich habe kleine Tricks gelernt, um nicht auf meine Füße zu hören.

Indem ich meine Schritte zähle, zum Beispiel. Ich zähle bis dreihundert, dann fange ich wieder von vorne an.

Oder ich sage Gedichte auf, die mir Oma beigebracht hat.

Oder ich versuche, den Dingen um mich herum ihre englischen Namen zu geben: *tree, mountain, stars, moon.*

Oder den Dingen in mir drin: *sad, thirsty, sleepy, homesick.*

»Nur zwei Dinge können uns retten«, sagte Oma Nadira, als sie mir das Wörterbuch schenkte. »Erinnerung rettet unsere Vergangenheit, Bildungshunger rettet unsere Zukunft.« Sie sprach in dem ernsten Ton, den sie benutzt, wenn sie mir etwas beibringen will.

»Diese Sprache zu lernen kann dich retten. Versprich mir, dass du sie lernst.«

Das Englisch-Wörterbuch war sehr teuer gewesen. Vielleicht steckten ihre ganzen bescheidenen Ersparnisse in diesen dünnen Seiten voller geheimnisvoller fremder Wörter.

Dann legte Oma Nadira das Wörterbuch in meine Hände.

»Englisch wird dir neue Wege eröffnen.«

»Ich will keine neuen Wege!«, antwortete ich wütend. Die Wut wohnte seit einigen Monaten in all meinen Gedanken.

»Du wirst nicht allein entscheiden können, welche Wege dein Leben nehmen wird. Du wirst nur entscheiden können, ob du sie aufrecht gehen willst. Diese Sprache wird dir den Rücken stärken. Versprich mir, dass du sie lernst.«

Ich schaute Oma in die Augen.

Darin lag die ganze Traurigkeit, die seit dem *Tag Null* in ihr wohnte, dem Tag, der das Leben von uns allen für immer verändert hat.

Ihre Augen in meinen sagten mehr als ihre Stimme.

Sie sprachen von Dingen, die so groß sind, dass keine Sprache sie ausdrücken kann.

Und doch bestand Oma ausgerechnet auf dieser Sprache: Englisch.

Manchmal ist das Leid so groß, dass die Vergebung ganz eigene Wege finden muss.

Meine Oma lächelte. Oder probierte es zumindest.

Dabei überreichte sie mir das Wörterbuch mit dem Vertrauen der Raupen, wenn sie sich in ihre Seide einspinnen: einen langen, dünnen Faden, der sie vor der Welt beschützen wird, bis sie mit Schmetterlingsflügeln wiedergeboren werden und fliegen können.

Ich und Oma. Keiner war dabei, außer uns beiden.

Ich erinnere mich gut an diesen Moment.

Meinen Geburtstag. Im Winter vor zwei Jahren.

Das Küchenfenster, den Duft des Kardamomtees. Auf einem schneeverkleideten Ast beobachtete ich zwei Krähen. Hinter dem Ast lag die Dorfstraße. Hinter der Straße der Anfang vom Nichts. Und der Schatten des Mondes, der weiterwanderte, während der Wind durch die Nacht galoppierte und seine Geheimnisse in der Finsternis verteilte.

Aber Oma Nadira wusste, dass ich in Wirklichkeit andere Dinge sah.

Also begann sie zu sprechen, weil ihre Stimme manchmal half, die Bilder aus meinen Augen zu vertreiben, die nur ich sehe.

Trotzdem wusste ich, fühlte ich: Nicht einmal Oma Nadira kann meine Kriege für mich kämpfen.

Mattia

Kaum zu glauben! Gerade heute hat mich mein Pech verlassen. An irgendeinem geheimnisvollen Ort drückt mir jemand die Daumen, denn mein Traum wird wahr: Am Ende des Flurs sehe ich *Sofia*.

Für einen Moment friere ich fest. Die Hände in den Taschen, kalte Füße, letzte Regentropfen, die von den aufgeweichten Ärmeln des Parkas zu Boden rollen.

Plötzlich erinnere ich mich an den ersten Tag an dieser Schule. Den plötzlichen Impuls abzuhauen, den Zweifel, ob es die richtige Wahl war, sogar die klamme Angst, die mich als Kind in neuen Situationen packte: ein Mix aus Furcht und Unsicherheit, der sich zur Panik aufschaukeln konnte.

Die Lehrerinnen in der Mittelschule hatten mir wie im Chor das humanistische Gymnasium empfohlen. *Du schreibst gut, du magst Geschichte, liest Bücher über Bücher ... Was will einer wie du auf einer naturwissenschaftlichen Schule?* Als Allererstes lasse ich mir nichts vorschreiben. Ich mache, was ich will. Ist das etwa nichts?

Aber am ersten Tag in der neuen Schule bereute ich meine Entscheidung schon. Ich fühlte mich wie ein Idiot.

Wir waren siebenundzwanzig in der Klasse. Ich kannte fast niemanden.

Aber dann sah ich Sofia.

Mein Herz legte eine Art Vollbremsung hin.

Und ich kapierte augenblicklich, dass diese Schule genau richtig für mich war.

Nein: *perfekt* für mich war.

Die einzige, die zu mir passte.

Ich bleibe auf der letzten Treppenstufe stehen und beobachte Sofia beim Gehen. Sie rauscht den Gang entlang und hinterlässt ihre eigene Regentropfenspur. Der Rucksack hüpft auf ihren Schultern. Der leicht schiefe Pferdeschwanz wippt auf und ab in dem gleichmäßigen, swingenden Rhythmus, der typisch ist für sie.

Auch Sofia kommt oft zu spät: Das ist unsere einzige Gemeinsamkeit.

Und ich weiß genau, was ich tun sollte: bei ihr sein, bevor sie die Tür öffnet. Mit ihr sprechen, jetzt, wo sie alleine ist. Normalerweise wird sie von ihren Freundinnen gedeckt. Mädchen bewegen sich ständig in kompakten, geschlossenen Formationen wie die spartanischen Hopliten, ich habe nie verstanden, warum. Ein absolutes Mysterium für mich, wie der Sinn von Leben und Tod.

Ich beschleunige den Schritt. An zwei Klassentüren vorbei. Hinter einer angelehnten Tür die schläfrige Stimme eines Profs bei der Anwesenheitskontrolle. Unentschlossen werde ich langsamer. Um diese Zeit ist der Flur ganz leer, da sind nur Sofia und ich.

Ich sollte ihr nachlaufen und etwas sagen. Etwas Nettes oder Witziges. Oder, na ja, *irgendwas*.

Schon wieder dieses innere Armdrücken zwischen dem Drang hinzurennen und meiner mörderischen Schüchternheit. Verzweifelt suche ich im dichten Nebel meiner Gedanken nach etwas Originellem.

Los, Mattia. Du schaffst das.

Wie wär's mit: *Heute kommen wir genau pünktlich zusammen zu spät*. Ächz. Unnötig kompliziert.

Eher: *Heute haben wir uns wohl zum Synchronschwimmen verabredet*. Neeeee. Zu banal.

Nur noch vier Schritte, drei, zwei, einer.

Sofia dreht sich um, sieht mich, lächelt. Auch ihre minzgrünen Augen lächeln.

Sie fährt sich mit der Hand ins Haar, kämmt mit den Fingern durch die Strähnen. Ihren Haaren ist das völlig egal, sie stehen genauso rebellisch ab wie vorher, aber mein Herz tritt und schlägt aus wie ein junger Mustang.

Stillstand. Lähmung. Eingefroren. Ich bringe ein *Ciao* heraus. Ich bin ein Idiot.

Starrkrampf, Glotzaugen, exakt ein Einsilber: Damit hast du sie zweifellos beeindruckt, Mattia.

Sie grüßt zurück. Bleibt stehen. Die Hand auf der Türklinke. Die Klinke geht nach unten und wieder hoch, als wollte sie mir eine zweite Chance geben. Dann schiebt sie den Rucksack von der Schulter, streicht sich eine Haarsträhne hinters Ohr, auf dem drei Ministeinchen blitzen: eine kleine Galaxie auf dem Ohrläppchen.

Vielleicht wartet sie auf etwas. Vielleicht nicht. Ich kratze mich nervös an der Wange.

Kein brillanter Satz, nirgendwo.

So geht die Klinke wieder hinunter, die Tür öffnet sich und schließt sich hinter ihr.

Zurück bleiben ich, die geschlossene Tür und die Wand.

Im Wettkampf gegen die beiden um Tatkraft und Witz würde ich den dritten Platz belegen.

Egal, Sofia ist gegangen. Verschluckt vom Klassenraum, von der Gegenwart, von einer weiteren verschenkten Gelegenheit, die bereits dem Bedauern Platz macht. Verschluckt von einem weiteren Montag. Einem Tag wie allen anderen, nur kälter und verregneter.

Und plötzlich fällt mir ein, was ich ihr hätte sagen können. Einfache Dinge. Kleine. Wahre.

Ich mag dich. Heute Nacht habe ich von dir geträumt. Und es war nicht das erste Mal, dass ich von dir träume. Oder, falls ich den Mut dazu fände: *Ich würde dich gern besser kennenlernen. Wie wäre es, wenn wir mal etwas zusammen unternehmen, du und ich?*

Und ich, was habe ich zu ihr gesagt?
Ciao.
Ein echtes Kommunikationsgenie.
Ein Kakerlak hätte das besser hingekriegt.

Aziz

Ich gehe zwischen Papa und Onkel Ahmad, und wieder gebe ich den Dingen einen Namen.
Black sky ... white snow ... long tracks ...
I am so tired, tonight ... I'm so thirsty.
Ich habe Durst, aber die Flasche ist leer.
Ich würde auch gern etwas essen.
Aber es hat keinen Sinn, Papa zu fragen. Das sehe ich auch im Dunkeln, dass er nicht in der Stimmung ist, eine Pause zu machen.
Als ich sie in den Rucksack stecke, macht die Plastikflasche in meinen Händen ein kleines *Krick-Krack*.
Onkel Ahmad dreht sich um und wirft mir einen schiefen Blick zu. Auch das kann ich im Dunkeln sehen.
Die Wege und die Felder um uns herum sehen verlassen und verschlafen aus.
Die Erde ist hier eine platte Ebene, eingehüllt in Nebelschleier. Keine Höhen, keine Hügel. Ein paar Bäume, ein paar dunkle Flecken. Die Füße folgen dem Weg und gehen immer weiter, ohne Protest.
Manchmal stößt ein Vogel einen Laut aus, der die Nacht durchdringt.
Manchmal antwortet ihm ein anderer Nachtvogel mit einem fast gleich klingenden Laut.
Eine Mondsichel scheint, wenige Sterne. Der Himmel ist dunkel, klar und eisig. Nur ganz hinten, wo die Sonne aufgehen wird, hat er die Farbe des Kardamomtees, den Oma Nadira so mag.
Manchmal hilft es mir, an sie zu denken. Diesmal nicht.
Ich spreche nicht. Keiner von uns spricht.

Durch die gefrorene Kruste, die sich auf dem Schal gebildet hat, zeichnet mein Atem weiße Wölkchen in die Luft, meine Zähne klappern leise.

Genau so klapperten sie in jener Nacht.
Und ich fühlte meine Hände zittern.
Der gelbe Blick nagelte mich auf dem Boden fest, das starke Licht blendete.
Vielleicht hatte jemand *Lauf weg!* geschrien.
Aber ich hatte nicht gehorcht.
Ich hatte nicht auf jenen Schrei gehört.
Es war mir unmöglich wegzulaufen.

Mattia

Einen Moment lang möchte ich nur davonlaufen. Mich irgendwo hinlegen, im Dunkeln. Allein sein, überwintern. Gute Musik dazu, vielleicht *November Rain* von den Guns N' Roses, oder sogar die etwas süßliche Version von David Garrett, wo die Violine so an den Tönen zieht, dass es dir das Herz verbrennt.

Stattdessen öffne ich die Tür und betrete das Klassenzimmer, drücke mich an der Wand entlang und hoffe, nicht bemerkt zu werden: weder ich noch meine übliche Verspä—

»Schon wieder zu spät, Marchior? Was ist heute der Grund? Los, wir hören …«, seufzt die Franceschi, während sie die Lesebrille auf die Nase hinunterschiebt und mich in ihren Scharfschützenblick nimmt. »Auffahrunfall? Großeltern im Krankenhaus? Wecker kurz vor dem Läuten explodiert?«

»Nein, also … eigentlich …«

»Lass gut sein, Marchior. Lass gut sein.« Sie schiebt die Brille wieder hoch. »Wenn es was Schlimmes war, mache ich mir Sorgen, wenn nicht, muss ich mich nur ärgern.«

Ich fühle Sofias Blick auf mir. Eine Nanosekunde lang stellen wir Augenkontakt her. Der einzige gute Moment an diesem von Anfang an verkorksten Tag. Instinktiv werde ich langsamer, als ich an ihr vorübergehe. Ich sauge mich mit ihrem Duft voll. Unter Tausenden würde ich ihn erkennen. Stundenlang könnte ich ihn einatmen.

»Also, Mattia?«, macht die Prof, während sie mit dem digitalen Klassenbuch kämpft, das um diese Zeit oft Verbindungsprobleme hat. »Meditieren wir noch länger über die Zukunft der Welt, oder setzen wir uns endlich hin?«

Ich erreiche meinen Platz, den dritten von rechts in der dritten Reihe.

»Franceschis Liebling!«, zischt Giulio zwischen den Zähnen hervor. »Wenn mir das passiert, hat sie mich um diese Zeit längst abwesend gemeldet.«

Ich antworte mit einem Mörderblick und einem sprechenden Mittelfinger.

Den gibt er genauso überzeugt zurück.

Ich würde eher eine Miesmuschel samt Schale verspeisen, als ihm recht zu geben, aber ich weiß, dass er nicht ganz falschliegt. Nichts nervt mehr, als einem recht geben zu müssen, der dermaßen nervt und trotzdem recht hat. Mit der Mathematik liege ich seit der dritten Klasse im Krieg, auch mit Physik und Technischem Zeichnen sind die Beziehungen reichlich angespannt. Aber Lesen macht mir eben Spaß.

Deswegen verzeiht mir die Franceschi: Trotz meiner chronischen Verspätungen ist die Beziehung zwischen ihr – unserer Italienisch-Prof – und mir quasi eine literarische.

Dabei ist die Franceschi ziemlich nervig. Sie hat einen Gedichte-Tick. In Literaturgeschichte kennt sie kein Pardon. Und wenn du die Hausaufgabe vergessen hast, spürt sie dich auf, die CIA ist nichts dagegen. Aber man merkt, dass sie ihre Arbeit liebt – sie kann dich tagelang bearbeiten, nur damit du über etwas nachdenkst. Und damit kriegt sie dich irgendwann.

Ich ziehe den Parka aus, öffne den Rucksack, nehme Stifte und Heft heraus.

Giulio neben mir niest.

Erst durch dieses Geräusch fällt mir auf: In der Klasse ist es komplett still.

Einen Moment lang bin ich verwirrt, dann erinnere ich mich an den Grund.

Aziz

Jetzt hat Papa seine Schritte beschleunigt.
Um ihm hinterherzukommen, muss ich oft laufen.
   Am gefährlichsten sind die Attacken der ganz schlimmen Erinnerungen: Sie greifen an, wenn du schwach bist und am wenigsten damit rechnest, wie listige Schneeleoparden.
   Die Erinnerung an meinen *Tag Null* ist ein im Dunkeln lauernder Schneeleopard.
   Er kann sich lange dort verkriechen, in seiner stillen Höhle.
Ohne sich zu rühren, ohne einen Laut. Die Augen verengt zu einem Schlitz.
   Unbeweglich der um die Schnauze geschlungene Schwanz.
   Unbeweglich das weiß-schwarze Fell.
   Unbeweglich die zurückgehaltene Kraft.
   Aber dann, wenn du am wenigsten damit rechnest, schleicht er heraus, duckt sich, macht sich bereit.
   Fast kann ich seinen Atem fühlen, seine flauschgedämpften Schritte durch das Nichts, seine Eisaugen auf mir.
   Das aufziehende Dunkel seines Schattens.
   Den durch die Luft sausenden Sprung.
   Jetzt, zum Beispiel.
   Jetzt ist er hier.

Es war Frühling. Die Tage im Frühling, die ich am liebsten mag.
   Das wichtigste Fest: Nouruz.
   Der Schnee war geschmolzen. Die Sonne hatte wieder Kraft.
Die Bäume trugen Knospen.
   Die Frauen putzten sorgfältig jeden Winkel ihres Hauses, die

Männer zündeten die Freudenfeuer an, die Körper und Seele reinigen. Wer konnte, kaufte neue Kleider, grün wie das Grün der Pflanzen, die in jedem Frühling wiedergeboren werden.

Und dann, auf dem Höhepunkt, kommt endlich Amu Nouruz mit seinem langen weißen Bart und seinem Holzstab. Den Großen wünscht er Glück, den Kindern bringt er Geschenke. Auch ich hatte auf Amu Nouruz gewartet und auf Geschenke gehofft. Ich hatte Bonbons, eine Schale mit Pistazien und Haselnüssen, eine Schachtel mit zwölf Buntstiften, ein Geschichtenbuch und zwei Hefte bekommen.

Aber kein Glück. Kein bisschen.

Am Tag, nachdem Amu Nouruz da gewesen war, weckte mich Mama früh mit einem Kuss und zwickte mich fröhlich in den Arm, wie sie es oft tat, wenn sie gute Laune hatte.

»Heute gehen wir Tante Amina besuchen!«, verkündete sie, als sie mir Milch einschenkte. »Nur wir zwei. Freust du dich?«

Ich freute mich. Und ob ich mich freute. Tante Amina war die jüngste Schwester meiner Mutter, hatte noch keine eigenen Kinder und überhäufte mich immer mit Geschenken.

»Man soll Kinder nicht so verwöhnen!«, tat Mama verärgert.

»Wer sagt das?«, antwortete meine Tante mit ihrem Mädchenlachen. »Wehe dir, wenn du meine nicht verwöhnst, wenn es so weit ist!«

Das Dorf meiner Tante liegt im Norden. Man erreicht es mit dem Autobus.

Der Fahrer, ein Mann mit Turban, hatte die schwersten Bündel und Körbe aufs Dach geladen. Er schwitzte unter der Sonne, die schon hoch stand.

Um diese Zeit waren alle am Essen und die Luft voller Gerüche: Auberginen, Ingwer, Zimt. Fleisch und Gewürze von den Kebabständen.

Während ich herumstand und auf die Abfahrt wartete, fiel mir ein magerer Junge auf, der im Schatten des Basars auf den Fersen kauerte und schaukelte.

Er war etwa so alt wie ich.

Ich sah ihn an. Er sah mich an.

Wenn ich die Augen schließe, sehe ich ihn immer noch.

Er trägt eine sandfarbene Kappe. Auf einer Wange hat er eine lange, halbmondförmige Narbe. Die Füße sind nackt, die Knöchel mager. In den Händen hält er einen Korb. Seine Kleider sind grau und blau.

Wenn er in meiner Erinnerung anklopft, kauert er wieder dort im Schatten, im Kommen und Gehen des Basars, und wir schauen uns an, wie damals.

Ohne eine Geste, ohne Lächeln.

Aber seine Bewegungen sind dann ganz langsam. Er scheint sie für mich zu wiederholen. Er wiederholt sie immer und immer und immer wieder, in dem feinen Rauch, der aufsteigt aus dem Korb in seinen Händen.

Er scheint mir zu sagen:
Genau hier hat alles angefangen.
Genau hier beginnt deine Geschichte.
Und er schaukelt den Korb vor und zurück, als wiege er ein Neugeborenes. Als wiege er ein Schicksal.

In dem Korb befinden sich Samenkörner. Jeder in Afghanistan weiß, welche Macht diese Samenkörner haben.

Wenn man ihm ein paar Münzen gibt, vollzieht der Junge ein Ritual und nutzt die magische Kraft der Samenkörner, um einen vom bösen Blick zu befreien, der vielleicht gerade über einem schwebt und alles Böse über einem ausschütten kann.

Aber Mama achtet auf so etwas nicht.

Sie glaubt nicht an den bösen Blick und an Magie.
Sie glaubt nicht an die besonderen Kräfte kleiner und großer Magier.
Sie ist wie Oma Nadira.

Also gibt sie mir ein Zeichen und läuft weiter, das Gesicht gesenkt unter dem Tschador, in der Hand das Körbchen mit den Eiern für Tante Amina.

Heute weiß ich es, aber jetzt ist es zu spät: Vielleicht hat Mama an jenem Tag einen Fehler gemacht.

Der böse Blick hat ihr nicht verziehen.

Im Gegenteil, er wurde auf sie aufmerksam.

Und hat sich zum Angriff bereitgemacht.

Mattia

Die Stille in der Klasse ist so dicht, dass man sie mit der Motorsäge schneiden könnte.
Es ist so still, weil alle schreiben, aber jeder schreibt, was er will. Denn für jeden Montag, erste Stunde, hat uns die Franceschi dieses Experiment vorgeschlagen, nur für fünfzehn Minuten. Keine mehr und keine weniger.
Sie nennt es *Freies Schreiben*.
Schreiben ohne anzuhalten und worüber man will. Ohne Regeln, Gliederung, Wörterbuch. Ohne viel nachzudenken. Einfach schreiben, so wie es kommt. Ohne weitere Vorgabe, bis auf drei Wörter, die wir als Ausgangspunkt nehmen können. Drei Wörter, die jedes Mal andere sind und von ihr festgelegt werden.
Nur eines ist verboten: anhalten. Nicht den Stift vom Blatt nehmen, nicht lesen, was man geschrieben hat, nicht die Gedanken und das Schreiben blockieren.
Sich bloß nicht der Leere ergeben.

»Wenn euch ganz und gar nichts einfällt, schreibt *Mir fällt nichts ein*. Oder *Ich weiß nicht, wie ich es sagen soll*. Oder von mir aus *Diese Aufgabe nervt*. Oder ihr beschreibt, was ihr seht, zum Beispiel die anderen um euch herum. Aber ich glaube, ihr könnt eine Menge Dinge hervorziehen, wenn ihr, statt euch umzuschauen und auf der Oberfläche zu bleiben, versucht, ein wenig *in euch hineinzuschauen*, euer eigenes Inneres zu erforschen. Ängste, Befürchtungen, Wut, vielleicht Träume ... Erforscht euch selbst. Erzählt.«
Das ist das, was sie uns beim ersten Mal gesagt hat. Vor vier oder fünf Wochen.

Daraufhin ließ sich prompt die Stimme von Lisi vernehmen, die nicht nur Klassenbeste ist, sondern wie ein Prokaryot funktioniert: einfachste Lebensform ohne eigenen Zellkern, also eher definiert durch das, was ihr fehlt, als durch eine präzise Identität. Eine, die, wenn sie dich Arschloch nennen will, *Du Kontinenzorgan* sagt, wie sie es beim Thema Verdauung und Ausscheidung in Biologie gelernt hat.

Manchmal würde man sie gern an die Wand klatschen und drübertapezieren, damit sie Ruhe gibt.

»In welchem Teil des Ordners sollen wir diese Aufgabe abheften, Prof?«, zwitscherte Lisi. »Unter *Sprache* oder *Literatur*?«

Die Franceschi umdribbelte die Frage.

»Heftet es ab, wo ihr wollt. Wichtig ist nur, dass ihr die Blätter nicht verliert. Dann könnt ihr in ein paar Monaten oder Jahren euch selbst nachlesen. Vielleicht werden euch dann ein paar Dinge klar: über euch selbst, eure Veränderungen, wie ihr mit fünfzehn wart. Über euren *Reifungsprozess*. Denn ein paar von euch werden doch reifer werden in diesem Semester, hoffe ich«, fügte sie hinzu, zog ihre Brille auf die Nase herab und warf einen langen Blick in die Runde. Schwenk über die ganze Klasse, bei manchen kurzer Halt mit Heranzoomen.

Giulio drehte sich zu mir und sah mir in die Augen. Eine Hyäne. Ich konnte es von seinen boshaften Lippen lesen: *Wird das benotet, Prof?*

Exakt gleichzeitig fragte Lisi laut: »Wird das benotet, Prof?« Giulio zwinkerte mir spöttisch zu.

Wird das benotet, Prof? ist das Mantra von Lisi, die von der Antwort ihren persönlichen Einsatz abhängig macht, den sie bereit ist, in irgendeine Tätigkeit zu investieren. Dieser Einsatz wird bis ins letzte Nanogramm genau austariert.

Ich konnte deutlich hören, wie ein langes, sehr langes *Oooommm* zwischen den Hirnhälften der Franceschi vibrierte. Inzwischen kann ich ihre verschiedenen Arten von *Oooommm* exakt unterscheiden.

Dieses hier sagte wörtlich: *Könntest du nicht ein Mal etwas für dich tun statt für deine Zeugnisnote?*

Kann aber auch sein, dass es nur ein durch jahrelanges Yogatraining zurückgehaltenes *Leck mich* war.

Das Gesicht der Prof jedenfalls glättete sich im Sphinx-Modus. Unerschütterlich. Seelenruhig.

Sie fingerte nur ein wenig an ihrer Brille herum und klopfte mit ungewohntem Eifer auf die Tasten des Klassenbuchs ein, das sie mindestens in jeder zweiten Stunde auszufüllen vergisst, weil sie sich zu sehr von ihrem Stoff hinreißen lässt.

»Dieses Projekt wird nicht benotet«, antwortete die Franceschi schließlich, »ob ihr euch Mühe gebt oder nicht, ist eure freie Entscheidung. Nennen wir es Reife, okay? Ganz am Ende kann sich, wer will, den anderen mitteilen und laut vorlesen, was er geschrieben hat. Eine Art Geschenk …«

»Geschenk?«, echote Giulio, plötzlich aufgeschreckt.

In seinem persönlichen Wörterbuch steht *Geschenk* ziemlich weit vorne.

»Geschenk im Sinne von Vertrauensbeweis«, präzisierte die Prof, »Vertrauen in eure Klassenkameradinnen und Kameraden, in ihre Fähigkeit zuzuhören. Ihre Empathie, ihr Verständnis. Ist Vertrauen etwa nicht ein großes Geschenk?«

»Und wenn einer dieses Vertrauen nicht hat? Muss er dann trotzdem seine Privatsphäre ausbreiten?«

»Keiner zwingt euch. Ob ihr vorlest oder nicht, ist eure Entscheidung. Diese fünfzehn Minuten gehören euch alleine. Nutzt sie, wie ihr denkt. Wenn ihr die Zeit totschlagen wollt, indem ihr, was weiß ich, ein und dasselbe Wort dreihundert Mal hintereinander auf das Blatt schreibt, seid ihr frei, auch das zu tun. Aber ich halte es für keine grandiose Idee, aufs Papier zu stottern, als fehlte euch was, oder eine zerebrale Ischämie vorzutäuschen.«

Niemand von uns hatte eine Ahnung, was Ischämie sein sollte, aber vom Zeittotschlagen verstehen wir einiges.

»Ihr habt doch was zu sagen. Los: Lasst es raus. Und gebt den Dingen einen Namen. Einen möglichst präzisen Namen. Und wenn wir schon dabei sind: einen ehrlichen.«

Ich steckte die Ohrhörer ein und ließ *Love your Ground* von Mumford & Sons in mein Hirn sickern. Ein bisschen langsam, aber vielleicht geeignet für eine Tiefenbohrung in meine Gedankenwelt.

Dann nahm ich den Stift und sah mich in der Klasse um. Einige der Mädchen hatten sich schon in die Aufgabe gestürzt und schrieben mit gesenktem Kopf. Lisi hatte wahrscheinlich bereits ein Versepos verfasst, in fast reinen Hexametern, nur für den Fall, dass es sich die Franceschi anders überlegt und am Ende doch noch Noten verteilt.

Aber insgesamt waren es doch wenige, die die Sache ernst nahmen.

Unter diesen wenigen war ich nicht.

Die ersten zwei oder drei Minuten versuchte ich mich vor der Aufgabe zu drücken. In solchen Fällen tendiere ich dazu, Zeit zu schinden. Ich spielte mit Stift und Papier, ich beobachtete die anderen.

Dann legte ich zaghaft zwei kleine Eier aufs Papier, die in die Mitte der Seite rollten, ohne weitere Lebenszeichen.

Das Leben

Ein entschieden ehrgeiziger Anfang. Und tatsächlich blockierte ich sofort. Vielleicht war ich noch nicht so weit. Vielleicht fühlte ich mich gerade nicht danach, auf der Suche nach dem verlorenen Schatz in die dunklen Tiefen meines Selbst hinabzutauchen.

Also schrieb ich beim ersten Mal nur wenig.
Um ganz ehrlich zu sein, schrieb ich genau acht Wörter.

Das Leben steht mir offen, aber nicht hier.

Doch heute passiert etwas. Heute beginne ich zu schreiben. Und stelle fest, dass ich wirklich etwas zu erforschen und zu erzählen habe.

»He, weißt du einen Reim auf blicken?«, flüstert Giulio neben mir. »Ich glaub, ich schreib ein Gedicht.«
»Nichts Geeignetes!«, grinse ich zurück.
Dann tauche ich wieder in meine Gedanken ab.
Das ist nicht Musik. Das ist Schreiben. Aber trotzdem hängt alles vom Ton ab. Du musst deinen eigenen finden: deinen ganz persönlichen Ton. Und dem musst du dann treu bleiben, ihn verstärken, einen Rhythmus dafür bauen, jeder seiner Frequenzen Atem einhauchen, jeden Impuls aufnehmen.
Du musst den Sound herauskitzeln.
Traurigkeit, zum Beispiel, klingt düster, dunkle Wörter, kurze Silben.
Die Sehnsucht hat tiefe Töne. Einen kraftvollen, geheimnisvollen Klang, wie ein tibetanischer Gong.
Fernweh klingt nach Perkussion. Nach treibenden Bassfrequenzen, einem Klangteppich, der die Nerven erfasst, Rhythmen, die sich ins Herz einschleichen und nicht mehr herauszukriegen sind.
Und die Liebe? Daran arbeite ich noch.
Im Moment habe ich eines verstanden: Jede wichtige Emotion hat ihre eigene *vibration* und Wörter, die dafür geeignet sind.

Also schreibe ich heute, und schreibe und schreibe. Es gibt dunkle Winkel, die erst sichtbar werden, wenn du sie beim Namen rufst, und wenn du diesen Namen gefunden hast, wird es plötzlich hell, und plötzlich kannst du etwas erkennen, das so klar und deutlich vor dir steht, dass du dich fragst, ob es schon immer da war und, wenn ja, wo es dann versteckt war, und vor allem, warum.

Wie hat es die Franceschi gesagt? Auch für die Stille brauchen wir Worte. Auch die Dunkelheit muss ans Licht.

Und dann plötzlich höre ich: STOPP! Als wären wir Schweizer Uhrmacher. *Die Zeit ist um. Schließt eure Hefte.*

Mit einer Salve gleichzeitiger *Klicks* schließen sich die Ringe von sechsundzwanzig Ordnern auf den Tischen.

Nach einer Minute oder so folgt ein einziges verstimmtes *Klack*. Das ist meines.

Die Franceschi schaut mich an und seufzt.

Über ihrer auf die Nase herabgeschobenen roten Brille sprechen ihre Augen deutlich zu mir: *Mattia Marchior, dein Zeitgefühl benötigt dringend einen Entwicklungsschub.*

Einverstanden, aber mein Zeitgefühl steht nicht an erster Stelle meiner Prioritätenliste.

Viel wichtiger erscheint mir im Moment ein Entwicklungsschub mit Sofia.

Aziz

Jetzt ist die Nacht schon weniger Nacht. Das Dunkel beginnt seinen Kampf mit dem frühen Morgenlicht.

Dort, wo bald die Sonne aufgehen wird, ist der Himmel blasser und heller, wie die zarte Haut, die über einer Wunde nachwächst.

»Ruhen wir uns ein wenig aus«, hat Papa zu mir und Onkel Ahmad gesagt, »aber nicht länger als zehn Minuten.«

Onkel Ahmad hat genickt. Er ist keiner, der viel spricht. Das Sprechen hebt er sich für die wichtigen Dinge auf, und gerade geht es nur um eine Pause.

Hinter der Kurve des Wegs ist eine Hausruine zu sehen. Vielleicht ist es auch nur ein Viehunterstand, mit vom Schnee eingedrücktem Dach und einer Pflanze, die die Mauer emporklettert.

Ich gehe hin und setze mich auf den Boden.

Den Rücken lehne ich an die Wand. Papa und Onkel Ahmad setzen sich neben mich. Stille, die unsere Müdigkeit verschluckt, Nähe zwischen unseren Körpern.

Von hier aus erscheint der Horizont offen und der Winter wie eine Jahreszeit ohne Ende.

Zwischen Schnee- und Eisflecken pickt ein Vogel mit weißen und grauen Federn etwas vom Boden auf. Vielleicht ein Samenkorn, eine Larve, eine Beere.

Hunger ist stärker als alles andere, auch stärker als die Angst. Deshalb sucht der kleine Vogel nach Futter und beachtet uns drei nicht.

Onkel Ahmad reicht mir eine Wasserflasche. Ich trinke einen langen Schluck, und dann noch einen.

»Hast du Hunger?«, fragt Papa und durchwühlt den Rucksack, auf der Suche nach einer Packung Kekse.

Ja, ich habe Hunger, aber vor allem bin ich müde. Während ich an ein paar Keksen herumkaue, fühle ich, wie mir die Augen zufallen. Auch mein Kopf fällt zur Seite. Ich lehne ihn an Papas Schulter.

»Nur ein bisschen«, bitte ich leise, »lass mich nur ein bisschen ausruhen …«

Vielleicht hört er mich gar nicht, denn er antwortet nicht. Aber seine Schulter wird weich wie ein eingerollter dicker Teppich. Es ist schön, so zu sitzen, in der Stille des frühen Morgens. Um diese Jahreszeit scheint die Stille das neue Leben auszubrüten: die Samen der Pflanzen, die Wurzeln.

Ich höre die Stimmen des Windes. Nehme den sauberen Windgeruch wahr. Den Geruch von Papa, der nach zu Hause riecht. Den Tabakgeruch von Onkel Ahmad.

Schön, die Vögel zu hören, die den neuen Tag begrüßen, meinen Atem in der Kuhle des Schals zu fühlen, den Schlaf, der sich mit leisen Lämmchenschritten anschleicht.

Aber dann passiert es wieder.

Der Schneeleopard *Tag Null* taucht aus der Höhle meiner Erinnerungen auf.

Wie immer macht er kein Geräusch. Wie immer ist sein Angriff präzise.

Umso präziser, weil er weiß, wann sein Opfer am wehrlosesten ist.

Und ich weiß, dass nun vor meinen geschlossenen Augen der *Tag Null* wieder aufleben wird, wie der Phönix aus der Asche in der Geschichte meiner Oma Nadira.

Ich kann nichts dagegen tun.

Ich kann es nur noch einmal erleben. Und wieder und wieder und wieder.

Jeder Augenblick jenes Tages ist hier vor meinen Augen. Lebendiger als alles Lebendige.

Wir besuchen meine Tante Amina in ihrem Dorf im Norden. Der Bus ist gerade wieder losgefahren und wirbelt grauen Staub über dem dunkleren Grau der Straße auf, nachdem er uns an der Einmündung eines Weges abgesetzt hat.

An einer niedrigen Mauer ist ein Esel festgebunden, der zur Begrüßung iaht.

Die Luft ist kühl. Es ist fast Abend. Mama und ich gehen los, zwischen Häusern aus ungebrannten Ziegeln, Stein und getrocknetem Lehm. Das orange Licht des Sonnenuntergangs beleuchtet sie und lässt sie schön aussehen, so eng beieinander, mit Gehegen für das Vieh und hie und da einem Tandur, in dem die Frauen morgens das Fladenbrot backen. Die Fenster sind kleine offene Quadrate. Eine Pflanze reckt sich über ein Dach und fängt das letzte Sonnenlicht ein. Von hoch gespannten Wäscheleinen hängen blaue, rote und schwarze Kleider. Aus der Ferne ist das Brummen eines Dieselgenerators zu hören.

Ein alter Mann im gestreiften Chapan kauert auf seinen Fersen, mit dem Rücken an eine Mauer gelehnt. Als wir vorbeigehen, schaut er uns an und nickt zum Gruß. Vielleicht wartet er auf den Gebetsruf.

Jenseits der Straße, in der Biege eines Baches, hat eine Gruppe von Kutschi-Nomaden rote und grüne Zelte aufgeschlagen. Zwischen ihnen brennt ein Feuer.

Zwei Kinder planschen im Wasser, ein Spritzer landet auf meinem Arm. Ein größerer Junge hütet magere Ziegen.

Am Horizont, hinter einem Hügel, steigt dunkler Rauch in die Höhe und verliert sich dort: Irgendjemand verbrennt Abfälle. Der Gestank weht bis zu uns und mischt sich mit vielen anderen Gerüchen. Es riecht nach Erde, nach Tieren, nach offenen Kloaken, nach den Dieselabgasen eines vorbeifahrenden Autos, und der Staub, den es aufwirbelt, kratzt mir in Hals und Nase.

Aber als wir Tante Aminas Haus betreten, ist ein Geruch stärker als alle anderen: der pikante Duft von Gewürzen, vermischt mit dem weichen Duft von Brot.

Da bemerke ich, dass ich großen Hunger habe.

Mama hat Tante Amina eine Dose mit Süßigkeiten mitgebracht, Dishlemeh, und ein Körbchen bunte Eier, die wir beide mit Sternen und Blumen bemalt haben.

Tante Amina erwartet ihr erstes Kind, und ihr Bauch ist der größte der ganzen Provinz Badghis.

Mama streckt eine Hand aus und streichelt ganz leicht darüber, und ich sehe Tante Amina lächeln.

Beim Lächeln schließt sie die Augen und legt ihre Hand auf die von Mama. Es ist, als wären sie wieder kleine Mädchen. Kurz bleiben sie so stehen, ohne etwas zu sagen, in einer langen, stillen Umarmung. Mamas Schleier rutscht herab und gibt ihr Gesicht frei. Sie stehen Wange an Wange, Tante Aminas Bauch zwischen ihnen.

Und plötzlich, als ich sie so vereint sehe, fühle ich mich so weit von ihnen entfernt wie der Wind, der zwischen den Häusern pfeift. Einsam, von allem losgelöst, mit einer Stimme, auf die niemand hört.

Ich setze mich etwas abseits auf eine Bank und stecke ein Stück Brot in den Mund.

Schließlich kommt Tante Amina zu mir.

»Willst du nicht auch das Kind spüren?«

Da mache ich den üblichen Scherz und klopfe mit der geschlossenen Faust an ihren Bauch.

Und wie immer antwortet meine Tante: »Besetzt!«

Dann lacht sie, umarmt und schunkelt mich, und ich schließe Frieden mit dem Babybauch.

Doch gleich darauf wird Tante Amina ernst. Sie nimmt meine Hand und führt sie. Und da fühle ich es. *Es bewegt sich.* Das Kind bewegt sich unter meiner Handfläche, unter dem gespannten Stoff des Kleids, unter der Haut meiner Tante. Es fühlt sich an wie das Schnellen eines Fisches. Wie der noch unsichere Flug eines Vogeljungen. Und mit seinem Schnellen wie ein Fisch oder Fliegen wie ein Vogel berührt das Kind nun meine Finger, und meine Finger zittern ein kleines bisschen.

Ich blicke hoch zu meiner Tante.

»Was meinst du, wird es mir ähnlich sehen?«

Sie bleibt einen Moment still.

Dann streicht sie mir über den Kopf.

»Wenn ich Glück habe«, antwortet sie, »wird es dir ähnlich sehen.«

Der Tisch ist für Nouruz gedeckt, mit den besonderen Symbolen des Fests: Äpfeln, die für Schönheit stehen, Knoblauch für die Gesundheit, Gerstenkörnern und Linsen für die wiederkehrende Natur. Und dann noch verzierte Eier, eine Schale mit Walnüssen und Pistazien und eine Schüssel voll Wasser, um uns daran zu erinnern, wie das Leben sein sollte. Einfach und sauber. Transparent.

Es gibt auch Reispudding. Und neben dem Pudding steht Ferni. Meine Tante weiß: Das ist mein Lieblingsdessert.

Auf ein Tellerchen in der Mitte des Tisches hat sie zwei gelbe Kerzen gestellt. Mama zündet sie an. Sie singt leise.

Draußen wird es dunkel.

Die Kerzenflammen scheinen mit den Schatten zu spielen, die in den Winkeln des Hauses nisten, das im Übrigen fast genauso aussieht wie unseres. Die Wände aus Lehm und Stein. Die Vorhänge, die in den Türöffnungen schwingen. Auf dem gestampften und sauber gekehrten Erdboden verschiedene bunte Teppiche. An einer Wand lehnen zwei eingerollte Matten. In der Kochnische stehen auf einer Schicht Stroh Getreide- und Reissäcke, und von einem eisernen Haken hängt ein Stück rohes rotes Fleisch.

Der Geruch des Fleisches ist durchdringend, ich genieße es, wie er meine Nase erfüllt.

Das Meckern einer Ziege ist zu hören, und weit entfernt bellt ein Hund.

Dann erhebt sich die Stimme des Muezzins.

Und immer wieder das Pfeifen des Windes. Tante Amina sagt, er kommt von Norden.

Ich habe Hunger an diesem Abend. Ich esse alles. Auch das Spinat-Sabzi. Und nach dem Essen trinke ich noch eine Schale Milch.

»Wenn mein Kind deinen Appetit bekommt, müssen wir drei Ziegen mehr kaufen«, sagt Tante Amina, das Gesicht zwischen den Händen, die Ellbogen auf den Tisch aufgestützt.

»Ich fürchte, drei werden nicht reichen«, sagt Mama und schaut auf meinen Teller. Darauf ist keine einzige Linse mehr zu sehen. Er ist sauber wie ein Bachkiesel.

Ich tue so, als wäre ich beleidigt, aber ich frage nach noch mehr Pudding. Mama und Tante Amina lachen fröhlich. Alle beide haben schöne weiße Zähne, aber sie können sie nur zu Hause zeigen. Auf der Straße lacht eine Frau nicht. Um genau zu sein, lächelt sie nicht einmal. Schade, denke ich manchmal.

Auch weil Oma mir gesagt hat, dass das nicht immer so war.

Mich überkommt Müdigkeit, immer wieder fällt mein Kopf nach vorne.

»Bleibt zum Schlafen hier«, sagt meine Tante und macht die Kerzen aus, »es ist spät. Jetzt lasse ich euch nicht mehr gehen.«

Draußen ist es bereits Nacht. Eine stille Nacht. Mama sieht mich an, und ich gähne. Ich weiß, das ist die beste Art zu sagen: *Bitte, lass uns hierbleiben.*

Tante Amina rollt zwei Matten aus. Mama und ich legen uns hin.

Mein Rücken an ihren Rücken gepresst, meine Füße im Warmen zwischen den ihren.

Danach erinnere ich mich nur noch an die Müdigkeit, die sich über meine Augen herabsenkt, die Stimmen von Mama und Tante Amina, die miteinander flüstern und lachen, als würden sie sich Geheimnisse anvertrauen, und den Klang ihres Flüsterns, der sich mit dem Geräusch des Windes mischt und mir beim Einschlafen hilft.

Ich erinnere mich an die Schritte meines Onkels, der irgendwann in der Nacht heimkehrt und sich vorsichtig bewegt, um uns nicht anzustoßen.

Ich erinnere mich, dass ich kurz aufwache und gleich darauf wieder einschlafe, während ich Tante Amina husten höre und den Onkel, der sich neben sie legt und ihr vielleicht etwas zuflüstert.

Hinter meinem Rücken fühle ich Mamas Körper. Ihren warmen Atem im Nacken. Ihren Arm um mich herum. Ein vages Gefühl von Durst. Das ferne Geräusch des Donners.

Dann bemerke ich, dass es kein Donner ist.

Zuerst aber verstehe ich nicht.

Zuerst ist da nur Verwirrung.

Ich komme nicht mehr dazu, aufzustehen.

In meinem Kopf explodiert ein Gedanke: Das ist die Hölle.

Und sie wird uns verschlingen.

Mattia

Die große Pause ist eine Explosion.

Explosion des in drei Stunden Unterricht aufgestauten Freiheitsdrangs, gesteigert durch die Aussicht auf zwei weitere Schulstunden bis zum Ende des Vormittags.

Der Korridor ist voller Leute. Alle essen, trinken, lachen. Schubsen, streiten, flirten. Einige Jungs spielen Fußball mit einem zusammengeknüllten Stück Papier. Einer passt, der Zweite dribbelt, der Dritte schießt und versenkt den Ball in der offen stehenden Tür eines Klassenraums. *Tor!*, brüllt der Stürmer und reißt den Arm hoch. Dann haut er ihn, um seine Begeisterung loszuwerden, einem Kumpel auf den Nacken. Der antwortet mit einem Ellbogen in die Rippen.

Die Mädchen unterhalten sich angeregt, während sie in kompakten Grüppchen patrouillieren.

Ein paar Pärchen spazieren eng umschlungen den Korridor entlang.

Die Schlange vor den Automaten nimmt den halben Gang ein, die Schlange vor den Toiletten die andere Hälfte. Viele chatten, twittern oder posten Stories. Die zur Aufsicht gezwungenen Profs stehen vor einer unmöglichen Aufgabe: alle aus den Klassenräumen zu treiben, wie es die Schulordnung vorsieht. Kaum haben sie eine Klasse geräumt, fließt die Menge in eine andere.

Ich schaue mich nach Sofia um, aber sie ist nicht da.

»Wartest du auf jemanden?«, fragt Giulio, der eine gute Intuition hat, wenn man es nicht gebrauchen kann.

Dabei wirft er mir einen Blick zu wie *Du hast doch völlig den Kopf verloren, Mann.*

»Quatsch!«, blafft meine Stimme zurück.

Daraufhin tut Giulio einmal das Richtige und ist still.

Er boxt mir nur leicht gegen die Schulter und bleibt neben mir stehen, um aus dem Fenster hinunterzuschauen auf den Hof, der daliegt wie eine fünfte Dimension, das Ende der Schulwelt, der Anfang vom echten Leben. Archipele von grauen Pfützen, das Profil der Sporthalle, das verlassene Basketballfeld, die geschwungene Linie des Elektronikflügels mit großen Fenstern wie diesem und den Gesichtern anderer Jugendlicher hinter Glas: ein Aquarium, bekannt und vertraut.

Der Anblick erzeugt eine Mischung aus Langeweile und Hunger. Gegen den Hunger kann ich etwas tun.

»Ich hole mir ein Brötchen unten in der Cafeteria«, sage ich zu Giulio, »sehen uns später.«

Ich fische zwei Euro aus der Tasche und remple mich durch den Korridor.

Wir sind fast dreitausend an dieser Schule, in den Pausen merkt man das.

Ich erreiche das Erdgeschoss und kämpfe mich durch in die Cafeteria. Gleich daneben liegt die Mensa. Es riecht nach Pommes frites, Fleisch und Pasta alla Bolognese.

Mein Hunger steigt um drei Grad.

Die Automaten stehen auf der anderen Seite des Raums, in der Mitte hängt eine Rauchwolke, genau auf Höhe des *Rauchen verboten*-Schilds. Ich umkurve Tische und Stühle, allesamt besetzt um diese Zeit.

Manche sitzen sogar auf dem Boden, mit dem Rücken an der Wand. Ich turne über Sneakers, Doc Martens, Stiefel. Dann stelle ich mich am Automaten an.

Die Schlange wogt hin und her, reißt ab, formiert sich neu mit ein paar Eindringlingen.

»He!«, sage ich zu einem viertürigen Schrank, der sich gerade seelenruhig vor mir einfädelt.

»Bist du Italiener?«, fragt der Schrank zurück, mit starkem Akzent.

Ich verstehe nicht, was das soll.

»Was soll das jetzt?«

Er gibt nicht auf.

»Italiener?«

»Ja, ich bin Italiener.«

»Dann glaubst du nicht an Schlangen.«

Und er schwingt seinen Arsch zurück in die Reihe. Ich mustere ihn unauffällig: blonder Stoppelschnitt, unvermeidliches Nackentattoo, da und dort Piercings, eins neunzig Länge mal gut einen Meter Brustumfang. Mehr oder weniger Terminator.

Ich unterdrücke jede Anwandlung von Protest und beschließe, das Thema Schlangestehen flexibel zu handhaben.

Vielleicht glaube ich gerade nicht an Schlangen, dafür aber an einen sechsten Sinn. Denn ich bemerke sie nicht: Ich *erahne* sie. Ich rieche, fühle, wittere sie. Ich nehme sie wahr, ohne sie gesehen zu haben. Ich erschnüffle sie wie ein Hund den Trüffel.

Daher wende ich meinen Blick nun nach rechts.

Über Köpfe und Körper und Rucksäcke und Tische hinweg.

Hinweg über die Pizza, Brötchen und Pommes verschlingende Horde.

Dorthin, wo – natürlich – Sofia steht.

Sie hat ihre Stirn an die Glastür gelehnt. Ganz in den Anblick des Schulhofs versunken.

Neben ihr stehen ihre Freundinnen, wie immer, aber sie wirkt isoliert, verloren in ihrer eigenen Welt. Die anderen halten ihre Handys in der Hand, chatten und posten, Kopf gesenkt, Finger in Bewegung, jede abgetaucht in irgendeinen Fluss des Internets. Jede getrennt von den anderen, weil verbunden mit der virtuellen

Welt. Sofia nicht. Sofia betrachtet aufmerksam ein bestimmtes Detail der realen Welt.

Ich lasse die Schlange Schlange sein. Vergesse den Hunger. Gehe näher heran an Sofia.

Aus einigen Schritten Distanz folge ich ihrem Blick durch die Glasscheibe.

Dann sehe ich es auch. Es ist ein Spatz, der in einer Pfütze badet. Er schüttelt sich, reckt den Schwanz in die Luft, spreizt die Flügel und schließt sie wieder. Er taucht den Kopf ins Wasser, rüttelt sich von oben bis unten durch, planscht noch ein bisschen und hört dann auf. Er steckt den Schnabel ins Gefieder. Und schließlich, als er sauber ist, fliegt er davon.

Zwischen den Wolken ist jetzt die Sonne herausgekommen. Und ich denke, dass nur Sofia so etwas bemerken kann, einen Spatz, der Lust auf ein Bad hat – und sich damit aufhalten, ihm lächelnd zuzuschauen. So ein kleines Detail.

Fast ein Nichts, das auch noch weniger als nichts gedauert hat. Ein Nichts, das kein anderer bemerkt hat.

Aber sie und ich haben es zusammen gesehen.

Von der Mischung aus Langeweile und Hunger ist mir nur der Hunger geblieben.

Denn auch wenn ich mein Brötchen nicht bekommen habe, habe ich einen Vorrat angelegt. Wovon, kann ich zwar noch nicht sagen, aber ich weiß, dass es da ist und dass ich es mag.

Und dann ciao: Die Glocke läutet. Ein langes, wütendes Schrillen. Schluss mit lustig. In Schulpausen ist die Zeit besonders gemein. Ich habe nie verstanden, wie, aber sie vergeht einfach doppelt so schnell.

Also bin ich immer noch da, wo ich vorher war. Gelegenheiten gegen Mattia: eins zu null.

In der Tür der Cafeteria taucht eine Mensaangestellte auf, jung, hübsch und lächelnd. Sie kommt, um das Essen bekannt zu geben, das es in zwei Stunden für alle gibt, die Nachmittagsunterricht haben. Da ich aber in der Nähe wohne und meine Mutter gar nicht übel kocht, gehe ich meist nach Hause zum Essen.

»He, Leute«, verkündet die Angestellte, sie muss fast schreien, um gehört zu werden. »Wer von euch interessiert ist an Hamburgern mit Pommes, wird gebeten, das jetzt vorzumerken, ohne Zögern und Zaudern.«

Wow! *Wird gebeten?* Und dann auch noch *ohne Zögern und Zaudern?*

Frischer Abschluss in Literaturwissenschaft, vermute ich. Oder wenigstens Erziehungswissenschaft. Hart ist der Arbeitsmarkt, stimmt's?

Der Raum leert sich innerhalb von etwa dreißig Sekunden. Kein Evakuierungsplan an dieser Schule hat je so reibungslos und effizient funktioniert. Pommes gehen immer, und die Plätze fürs Mittagessen sind limitiert. Also alle los zum *Vormerken*.

Einsam vor den Automaten zurück bleibt nur mein Terminator.

Er hat gerade in sein Brötchen gebissen und sieht sich jetzt etwas verwirrt um. Dann macht er zwei unentschlossene Schritte. Kommt auf mich zu.

High Noon. Augenblicklich habe ich Morricones Melodie von *Zwei glorreiche Halunken* im Ohr, einem Klassiker, den mein Vater liebt.

»Was passiert?«, fragt er. »Ich nicht gut verstehe.«

Ach, echt?

Vorhin habe ich gar nicht bemerkt, dass er so schlecht Italienisch spricht. Wahrscheinlich ist der Spruch übers Schlangestehen der einzige, den er so draufhat.

»Toxinellen«, antworte ich ganz entspannt.

»To-was?«

»Toxinellen«, wiederhole ich. »Giftige Art von Lebensmittelbakterien. Die wurden gerade in den Brötchen hier aus dem Automaten gefunden.«

Er hört auf zu kauen.

Starrt mich aus aufgerissenen Augen an.

Sogar das Piercing in seiner Augenbraue verrät sich durch ein zittriges Glitzern.

»Gefährlich?«, fragt er.

»Kommt darauf an. Wenn du den Rest des Tages auf dem Klo verbringen willst, kann ich sie dir empfehlen.«

Und damit ich sicher sein kann, dass er versteht, gehe ich ein wenig in die Knie und mime universell verständliche Anstrengungen und Geräusche.

Terminator wird feuerrot. Schmeißt das Brötchen in einen vollen Papierkorb und spuckt den zerkauten Bissen aus.

Dann zieht er, vor sich hin schimpfend, ab.

»Mach dir keine Sorgen!«, rufe ich ihm freundlich nach, »Toxinellen hast du in einer Woche überstanden!«

Aziz

Der *Tag Null* beginnt in der Nacht, mit einem Knall, der mir wie Donner erscheint.

Es folgen weitere Explosionen.

Sie sind noch lauter, noch näher. Sie lassen den Boden, die Mauern erzittern.

Dann wird die Tür eingeschlagen. Ein Lichtstrahl blendet mich.

Jemand schreit. Vielleicht bin das ich. Es folgen noch mehr Schreie, weiter weg.

Der Erste, der hereinstürmt, ist ein Hund. Er trägt eine Weste und eine lederne Maske. Seine Augen hinter einer Brille aus Glas und Metall funkeln im Dunkeln wie glühende Kohlen.

Ich schaffe es nicht, aufzustehen.

Ich schaffe es nicht, Mama zu umarmen.

Ich schaffe es nicht, Mut zu fassen, meine Gedanken zu ordnen.

Zwei Soldaten sind eingedrungen.

Sie richten Waffen auf uns.

Ich verstehe ihre Schreie nicht, weil sie in einer unbekannten Sprache schreien.

Ich verstehe nicht, wer sie sind, was sie wollen, was sie suchen, hier bei uns.

Meine Augen, meine Ohren verstehen nicht. Mein erstarrter Körper versteht nicht.

Auch mein Herz versteht nicht.

Mattia

In der letzten Unterrichtsstunde verabschiedet sich die Zeit aus der Physik und wird Teil einer Paralleldimension. Nanosekunden werden zu Stunden, Stunden zu Äonen.

»Tust du mir einen Gefallen, Mattia?«, hat mich soeben die Franceschi gefragt. »Könntest du ins Lehrerzimmer gehen und mein Geschichtsbuch holen?«

»Aus Ihrem Fach?«

»Ja, wie immer. Danke.« Dann schiebt sie ihre Brille auf die Nase hinunter und stellt direkten Augenkontakt her, Modus Zwillingsbohrer. Sie richtet Zeige- und Mittelfinger erst auf ihre Augen, dann auf meine: »Und auf dem Rückweg keine Umwege. Haben wir uns verstanden, Marchior?«

»Aber niemals!«, antworte ich treuherzig, die Unschuld in Person.

Vorzug Nr. 1 der Franceschi: Sie kann unterrichten.

Macke Nr. 1: Ihre Zerstreutheit ist legendär.

Wenn es nicht das Buch ist, ist es das Federmäppchen. Wenn nicht das Federmäppchen, dann die Tasche. Wenn nicht die Tasche … dann was weiß ich. Sie vergisst immer irgendwas. Also schickt sie dann jemanden los, um all diese Dinge zu holen.

Ihre offiziellen Kuriere sind sehr oft Giulio und ich, und ich habe den Verdacht, dass sie ihre Gründe hat, gerade uns beide aus der Klasse zu schicken. Meist passiert das, wenn sie zwischen den Tischen herumgeht und erklärt. Sie taucht in deinem Rücken auf wie eine Drohne, beugt sich lautlos über dein Heft und entdeckt dabei, dass aus der Mitschrift längst ein Manga geworden ist. Das ist der Moment, in dem sie dich, ohne die Ruhe zu verlieren, losschickt, um ein Buch zu holen.

Ich weiß nicht, wie es für Giulio ist, für mich ist das ein Segen. Kurz aufs Klo, einen Schluck Wasser, einen Blick aus dem Fenster in die ferne wirkliche Welt, die sich gleich außerhalb der Schule in normaler Geschwindigkeit dreht. Am Ende erinnere ich mich sogar noch an den Grund, warum ich wirklich draußen bin, und hole der Prof ihren Kram.

Wenn ich dann zurück in der Klasse bin, ist meine Konzentrationsfähigkeit wiederhergestellt und sendet Lebenszeichen.

Normalerweise läuft das so.

Die Franceschi spricht immer noch mit mir. Ich war abgelenkt. Was sagt sie?

Ich stehe vorn, neben dem Pult. Sie spricht jetzt leiser.

»... Mattia, du erscheinst mir so zerstreut. Probleme?«

Ich bin nicht zerstreut. Ich bin ein einziges Chaos. Das sage ich ihr natürlich nicht.

»Keine Probleme. Ich gehe dann. Literaturgeschichte, richtig?«

Sie seufzt.

»Nein. Das Geschichtsbuch.«

»Meinte ich ja. Geschichtsbuch.«

Ich gehe hinaus, den Korridor entlang, bleibe am Fenster stehen. Nur eine Glasscheibe mit Regentropfenbahnen trennt die Schule von der Außenwelt: zwei nahe, ferne Welten, die um diese Tageszeit den größtmöglichen Abstand einhalten. Die Straße. Die Häuser auf der anderen Seite. Der übliche Verkehr. Die Bar gegenüber, die alle BGG nennen. In meinen Ohren summt ein Motor: das kultige desmodromische Geräusch einer Ducati Monster, die gerade hochdreht.

Vielleicht ist das der Beginn einer Ohrenentzündung. Vielleicht aber auch meine Sehnsucht abzuhauen.

Wo würde ich hin, wenn ich gehen könnte? Ein Strand taucht vor meinen Augen auf. Feiner Sand, eine schwebende Möwe, dahinter die untergehende Sonne, eine Hängematte zwischen zwei Palmen, ein Mädchen in der Hängematte. Ich erkenne die Haare, die Beine. Ich rieche ihren Geruch. Neben ihr ist Platz für mich.

Beim Sonnenuntergang bin ich flexibel, was das Mädchen betrifft, kein bisschen.

Ich tauche wieder auf. Gehe ins Erdgeschoss hinunter. Das Lehrerzimmer, ein grauer Raum voller Bücher und Blätterstapel, liegt eingeklemmt zwischen der Pförtnerloge der Hausmeisterin und der etwas traurigen Cafeteria der Profs, die hier immerhin fast dreihundert sind. Dreihundert oder so ist auch die Zahl der Fächer, die, auf mehrere große Schränke verteilt, die Wände bedecken.

Jedes Fach hat eine Nummer und ein Schloss. Auf vielen der Türchen haften Magneten als Erkennungszeichen, da hat jede und jeder so seinen Geschmack. Die Aufschriften reichen von ernsthaft bis aufgekratzt, mit ein paar nachdenklichen Ausreißern.

Sehr beliebt sind *London* und *Paris*. Dann folgen Weisheiten wie *Don't worry, be happy* oder *All you need is love*.

Ich kenne den Magneten der Franceschi. Eine grimmig blickende Comic-Mafalda mit Sprechblase: *Andere zum Nachdenken bringen zu wollen, ist manchmal Übertherapie.*

Ich weiß natürlich auch, wo das Fach ist und dass sie es nie absperrt.

Im Erdgeschoss herrscht das übliche Kommen und Gehen: Schüler auf dem Weg zum Klo, Lehrer in der Unterrichtspause, haufenweise Eltern, die zu einer Sprechstunde im ersten Stock wollen.

Keiner passt wirklich auf, wer in einer Schule so herumläuft.

Außer er wird umgerannt.

Das passiert mir nämlich gerade.

Ein Typ kommt mit gesenktem Kopf aus dem Lehrerzimmer,

das gerade wie leer gefegt ist. Er rennt nicht, aber er beeilt sich. Um ein Haar klatscht er mich an die Wand.

»He!«, mache ich, aber er entschuldigt sich nicht.

Im Gegenteil, er rammt meine Schulter und fährt sich mit der Hand vors Gesicht, als wollte er es zudecken. Da erkenne ich ihn. So einen Ring hat nur er: einen Goldring mit Totenkopf. Jetzt erkenne ich auch sein Gesicht, trotz der dunklen Sonnenbrille.

»Was ...«, entfährt es mir.

»Kümmer dich um deinen Scheiß!«, fällt er mir ins Wort. Und schon ist er auf und davon.

Wie versteinert sehe ich ihm nach, während er hinausrennt und zwei Stufen auf einmal die Treppen hinunterspringt.

Groß, cool, selbstsicher, an den Füßen ein Paar blitzende Nike Air Jordans: ein Alpha-Typ wie aus der Werbung.

Dabei strahlt er immer so eine wütende Energie aus, geballt wie Druckluft, die nur darauf wartet zu explodieren. Der Typ hat mir immer Angst gemacht. Ich erinnere mich jetzt, wie er heißt: Pierantonio.

Einer, der hart schlägt, wenn er schlägt. Heißt es.

Ich weiß, dass es stimmt.

Aziz

Eine Zeit lang habe ich nach Wörtern gesucht, im Lärm der Erinnerung.

Ich brauchte Wörter.

Ich brauchte einen Namen für jede Bewegung, jedes Ding. Für jeden Schatten und jedes Licht, die noch in meinen Augen wohnen, wenn meine Augen wieder die Hölle sehen, die jene Nacht verändert hat.

Und nach jener Nacht mein Leben.

Denn wenn etwas einen Namen hat, dann wird es lebendig. Dann hört der Zweifel auf. Es *existiert* wirklich.

Dann ist es nicht mehr dein verrückt gewordenes Gehirn, das sich eine falsche, düstere Wirklichkeit ausmalt.

Es ist die Welt, die falsch und düster ist, und nicht ein Teil von dir.

Es gibt viele Arten von Wörtern.

Glückliche Wörter, zum Beispiel, entspringen dem Herzen und dem Mund wie Flughörnchen.

Sie sind wendig, flink und leicht. Sie bewegen sich mühelos, vertragen sich gut mit Zunge und Zähnen und wohnen gern in der Stimme. Wörter wie *Mama* oder *Oma*. Wie *Amu Nouruz*. Wie *Fußball*.

Andere Wörter hingegen sind schüchtern.

Sie stehen lieber abseits.

Wenn sie den Mund verlassen müssen, tun sie das langsam, zögerlich, verstecken sich zwischen den Backenzähnen. Manchmal drehen sie einfach um. Oder stolpern. Oder verirren sich im Dunkeln. Oder verlassen ihre Höhle nur ganz allmählich, so wie eine Regenschnecke ganz allmählich aus ihrem Haus kriecht, nachdem sie ein wenig Luft geschnuppert, die Welt gekostet hat.

Das sind Wörter wie *Entschuldige.* Wie *Ich habe einen Fehler gemacht.* Wie *Ich tue es nicht wieder.*

Aber die gefährlichsten Wörter sind wie Schakale.

Sie leben verborgen in der Stille. Sie lauern im Dunkel der Nacht. Meist bewegen sie sich allein, schnell und gnadenlos.

Sie greifen wehrlose Opfer an. Wehe, du bist das Opfer.

Die Wörter für die Nacht, die zu meinem *Tag Null* wurde, sind solche Wörter.

Ich habe lange danach gesucht, überall. Im Englisch-Wörterbuch, in den Zeitungen, in Büchern, in den Erzählungen von Leuten, die geflohen sind, wie wir jetzt fliehen.

Du lernst schnell, sagte meine Oma zu mir.

Und ich habe ihr geglaubt, denn meine Oma weiß ungeheuer viel und spricht sogar fünf Sprachen: Dari, Urdu, Paschtu, Russisch und Persisch. Sie ist Ärztin, und als sie jünger war, arbeitete sie in einem großen Krankenhaus. Sie heilte die Knochen der Menschen. Sie konnte Auto fahren, trug bunte Kleider, die nur bis zum Knie reichten, und Schuhe mit hohen Absätzen und im Gesicht, das ganz unbedeckt war, keinen Schleier, sondern Sonnenbrillen.

Außerdem lebte Oma Nadira, als sie ein Mädchen war, nicht in einem Dorf auf dem Land, sondern in einem Haus in Kabul voller Teppiche und Bücher.

Ihr Vater, mein Urgroßvater Jaafar, unterrichtete an der Universität. Ursprünglich aber stammte die Familie meiner Oma aus Herat, der Stadt der Künstler und der Sufis. In Herat lag die Poesie in der Luft, sagte meine Oma gern.

Wer Schnupfen hatte, fügte sie lächelnd hinzu, nieste Verse von Rumi: Gedichte über das Leben und die Liebe.

»Du lernst schnell«, sagte meine Oma oft, »und für die, die schnell lernen, ist Studieren Pflicht.«

Also habe ich meine Pflicht getan.

Ich habe die neuen Wörter studiert, ihre fremden Laute.

Heute kann ich der Dämmerung meines *Tages Null* ihren exakten Namen geben.

Ich kann meine Hölle benennen.

Es ist ein einziger, präziser Name, so wie der Moment, in dem diese Hölle losbrach.

Vor genau zwei Jahren, elf Monaten und zwanzig Tagen.

Mattia

Bei Schulschluss könnte man glauben, die Löwen sind los.

Dreitausend, die sich kopfüber in die Freiheit stürzen, nach fünf Stunden Unterricht. Ein Vulkanausbruch ist nicht mehr als ein Nieser dagegen.

Um möglichst schnell ins Freie zu gelangen, hat jeder seinen eigenen Stil. Manche schubsen sich ihren Weg frei wie ein Bär, der anderen seine Tatzen vor den Latz knallt, manche öffnen eine Bresche, indem sie sich an den Wänden entlangschieben, oder drücken drauflos im Vertrauen auf die Macht der Masse. Manche, die was vergessen haben, gehen auf volles Risiko und versuchen, flussaufwärts zu hüpfen wie ein kanadischer Lachs.

Insgesamt gleicht der Effekt dem einer Lawine, die aus den oberen Stockwerken hinabrollt, jeden freien Millimeter Raum einnimmt, im Flaschenhals der Treppen stecken bleibt und sich von dort hinauskatapultiert in einem letzten glühenden Strom von Armen und Köpfen, Schultern, Rucksäcken und Füßen.

Ich bleibe hinter der Front zurück, neben mir wie immer Giulio. Der wie immer um diese Zeit hungrig ist. Und sich wie immer, seit ich ihn kenne, wie ein Wolf auf sein zweites – oder schon das dritte? – Brötchen stürzt.

Ich habe nie verstanden, wo er das alles hinsteckt, was er so in sich reinstopft.

Und dabei isst Giulio wie ein wahrer Gentleman. Ich schaue zu, wie er mit offenem Mund kaut. Während er kaut, hört er nicht auf zu sprechen. Er trinkt aus einer Wasserflasche und trocknet sich den Mund mit dem Handrücken ab. Dann steckt er zwei Finger in den Mund, um eine Brotrinde aus den Backenzähnen zu befreien.

Als er seine guten Manieren mal wieder vollständig vorgeführt hat, sind wir am Schultor angekommen und stoßen auf Filippo und Valentina.

Filippo ist der Größte in der Klasse und auch der Älteste. Er wiederholt gerade die Zehnte, nachdem er schon die Neunte wiederholt hat, vielleicht liebt er die Symmetrie. In der Mitte seiner Ohrläppchen blitzen zwei kleine runde Plugs aus Stahl. Als er sich an der Nase reibt, hüpft die tätowierte Spirale einer Schlange auf seinem linken Bizeps. Aber das ist es nicht, was am meisten an ihm auffällt.

Was ins Auge fällt, ist etwas anderes: die scharfen Schnitte an seinen Armen. Viele parallele, horizontale Schnitte. Er hat auch welche an den Beinen. Schnitte, die er sich selbst zugefügt hat.

Neben ihm steht Valentina. An ihr fällt einem direkt zweierlei auf: die grell schlumpfblau gefärbten Haare und ihr winziger Körperbau. Zusammen sehen die beiden aus wie Shrek und die Fee mit den blauen Haaren.

Ich sehe, wie Vale sich auf die Zehenspitzen stellt, um Filippo auf die Wange zu küssen. Dazu muss sie sich ganz schön strecken. Filippo winkt uns zu und zieht ab, Vale kommt zu uns herüber.

»Er hat schon wieder neue!«, fängt Giulio an. Diplomatie ist echt nicht seine Stärke.

»Neue was?«, fragt Valentina, aber ich denke, sie hat es schon kapiert.

»Neue Schnitte. Deutlich zu sehen. Je frischer, desto ekliger.«

Ich stoße Giulio in die Rippen.

»He!«, fährt er auf. »Wir stehen. Wozu schubst du?«

Valentina verdreht die Augen. Filippo ist ihr bester Freund, und sie verteidigt ihn, wo sie nur kann.

»Jedenfalls, wieso schnipselt er so an sich herum?«, bohrt Giulio weiter.

Wenn er sich in etwas verbeißt, wird er zum Nervtöter hoch zehn.

»Probleme«, antwortet Valentina. »Und jetzt hat er gerade neue.«

Wir kennen Filippos Probleme. Einen saufenden Vater, dessen Trockenphasen immer nur bis zum Rückfall dauern, eine magersüchtige Schwester, die in der Klinik ein und aus geht. Und die Schule bringt auch nicht gerade Ruhm und Ehre in Filippos Leben. Wahrscheinlich ist es dieser Mix, der ihn schafft.

»Neue Probleme?«, frage ich. »Er hat doch schon genug alte ...«

Vale betrachtet ihren Schuh. Vielleicht fragt sie sich, ob es einen Sinn hat, mit zwei Knallköpfen wie Giulio und mir ernste Dinge zu besprechen.

Aus irgendeinem Grund beschließt sie, uns ins Vertrauen zu ziehen.

»Seine Eltern lassen sich scheiden. Auf die harte Tour.«

»Na gut«, macht Giulio nach ein paar Sekunden, »das ist vielleicht nicht witzig, aber sich deswegen die Arme in Scheiben zu schneiden, ist doch idiotisch.«

»Vielleicht sind die Idioten auch die, die nicht kapieren, was echte Probleme sind.«

»Vale, Giulio hat nicht unrecht«, sage ich. Einerseits, weil ich es wirklich denke, ein bisschen auch aus männlicher Solidarität. »Scheidung ist doch keine Tragödie. Wenn alle Kinder aus Scheidungsfamilien so reagieren würden, liefe die halbe Welt als Aufschnitt herum ...«

Sie schaut mich an. Scheint kurz nachzudenken.

»Sind deine Eltern noch zusammen?«, fragt sie.

Also denke ich kurz an meine Eltern. Wir sind eine sehr harmonische Familie. Mama arbeitet im Krankenhaus, sie ist Biologin, und sie mag ihre Arbeit. Sie ist ordentlich, organisiert, rational. Ein Ordnungsfreak, sportlich. Manchmal ist sie übergriffig, aber sie schafft es, sich zurückzuhalten, wenn sie merkt, dass sie es übertreibt.

Papa unterrichtet Philosophie an einem Gymnasium. Nicht an meinem, das fehlte noch. Ich habe es damals sorgfältig vermieden, mich an seiner Schule einzuschreiben. Er ist ein Chaot und ziemlich zerstreut. Er kann einen zum Lachen bringen, darin ist er ein Naturtalent. Er betrachtet die Dinge gern aus verschiedenen Blickwinkeln. *Divergent* nennt er sich. Zwanghaft nervtötend nennt es Mama. Aber sie sagt es immer mit einem Lächeln. Er liebt Fusion und Rock. Genesis, Led Zeppelin, Pink Floyd. Aber auch die Doors und die Premiata Forneria Marconi. Von seinen Idolen mag ich Tom Waits am liebsten.

Und bis vor Kurzem war da auch noch Opa, der im oberen Stock wohnte.

Aber an ihn will ich jetzt nicht denken. Noch nicht, denn er fehlt mir viel zu sehr.

Ich kann es also nicht leugnen: Mit meiner Familie habe ich Glück gehabt.

»Und?«, drängt Valentina. »Sind sie noch zusammen oder nicht?«

»Na ja«, gebe ich zu, »meine Eltern sind tatsächlich schon ewig zusammen.«

»Also, meine Regel ist: Entweder steckst du in etwas drin, oder du bist draußen. Wenn du draußen bist, spar dir deine Urteile. Und hier bist du draußen, wie es aussieht.«

»Fakt ist aber«, mischt sich Giulio neben mir ein, »dass Filippo einfach auf den Geschmack gekommen ist. Neue Probleme? Zack! Her mit dem Rasiermesser. Damit sichert er sich Aufmerksamkeit.«

Valentina schüttelt den Kopf.

»Du wirst dich echt nie ändern. Dein Herz hast du wohl am Nordpol vergraben.«

»Wow!«, macht Giulio. »Das schreibe ich mir auf.«

Vale: »Das war nicht als Kompliment gemeint.«

Giulio: »Ansichtssache. Als Snowboarder sehe ich das anders.«

Vale deutet auf Giulios Brötchen, sie hat jetzt das Kriegsbeil ausgegraben: »Weißt du, dass allein in Italien jedes Jahr Millionen von Rindern getötet werden, um daraus Hamburger wie deinen zu machen?«

Giulio: »Ich werde daran denken.« Dann schluckt er den letzten Bissen runter und leckt sich zum Schluss die Finger ab.

Vale: »Mit dir könnte man den Darwinismus widerlegen. Gegen dich sind sogar die *Croods* hoch zivilisiert!«

Giulio: »Weißt du was? Filippo braucht eine Freundin. Und bis es so weit ist, sollte er ein paar Beruhigungspillen schlucken.«

Vale: »Dein Rezept ist also *sex and drugs*. Ich sag dir mal, was ich weiß. Nämlich, dass deine letzten Gehirnzellen heute beim Geschichtstest draufgegangen sind, als du unter dem Tisch abgeschrieben hast!«

Das ist ein Schlag unter die Gürtellinie, das ist mir klar. Als Giulio sich zum Angriff bereitmacht, werfe ich mich todesmutig dazwischen.

»He! Hört ihr jetzt auf? Konstruktive Kritik, schon mal gehört?!«

Vale und Giulio drehen sich zu mir um und sagen wie aus einem Mund: »Das *ist* konstruktive Kritik!«

Dann schauen sie sich verblüfft an, ernsthaft beunruhigt wegen der ungesunden Harmonie zwischen ihnen.

Na ja, wenigstens habe ich es geschafft, dass sie sich in irgendetwas einig sind.

Mein Problem ist, dass ich sie beide verstehe.

So geht es mir oft: dass ich scheinbar gegensätzliche Meinungen verstehen kann, sodass es echt schwierig wird, mich auf eine Seite zu schlagen.

Nehmen wir Giulio: Der hat ja nicht unrecht. Man muss was tun gegen sein Unglück, nicht auch noch selbst gegen sich arbeiten.

Außerdem ist Giulio einfach Giulio. Das zählt. Ich kenne ihn seit dem Kindergarten. Wir sitzen praktisch seit der ersten Klasse nebeneinander. Er hat nie irgendwem was getan, aber Verständnis für einen, dem es schlecht geht ... daran muss er noch arbeiten.

Andererseits: Valentina ist echt tough. Und ich kann mir vorstellen, dass sie diesmal recht hat. Sie denkt wirklich nach über die Dinge. Sie überlegt, Psychologie zu studieren, während ich noch nicht einmal weiß, was ich heute Abend mache. Schlau und hübsch ist sie auch noch. Sie interessiert sich für die Weltwirtschaft, die globale Erwärmung, die Verzweifelten in den Schlauchbooten. Sie hat sogar einen guten Musikgeschmack. Giulio meint, Vale sei ein bisschen verliebt in mich. Auf sein Urteil würde ich mich da zwar nicht verlassen, aber es stimmt, dass sie so einen netten, besonderen Ton draufhat, wenn sie mit mir spricht. Also, jedenfalls: Vale ist echt in Ordnung.

Sie hat nur einen Fehler, aber der ist groß.

Unüberwindbar, würde ich sagen.

Sie ist nicht Sofia.

Und ich? Ich bin die ganze Zeit nur hin- und hergerissen zwischen zwei entgegengesetzten Instinkten: feiern bis zum Umfallen oder den Hintern hochkriegen und die Welt retten.

Das kommt auf die Stimmung an, auf den Moment. Manchmal sogar auf eine Schulnote. Es kommt auf eine Menge Dinge an.

Denn jeder Tag ist anders. An manchen Tagen verstehe ich genau, worum es geht: wie ich mich verhalten soll, was ich sagen soll, mit wem zusammen sein, damit es mir gut geht, wen lieber meiden. Dann fühle ich mich so stark, dass ich das Gefühl habe, meine Entscheidungen machen einen Unterschied.

Nicht nur für mein Leben, für das Leben auf der Erde.

An anderen Tagen ist alles scheiße. Dann weiß ich nicht genau, wer ich bin, und es fällt mir schwer, auch nur Kopf und Körper zusammenzuhalten. An solchen Tagen gebe ich auf und hänge einfach nur rum. Nicht mal ein Tsunami könnte mich dann wegtragen. Manchmal hat eine verpatzte mündliche Note damit zu tun, manchmal ein verlorenes Spiel. Andere Male nur das Gefühl, irgendwie verkehrt zu sein, komplett falsch.

Wie ein Vogel mit Kiemen oder eine Amphibie, die aus dem Wasser steigt und nicht weiß, wie Atmen geht.

Dann möchte ich mich nur noch auf dem Sofa langlegen und nicht mehr aufstehen. Nur ich und mein Handy. Ein Herz und eine Seele. Zwei, die sich selbst genügen, in einem Nirwana aus Kissen.

Jedenfalls. Während Giulio und Valentina die nächste Runde im Ring einläuten, schaffe ich es, mich dazwischenzuwerfen, schnell wie ein Aktivist, der auf der Straße Unterschriften sammelt.

»Break. Auszeit. Waffenstillstand. Zeit heimzugehen. Wir müssen in zwei Stunden zurück sein. Genauer …«, ich kontrolliere auf dem Smartphone, »in einer Stunde, fünfzig Minuten. Ich weiß nicht, was ihr macht, aber ich gehe jetzt essen.«

Gemaule. Schweigen. Giulio grunzt eine vage Zustimmung und schlurft zu seinem Fahrrad.

Er winkt uns mit einer Hand zu, bevor er auf die Straße hinausbiegt und dabei sein Smartphone checkt. Um ein Haar fährt er einen alten Mann um, der gerade vorbeigeht.

»He!«, schreit ihm der Alte nach und droht mit seinem eingerollten Schirm. »Steck das verdammte Ding weg! Komm zurück in die Wirklichkeit!«

»Geh du zurück ins Altersheim!«, schreit Giulio zurück.

Ich halte mir die Augen zu. Zwischen zwei Fingern schiele ich nach dem versteinerten Gesicht von Valentina.

»Ich kenne den nicht«, sagt sie. Sie hat lakritzfarbene Augen, so schwarz, dass sie fast blau scheinen. »Ich schwöre: Giulio? Kenn ich nicht.«

»Er meint es nicht böse …«, versuche ich ihn zu verteidigen. »Er steht nur immer unter Druck zu Hause, mit seinen drei kleinen Geschwistern. Seine Eltern halten ihn kurz, er muss praktisch

Papa spielen. Wenn er draußen ist, lässt er sich dann gehen. Aber er würde keiner Fliege was tun.«

»Klar, Rinder sind ihm lieber. Oder Schweineschinken«, legt sie nach, mit einem Zähnefletschen.

Wir lachen.

Dann sagt Vale, fast flüsternd: »Die Wahrheit ist, Giulio ist ein Fall für den Arzt.«

Ich nehme den Rucksack von der linken Schulter und hänge ihn über die rechte. Ich gönne mir ein paar Sekunden Bedenkzeit.

Ich denke an mich selber, und an Sofia. Ich denke an das Schaf, in das ich mich verwandle, wenn sie in der Nähe ist.

»Ein Fall für den Arzt …«, wiederhole ich nachdenklich, »sind wir doch alle, aus der Nähe betrachtet.«

Jetzt lächelt Valentina.

Ihre Zahnspange verbreitet ein kurzes Glitzern, weil die Sonne zwischen den Wolken ein paar vorsichtige Strahlen rausschickt, über die Straße, die weiß-graue Fassade der Schule, die auf dem Asphalt ausgegossenen Pfützen. Der Himmel hat dieselbe Farbe wie der Tee mit Milch, den Mama mir machte, wenn ich als Kind krank war. Als hätte der Regen die Welt in Frischhaltefolie verpackt, die jetzt überall Lichtreflexe verteilt.

Vale und ich gehen gemeinsam los und in unterschiedliche Richtungen davon.

Ich warte an der üblichen Haltestelle auf den Bus.

Und während ich zwischen den anderen stehe und warte, sehe ich Filippos Schnitte vor mir. Die alten, vernarbten und die frischen roten, wütenden.

Es sind Zeichen, die anziehen und abstoßen, die Blicke und Aufmerksamkeit auf sich ziehen, aber nichts wirklich erklären. Sie schreien *He, schau her!*. Du kannst es richtig hören, dieses Ausrufezeichen.

Und du schaust hin. Du kannst gar nicht anders.

Aber nachdem du sie gesehen hast, bleibst du mit einem Fragezeichen zurück. Einem Fragezeichen wie der wedelnde Schwanz einer Million weiterer Fragen.

Und auf einmal wird mir etwas klar. Mir wird klar, dass ich Glück habe. Mir wird klar, dass ich nicht heimliche Dramen auf der Haut meiner Arme oder Hände sichtbar machen muss, um endlich an die Oberfläche zu lassen, was mich innerlich fertigmacht und meine Nerven massakriert, weil es rausmuss.

Dann leuchtet der Bildschirm meines Smartphones auf.

Eine Nachricht von Ma. Ma wie Mama. Aber auch wie Marta, so heißt sie nämlich.

Ich schaue drüber. Eine seltsame Nachricht.

Ich lese die wenigen Worte noch einmal und bin plötzlich unruhig.

Aziz

Es ist nur ein Wort.

Blitzoperation.

Das ist der Name meiner Hölle.

Und ich kenne auch den Namen der Soldaten: Navy Seals.

Die amerikanische Spezialeinheit. Die besttrainierte Einheit von allen.

Ich weiß, dass ihr Name aus den Anfangsbuchstaben anderer Wörter gebildet ist: dem *Se* von *Sea*, dem *A* von *Air*, dem *L* von *Land*. Weil die Seals das Kriegführen zur See, in der Luft und zu Lande gelernt haben.

Der Krieg wohnt in allen Elementen. Außer dem Feuer, das wohnt im Krieg selbst.

Ich weiß jetzt noch viele weitere Dinge über die Seals.

Ich habe sie sorgfältig gelernt, eines nach dem anderen, so wie Oma Nadira mich früher Gedichte lernen ließ.

Ich weiß, dass der Helm, den sie tragen, besondere Kopfhörer enthält, damit sie über weite Entfernungen miteinander sprechen können.

Ich weiß, dass sie Nachtsichtbrillen tragen, mit denen sie auch im Dunkeln sehen können, sogar, wer sich hinter einer Hauswand bewegt.

Ich weiß, dass die Hunde der Seals kugelsichere Westen tragen, die Storm K 9 heißen.

Ich weiß, dass an dieser Weste eine Kamera befestigt ist, auf einem Stativ, das aussieht wie der Hals einer kleinen Rubab, des Instruments, das Papa spielt. Ich weiß auch, dass diese Kamera die Dunkelheit erhellen kann: mit grünem Licht, Infrarotlicht und einem Licht mit so kompliziertem Namen, dass er mir nicht mehr einfällt.

Heute weiß ich noch andere Dinge.

Ich weiß, dass die Seals in jener Höllennacht nach Terroristen suchten. In den Häusern des Dorfs von Tante Amina, in den Höhlen rund um das Dorf, in den Ziegenpferchen zwischen den Höhlen.

Ich weiß, dass sie uns oft vor Schlimmerem beschützen.

Ich weiß, dass ihr Sturmgewehr Colt M4 heißt und über ein Nachtsichtgerät, Laserlicht, eine starke Lampe und einen ausziehbaren Kolben verfügt, der das Zielen erleichtert.

Aber es ist kein Zielen nötig, um das Sturmgewehr gegen eine Schläfe zu halten, wie jetzt gegen die meines Onkels.

Im Haus herrscht völlige Stille.

In dieser Stille hallt mein Herz wider wie ein Echo in einer Höhle.

Ich bewege mich nicht. Ich kauere auf dem Boden.

Der mächtige Geruch von Schweiß.

Ein Heer von Ameisen wimmelt über meine Hände und meine Arme, macht sich auf, meinen Rücken zu erobern.

Aber mein Körper ist ein Stein. Ein unbeweglicher Fels des Pamir-Gebirges.

Doch auch ein Fels kann manchmal zittern, denn neben mir knurrt jetzt ein Hund.

Auch seinen Namen kenne ich heute. Es ist der Name eines Rassehunds, der speziell für den Krieg trainiert wurde: Belgischer Malinois. Auf seinem Kopf trägt er eine seltsame Brille. Durch diese runden Brillengläser sieht er im Dunkeln.

Auch ich sehe plötzlich im Dunkeln, auch ich habe eine Superkraft wie die Infrarotstrahlen, die alles sichtbar machen: die entblößten Zähne des Hundes, den Speichel, der von seinen Zähnen tropft, das Fell seines großen dunklen Körpers, die gespannten Muskeln unter dem Fell.

Ich rieche seine Angriffslust.
   Ich rieche seine gebändigte Wildheit.
   Ich rieche seinen Gehorsam gegenüber dem Hundeführer.
   Mit seinen schwarzen Kopfhörern wartet der Hund auf einen präzisen Befehl.
   Er wartet auf einen Laut, ein Wort.
   Einen Namen.

Mattia

»Ma, bist du da?«, rufe ich laut, als ich zu Hause ankomme. Dann höre ich sie. Sie hantiert in der Küche herum. Es ist seltsam, dass sie hier ist. Normalerweise arbeitet sie um diese Zeit, und ich finde das Mittagessen im Kühlschrank.

Eine Duftwolke kommt mir entgegen: Brokkoli, Kartoffeln, Chlorbleiche.

Meine Mutter hat eine ungesunde Tendenz, auch dort zu putzen, wo es schon sauber ist.

»Was wolltest du mir sagen?«, frage ich, während ich in die Küche schlittere, den Rucksack auf einen Stuhl werfe und mir eine Brotscheibe angle.

»Nachher«, sagt sie, »iss zuerst.«

»Warum nicht gleich? Wenn du es so eilig hast …«

»Iss zuerst«, wiederholt sie stur.

Sinnlos weiterzumachen. Meine Mutter hat einen Sturschädel, dagegen ist ein Diamant Kartoffelpüree.

Und ich habe einen Hunger wie ein Wolf.

In wenigen Sekunden habe ich die Pasta vertilgt, auch wenn sie heute so weich ist, als hätte sie monatelang im Wasser gelegen. Dann widme ich mich dem Truthahnschnitzel, den Ofenkartoffeln, dem Brokkoli. Zum Abschluss Kekse und Espresso.

Zum Glück neige ich nicht zu Speckrollen. Als sich am Tag der Schöpfung alle für den Mumm anstellten, den man braucht, um die hübschesten Mädchen anzusprechen, stand ich in der Schlange für den Elefantenmagen.

Während ich den letzten Keks verputze, überlege ich, was Mama mir sagen will. Wohin wir dieses Jahr in Urlaub fahren?

Oder plant sie noch ein Skiwochenende? Oder haben sie doch endlich beschlossen, mir einen Roller zu schenken? Mein Zeugnis war schließlich nicht schlecht, abgesehen von Physik und Mathematik. Mmmm ... lieber keinen Illusionen nachhängen. Aber ... vielleicht besteht ja noch Hoffnung. In diesem Fall wäre ich sogar bereit, alles zu versprechen, was sie wollen. Helm: immer, Vorsicht: mehr als immer, Geschwindigkeit: schneckenmäßig, Einhaltung aller Straßenverkehrsregeln.

Mit Sicherheit wird die Liste nicht kurz. Meine Eltern sind echte Profis, wenn es ums Aufstellen von Regeln geht.

Aber für eine schöne Überraschung hätten wir auch auf Papa warten können. Vielleicht hat er heute eine Sitzung. Er hat ziemlich viele Sitzungen in letzter Zeit.

Als ich anfange, mir eine Orange zu schälen, sieht Mama mir schweigend zu.

Sie kommt mir etwas still vor. Sie hat nicht einmal nach der Schule gefragt. Sogar Kommentare zum Umgang mit dem Handy bei Tisch hat sie mir erspart, so was wie: Legt man es links ab, neben der Gabel, oder besser rechts, neben dem Messer? Nichts von alldem. Sie steht auf Standby.

Jetzt schaut sie hinunter auf ihre Füße in den Häschenpantoffeln. Die habe ich ihr zu Weihnachten geschenkt. Mit langen Plüschohren, die beim Gehen über den Boden wischen und die Haare von Argo aufsammeln. Mir schien das eine geniale Idee.

Die Stimmung in der Küche gleicht der auf Jack Sparrows Piratenschiff, als es zwischen den Felsen der Karibik festsitzt: totale Flaute, bedrohliche Stille.

Der Tisch ist schon abgeräumt. Geblieben sind nur Brotbrösel und ein Soßenfleck auf einer Seite der Tischdecke. Argo hat sich auf meine Füße gekuschelt. Eine Art weicher, vierbeiniger Ofen.

Der Wasserhahn hinter uns hört nicht auf zu tropfen.

»Wir müssen ihn reparieren lassen«, sagt Mama, deutet zum Waschbecken und fährt sich dann mit der Hand durch die Haare. Sie hat sehr kurze Haare, dunkelbraun. Nur die Strähne über der Stirn ist ziemlich lang, mit wenigen Silberfäden, und fällt ihr jetzt über die Augen wie ein rebellisches Komma. Sie rührt schon eine Ewigkeit in ihrer Espressotasse herum.

Ich muss an diese absurden Laufräder in Hamsterkäfigen denken, wo der einzige Grund zu laufen im völligen Fehlen von Freiheit besteht.

»Er ist längst schon zergangen«, sage ich.

»Was?«, fragt sie mit leiser Stimme. Sie scheint in fernen Galaxien herumzuspazieren.

»Der Zucker. Was sonst? Vielleicht ist auch schon der Kaffee verdampft.«

Einen Moment lang sieht sie mich seltsam an. Das war nur ein Witz, möchte ich ihr sagen. Aber meine Mutter hat heute so viel Verständnis für Ironie wie der Weihnachtsmann fürs Kiffen. Dann legt sie den Löffel hin und starrt auf einen Punkt draußen vor dem Fenster.

Also drehe ich mich um, um auch rauszusehen. Wer weiß, vielleicht ein verirrter Geier, eine Drohne auf dem Fensterbrett?

Aber mir fällt nichts Neues auf, nur die Zweige des Magnolienbaums, das rosafarbene Haus auf der anderen Straßenseite, ein Stück verfrorener Himmel. Und über allem der Regen, der wieder durch den Tag peitscht.

»Manchmal ist das Leben … kompliziert«, erreicht mich Mamas Stimme. »Du weißt, wie sehr wir dich lieben, ja? Ich und auch dein Vater, will ich sagen.«

Das ist ein reichlich verdächtiger Anfang. Das stinkt. Das stinkt gewaltig nach Hinterhalt.

Plötzlich muss ich daran denken, wie mir als Kind manchmal sogar die Wörter Fallen stellten, wie damals, als ich überzeugt war, die Heiligen Drei Könige brächten als Gaben Gold, Beirauch und Biere. Und ich fragte mich, warum bloß das Jesuskind, das ja bereits in einem kalten Stall geboren war, nun auch noch stinkenden Beirauch geschenkt bekommen sollte. Auch das mit den Bieren war ein echtes Mysterium.

Also starre ich meine Mutter an. Vielleicht braucht sie Hilfe, einen Ausweg, so wie ich damals im Kindergarten, als sich alle kaputtlachten über das, was ich eben über die Geschenke der Heiligen Drei Könige gesagt hatte, sodass meine Ohren glühten und ich, nur um augenblicklich zu verschwinden, auch mit dem Ochsen auf seinem Moospolster in der Krippe getauscht hätte.

»Ist da etwas, was du mir sagen willst?«, frage ich meine Mutter. »In einer Stunde muss ich nämlich zurück in der Schule sein.«

Sie verändert minimal ihre Position auf dem Stuhl, rückt näher.

Jetzt werde ich wirklich unruhig. Ich schaue sie an, frage auch mit den Augen.

Einen Moment lang hält sie meinen Blick. Dann gibt sie, als würde sie Luft ablassen nach einem Faustschlag direkt in die Magengrube, fünf Wörter von sich.

Papa und ich trennen uns.

Io-e-papà-ci-separiamo.

Kein Zweifel. Das ist Italienisch. Aber es könnte auch Aramäisch sein, denn zwischen diesen fünf Wörtern und dem, was sie vielleicht bedeuten, liegt ungefähr die Wüste Gobi.

Und die will ich nicht durchqueren.

Ich schaue meine Mutter an, um scharf zu stellen, was mir verschwommen erscheint.

Das Was, das Wie, das Warum. Diese fünf aufgereihten Wörter und ihre Wirkung auf mich.

Ihr trennt euch?! Was sagst du da?! Seit wann versteht ihr euch nicht mehr? Und warum habt ihr mir das nicht früher gesagt? Warum streitet ihr nicht wie alle anderen, warum haut ihr euch nicht lieber, statt euch zivilisiert zu benehmen und mir dann plötzlich zu sagen, dass ihr euch trennt?!

Die Fragen sind alle da, weit vorn auf meiner Zungenspitze. Wenn ich sie nur finden könnte, in dem ausgetrockneten Canyon in meinem Mund.

Also sage ich nichts. Ich bin still.

Ich foltere die Orangenschale, spieße sie mit dem Messer auf und nagle sie auf das Tischtuch: ein unförmiges Tattoo, rot wie der Hass.

In irgendeiner obskuren Gegend meines Magens haben sich Pasta, Fleisch und Gemüse bereits in Marsch gesetzt, noch ohne vorgegebenes Ziel.

Jetzt möchte ich mich gern tot stellen, wie ich es als Kind manchmal tat. Die Augen schließen. Die Ohren zuhalten. Mich in einer Nische verkriechen und ganz klein machen, so tun, als gäbe es die Welt nicht, wenn ich sie nicht sehe und nicht höre. Wenn ich sie einfach ignoriere.

Stattdessen streichle ich Argo. Er revanchiert sich, indem er mir über den Finger leckt.

Auf den Fensterscheiben werden die dichten Bahnen der Regentropfen zu Heeren von Spermien, die unvorhergesehene Wege nehmen, schief und unergründlich.

Meine Mutter öffnet eine Schublade, zieht ein zerdrücktes Päckchen Camel heraus.

»Ich dachte, du hast aufgehört«, sage ich und schaue sie böse an. Dabei ist das das Letzte, was mich beunruhigt, das Allerletzte, was ich gerade sagen möchte. Meine Mutter raucht seit Monaten nicht mehr.

»Ich fange wieder an«, antwortet sie.

Ich greife nach dem Päckchen auf dem Tisch.

Ziehe eine Zigarette heraus. Zünde sie an. Sie schaut mich mit großen Augen an, dann lässt sie den Kopf hängen.

»Ich wusste nicht, dass du rauchst«, sagt sie leise.

»Ich fange jetzt an«, trumpfe ich auf.

Dabei möchte ich doch nur fragen: *Seit wann liebt ihr euch nicht mehr? Was passiert jetzt? Mit euch, mit mir, mit unserem gemeinsamen Leben?*

Mama schaut mich weiter an, während ich den Rauch einatme. Mir kippt der Boden unter den Füßen weg, wenn ich ihr zusehe, wie sie mir zusieht, während sie wohl nach Worten sucht. Sie, die immer vorsichtig ist mit Worten und manchmal auch ihre Schwierigkeiten damit hat.

Ich höre ein Auto vor dem Haus bremsen. Eine Autotür schlagen. Ein Radio, das ein hässliches Heavy-Metal-Stück auf die Straße entlässt.

Der Tabak brennt mir im Hals. Ich ziehe noch einmal.

Im Rauch lösen sich die Formen der Dinge auf, ergreifen die Flucht.

Ich starre ins Leere. Dort finde ich den Kühlschrank. Den Archipel von Magneten auf der Kühlschranktür. Fünfzehn, genauso viele, wie ich alt bin. Wie unsere Familienferien. Ein Souvenirmagnet für jeden unserer Sommerurlaube. Sizilien, Sardinien, Kreta ... bis Malta, Berlin und Korfu. Auf der Kühlschranktür wäre noch Platz, aber uns wird keine Zeit mehr bleiben.

Zumindest keine Zeit *zusammen*.

Manchmal sind es Details, die einem die Wahrheit vor Augen führen.

Sammlung von Kühlschrankmagneten: abgeschlossen. Gestorben. *The end.* Es wird keinen sechzehnten Kühlschrankmagneten geben.

»Also ...«, schaffe ich schließlich hervorzupressen, »liebt ihr euch nicht mehr?«

Meine Stimme klingt schief und seltsam, wie eine kaputte Schallplatte.

»Nicht wie früher«, sagt Mama, »aber das zu erklären ist … kompliziert.«

Schwachsinn, möchte ich sie anschreien. Es ist sogar ganz einfach. Ihr habt euch etwas versprochen. Ihr habt versprochen, euch zu lieben, auch Krisen gemeinsam durchzustehen, zusammenzubleiben und zusammen alt zu werden wie in diesen romantischen alten Filmen, die Oma so liebte. In guten wie in schlechten Zeiten … sind das nicht die Worte?

Und jetzt gilt dieser Schwur nichts mehr. Weniger als nichts. Ich hasse euch.

Ich mache noch einen langen Zug.

Leichte Übelkeit. Ich ignoriere sie.

Mama streicht mir über die Hand. Hustet. Rutscht auf dem Stuhl herum.

Ihr Unbehagen ist ansteckender als die Pest in Manzonis *Brautleuten*.

»Da ist noch etwas«, sagt sie dann, »du solltest es jetzt erfahren.«

Ich bin noch nicht bereit für *noch etwas*. Nicht jetzt. Nicht hier.

Ich betrachte das Fenster, das Fensterbrett. Vielleicht taucht ja doch noch eine Drohne auf. Ich brauche eine Mitfahrgelegenheit. Nach weit weg. Sehr weit weg von hier.

»Dein Vater …«

Sie greift nach meiner Hand. Ich ziehe sie blitzschnell zurück. Sie zögert nur kurz, dann spricht sie weiter.

»… dein Vater erwartet ein Kind.«

Sie sagt es in einem Atemzug, während sie die Kippe auf einem Teller ausdrückt.

»Ein Kind?!«, fragt meine Stimme. Ich höre, wie sie abstürzt, Verbindung fehlgeschlagen.

»Ein Kind … inwiefern? Wann? *Wo?*«

Ich glaube es nicht. Habe ich wirklich *wo* gefragt?

Mama schaut mich schweigend an, bis mir endlich die wahre Frage einfällt.

Die einzige, die ein wenig Sinn ergibt.

Die einzige, die hier zu stellen ist.

»Ein Kind ... ein Kind *von wem*?«

Sie fährt sich mit der Hand durch die Haare. Die Strähne fällt wieder nach vorne.

Ihre Finger zittern ein wenig.

»Tut mir leid, Mattia. Nicht von mir.«

Und da *sehe* ich sie auf einmal vor mir: zwei Ufer. Weit auseinander.

Auf der einen Seite steht Mattia, der Verständnisvolle, der gern seine Tränen rauslassen würde, seine Mutter fest umarmen und ihr den Kopf in den Schoß legen möchte, wie er es als Kind oft tat.

Auf der anderen Seite steht ein breitbeiniger Mattia mit Bandana um den Kopf und Machete in der Hand, wie Rambo.

Zwischen den beiden Seiten nur eine schwankende Verbindung. Eine Seilbrücke. Über dem Abgrund. Wie in den Filmen von Indiana Jones.

Welcher Mattia wird es wagen, sie zu überqueren?

Dann meldet sich meine Stimme von allein zu Wort.

»Warum sagst du mir das *jetzt*? Und warum sagst *du* mir das?«

Mama schaut nach unten, starrt auf ihre Füße in den Plüschhäschen. Plötzlich finde ich diese Plüschpantoffeln monströs. Sie sind Teil einer vergangenen Welt, einer Kindheit, die Millionen Jahre her ist.

Sie beugt sich vor. Ich fühle ihre Verlegenheit. Sie würde mich gern umarmen, das sieht man, aber mein Körper strahlt so viel Kälte aus, dass ihr Wunsch sofort erfriert.

»Papa und ich wollten es dir gemeinsam sagen ...«

»Wie vorbildlich! So einträchtig!«, drängt sich Mattia mit der Machete vor.

»… aber wir haben auf den richtigen Moment gewartet.«

»Klar, keine Eile. Nur kein Stress!« Die scharfe Klinge der Machete saust drohend durch die Luft.

»Nur dass heute Morgen die neue … Partnerin deines Vaters das Kind fast verloren hätte.«

Die Seilbrücke schwankt. Die Machete bleibt in der Luft hängen. Mattia der Verständnisvolle tritt vor.

»Jetzt ist sie im Krankenhaus. Dein Vater ist bei ihr. Und wenn …«

»Und wenn?«

»… und wenn sie entlassen wird, werden sie zusammenziehen. Er will ihr beistehen.«

Die Knoten reißen, einer nach dem anderen, wie eine Salve. Mit einem Knall gibt die Brücke nach.

Beide Mattias stürzen hinab in die Leere des Abgrunds.

In eine absurde Stille voller Getöse.

Aziz

Mein Körper kauert auf dem Boden.
 Die Schnauze des Hundes ist ganz nah.
 Hinter dem Hund die Stiefel eines Soldaten.
 Hinter dem Soldaten Mama und Tante Amina.
 Zwischen Mama und Tante Amina der andere Soldat.
 In meinen Ohren sammelt sich das Knurren, ein Geräusch von Schritten, ein langer Pfiff.
 Nach dem Pfiff ein Schrei. Vielleicht mein Schrei.

Nur einen Namen, einen einzigen von all den Namen meines *Tages Null*, wollte ich wirklich lernen.
 Für diesen Namen habe ich all die anderen gelernt, meinem Gedächtnis eingeprägt.
 Heute weiß ich, dass die Dinge und ihre Namen oft miteinander im Krieg liegen.
 Sehr oft verstehen sie sich nicht, finden keinen Frieden.
 Denn wenn man sie so aneinanderreiht, wie ich es gerade versuche, sind es so viele Wörter. Zu viele. Zu eigenartige.
 Und wenn sie erzählen sollen, tun sie es in der falschen Zeit.
 Die Dinge nämlich haben sehr wenig Zeit gebraucht.
 Sie sind eines im anderen passiert.
 In einem einzigen, aber endlosen Augenblick.
 Deswegen dauert sie immer noch an, seit damals, die Zeit meines *Tages Null*.

Der Kriegshund über mir, meine Arme vor meinem Gesicht, der Soldat, der mit seinem Gewehr auf die Schläfe meines Onkels zielt,

meine Mama, die sich nach vorne wirft und mit ihrem ganzen Körper den Körper meiner Tante Amina schützt, ihren Bauch, das Kind, das in ihrem Bauch wächst, das Kind, das Tante Amina war.
Die Bewegung meiner Mutter ist eine verzweifelte Bewegung. Ein Instinkt, der vielleicht keinen Namen hat.
Aber der andere Soldat, der ihr den Rücken zuwendet, fühlt die Bewegung meiner Mutter. Er fühlt sie in der Luft. Er dreht sich um.
Vielleicht hat auch er Angst.
Vielleicht ist auch sein Instinkt ein Instinkt ohne Namen.
Aber der stärkere von zwei Instinkten ist der, der bewaffnet ist.
Und so schießt der Soldat. ER SCHIESST. ER SCHIESST.

Wenn ich heute jedes Licht und jeden Schatten meiner Hölle benennen kann, dann deshalb, weil ich lange nach einem einzigen Namen gesucht habe.
Es fiel mir schwer, ihn zu lernen.
Es ist ein Name ohne Mund und ohne Augen. Ohne Stimme, noch Körper, noch Hände.
Mama hingegen hatte ein schönes Lächeln, aufmerksame Augen, eine freundliche Stimme.
Viele Dinge zu tun mit ihren Händen, viele Dinge zu sagen mit ihrer Stimme.
Und doch habe ich in jener Höllennacht nichts für sie getan.
Keinen Mucks, um sie zu verteidigen, keine Geste, um sie vor dem Bösen zu beschützen.
Es gibt keinen dunkleren Gedanken, es gibt keine schlimmere Schuld.
Wie der Pistazienbaum war meine Mutter schön und großzügig, selbst inmitten von Sand und Steinen, selbst in der ausgedörrten Steppe.
Ihr Name war ein schöner Name: *Adila*.

Die Gerechte.

Aber der Krieg ändert den Namen der Dinge, er bringt Richtig und Falsch durcheinander.

Daher hat der neue Name meiner Mutter einen fremdländischen Klang. Ich habe ihn auf mein Heft geschrieben, in meiner Sprache und auch auf Englisch. Dutzende und Dutzende von Malen, damit ich ihn nie mehr vergesse.

Der neue Name von Mama ist *Kollateralschaden*.

Von der Blume lerne die Schönheit, von der Frucht die Genussfreude, vom Stiel die Vergänglichkeit.

Das sind Worte meiner Oma, aber sie haben mich nie getröstet.

Lange habe ich jede Blume ausgerissen.

Jeden Stiel abgebrochen.

Lange habe ich von Rache geträumt.

Bis meiner Oma jedes Wort im Hals stecken blieb.

Am Ende sind wir losgegangen.

Und in dieser finstern und unendlich langen Nacht, die ihre Dunkelheit seit damals ausbreitet, weiß ich jetzt: Ich werde nicht nach Hause zurückkehren.

Es gibt Leben, in die kann man nicht zurückkehren.

Mattia

Die Nähte ächzen und knirschen, der Rucksack ist längst voll. Übervoll. Der Reißverschluss übt sich in hartnäckigem Widerstand, aber ich lasse mich nicht einschüchtern. Mit einer Hand drücke ich alles hinein, mit der anderen ziehe ich und ziehe, einen Zentimeter nach dem anderen, bis der Reißverschluss endlich zugeht.

Von den Wänden meines Zimmers starren mich Poster und Fotos einer Vergangenheit an, die mir vorkommt, als wäre sie ewig her, und die doch bis gestern andauerte.

Glück gibt es nur im Flashback. Du verstehst es erst hinterher. Du erkennst es, wenn du es verloren hast.

Meine Neuronen gehen in unregelmäßigen Abständen an und aus, flackernd wie alte Weihnachtslichter, aber mit dem letzten Rest Klarheit habe ich eine Entscheidung getroffen.

Ich. Habe. Eine. Entscheidung. Getroffen.

Komisch, fünf Wörter. Wie die, die meine Mutter benutzt hat. Aber diese Zahl wird mir kein Glück bringen.

Zuerst verabschiede ich mich von allem.

Der Steppdecke auf dem noch ungemachten Bett. Der Fußballtasche unter dem Bett. Den Regalen mit meinen Büchern. Der an die Wand gelehnten Gitarre. Den Comics aus meiner Manga-Phase. Den Inlinern an der Türklinke. Dem gelb-blauen Plüsch-Minion mit seinem einen Auge, das leuchtend alle nächtlichen Monster vertrieb und gegen die schlimmsten Albträume half. Es hat mich bis in ein peinliches Alter beschützt. Bis in die dritte Klasse.

Ich war ein ängstliches Kind.

Ungefähr von vier bis neun plagte mich ein ganzer Berg von Ängsten.

Die Angst vor tiefem Wasser. Die ewige Angst vor der Dunkelheit, in der die ganze Welt unsichtbar werden konnte wie ein Ninja. Die unüberwindliche Angst vor Spinnen und allem anderen, was kriecht: Schlangen, Blindschleichen, Regenwürmern. Und in regelrechte Panik versetzte mich die Lehrerin der 1b, die haargenau aussah wie die böse Schulleiterin Agatha Knüppelkuh in *Matilda*.

Aber am schlimmsten war die Angst, allein zurückzubleiben.

Manchmal hatte ich einen Albtraum, aus dem ich klatschnass vor Schweiß erwachte. In diesem Albtraum war ich ganz allein.

Ich befand mich in einem leeren Raum. Einer Art Nacht ohne Sterne, ohne Stimmen und ohne Geräusche. Ich fühlte, dass um mich herum keine lebende Seele war, nicht einmal eine Schlange oder ein Regenwurm, was immerhin besser gewesen wäre als gar nichts. Da war nur ich, ich allein, inmitten eines stillen Nichts, einer absoluten Leere.

Weißes Rauschen. Raum ohne Zeit. Sinnlos, zu schreien oder zu rufen. Sinnlos, auf irgendwelche Hilfe zu hoffen.

Sinnlos, ihre Namen zu nennen.

Mama. Papa. Oma. Opa. Freunde. Alle waren sie eingesaugt worden in den Nullzustand der Dinge.

Es gab nur ein einziges Gegenmittel, dachte ich, eine einzige, perfekte Lösung: ein Geschwisterchen.

Ich weiß nicht, warum, aber ich war mir sicher, dass ein Bruder nie verschwinden würde, nicht einmal in dieser Blase eisigen Nichts, die die ganze Welt verschlucken konnte wie eine Kobra ein Küken. Zu zweit ist man stärker als die Dunkelheit, stärker sogar als der Nullzustand der Dinge.

Und endlich kam der Tag. Er schien wie alle anderen Tage zu sein. Milch mit Keksen zum Frühstück, mit Opa in den Kindergarten, unser Eis auf dem Nachhauseweg.

Aber an jenem Abend, als ich wie immer frage: »Wann kriege

ich ein Geschwisterchen?«, da lächelt Mama endlich und gibt mir die Antwort meiner Träume.

»Es ist schon unterwegs. Und es hat eine gute Reise.«

»Wo?!« Ich springe hoch wie eine Sprungfeder.

Ich weiß nicht, ob es einen Grund dafür gab, aber als ich klein war, war *Wo?* mein ewiges Mantra.

Sogar mehr als *Warum*.

Mama nimmt meine Hand und legt sie auf ihren Bauch.

»Hier«, antwortet sie. Sie ist glücklich. Das versteht sogar ein Kind.

»Und wann kommt es?«, frage ich weiter.

»Es kommt vor dem Sommer auf die Welt.«

Unter meiner Hand fühlt sich die Haut auf dem Bauch meiner Mutter lauwarm, weich und gespannt an.

Ich finde, dass das ein guter Ort zum Reisen ist.

Es ist Herbst. Ich bin fast fünf Jahre alt. Der Sommer ist weit weg. Die Reise meines Geschwisterchens scheint mir noch sehr lange zu dauern.

Dabei war sie da schon fast zu Ende, auch wenn das noch keiner wusste.

Als Mama aus dem Krankenhaus kam, war sie viel dünner als vorher, und Papa erklärte mir, dass Reisen manchmal zu unbekannten Zielen führen, unerwarteten, weit entfernten. Er erzählte von mysteriösen Orten, an denen die Menschen weiterleben, die wir geliebt haben, aber nur, solange wir uns an sie erinnern. Nur solange wir sie bei uns behalten, warm und sicher in unseren Herzen. Er benutzte schwierige Wörter und Bilder von Musik und Licht.

Vielleicht fand er keine anderen.

Vielleicht wollte er, dass ich mich bemühte, in seiner Stimme zu lesen, unter all den Verben und Adjektiven zu graben, um bis hinunter auf den Grund zu gelangen, ganz hinunter, zum Nullzustand der Dinge.

Und vielleicht habe ich es in jenem Moment verstanden: Wahrheiten, die wehtun, müssen besondere Namen tragen.

Dafür braucht man Medizinwörter.

Oder Muschelwörter, die leise klingen wie die Stimme des Meeres, sodass du sehr aufmerksam sein musst, um sie zu hören, um zu verstehen, was sie sagen, und dass sie es genau dir sagen wollen.

Und Klebewörter. Das sind vielleicht die wichtigsten, denn sie halten deine Einzelteile zusammen. Dein Herz, deinen Kopf, die Hände. Die Stimme, die irgendwohin verschwunden ist, die Gedanken, die sich aufführen wie im Krieg. Sogar die Wut, die in mir hochsteigt und die in diesem Moment, während ich mein Zimmer anstarre, Mauern niederbrennen könnte wie der feuerspeiende Glurak.

Damals, vor zehn Jahren, hielten die Worte, die mein Vater für mich fand, Weihnachten zusammen wie ein Sekundenkleber mit Superkräften.

Sie klebten Schweigen und Erklärungen zusammen, die Traurigkeit, die über uns allen schwebte, den versteckten Schmerz und sein Gift und auch den Teddybären in seiner Geschenkverpackung und die PlayStation daneben, die pünktlich zur Bescherung unter dem kugelbehangenen Weihnachtsbaum aufgetaucht waren.

»Und sobald es Mama besser geht, machen wir alle zusammen eine schöne Reise.«

»Werden wir dann auch neue Tiere sehen?«

Wenn es schon mit dem Geschwisterchen nichts wurde, war ich bereit, an diesem seltsamen Weihnachten wenigstens Tiere als Plan B zu akzeptieren.

»Natürlich«, versicherte mein Vater.

»Elefanten? Giraffen?«

»Vielleicht.«

»Haie? Kapuzineräffchen? Dumbo-Oktopusse? Ja, Papa?«

GEOmini lieferte massenhaft Anregungen für fünfjährige Nervensägen mit einer Vorliebe für seltene Tierarten.

Mein Vater verlor nicht die Geduld.

Jede Frage entlockte ihm ein weiteres Ja.

Seitdem ist viel Zeit vergangen. Ich bin nicht mehr fünf Jahre alt.

Dieses reichlich verspätete Geschwisterchen kommt auf die falsche Weise. Und zum falschen Zeitpunkt.

Und vor allem wird dieses Geschwisterchen von der falschen Frau geboren werden.

Ich trete nach einem einzeln herumliegenden Socken, der traurig auf den Schreibtisch segelt.

Meine Mutter erscheint in der Tür, lehnt sich an den Rahmen und sieht mich an.

»Mattia ...«

»Ich muss in die Schule zurück.«

»Hör mal, Mattia ...«

»Ich muss in die Schule zurück.«

»Hörst du mir zu?«

Auf keinen Fall.

»Schaust du mich mal an?«

Bin ja nicht verrückt. Ich könnte beim ersten Blickkontakt anfangen zu heulen. Oder zu schreien.

»Können wir einen Moment sprechen?«

»Nein.«

»Aber vielleicht ...«

»Nein.«

»... vielleicht tut es gut, darüber zu reden.«

»Nein.«

»Vielleicht ist es besser, du gehst heute nicht in die Schule und wir beide ...«

»Ich habe Nein gesagt.«
»Erinnerst du dich an andere Worte, außer Nein?«
Da bleibe ich stehen. Sehe sie an. Sage es ihr auch mit den Augen. Sage es ihr mit dem ganzen Körper, mit dem Fuß, der anfängt, die struppigen Teppichfransen zu verwüsten.
Ich sage es ihr leise, ganz leise, als ich an ihr vorübergehe.
Aber ich sage es deutlich.
»Du kannst mich mal.«
Manche Worte wirken noch lauter, wenn man es schafft, sie leise zu sagen, so als würde man sie einem Schweigen entreißen, das darum kämpft, sie nicht loszulassen.
Sie schlägt mit den Wimpern. Ich sehe, wie sie blass wird. Das habe ich noch nie zu ihr gesagt.
Ich ziehe den Parka an und nehme den Rucksack. Sie stellt sich mir in den Weg. Dann gibt sie auf und lässt mich vorbei.

Das Leben ist voller Zeichen, hat mein Opa einmal gesagt. Du musst nur lernen, sie zu sehen.
Ich muss einiges dafür getan haben, alle Zeichen zu *über*sehen.
Dabei sprachen die Zeichen zu mir, laut und deutlich, ich habe nur nicht auf sie geachtet.
Meine Mutter, die zerstreut und still wurde. Mein Vater, der nie zu Hause war, so viele Verpflichtungen und Sitzungen, die immer mehr zu werden schienen. Keine Pläne für den Familienurlaub und kaum Reaktionen auf meine Noten, nicht mal, wenn sie eher schlecht waren.
Plötzlich ploppen meine eigenen Worte vor mir auf.
Worte, die ich erst heute Morgen von mir gegeben habe, als wäre es Jahrhunderte her.
Scheidung ist doch keine Tragödie.
Stimmt. Stimmt total, Mattia. Aber nur, wenn es dich nicht selbst betrifft.

Während ich die Treppen hinunterfliege, drehe ich die Lautstärke meiner Ohrhörer voll auf für *Hold on* von Chord Overstreet.

Noch vor dem Ende der ersten Strophe bin ich endlich draußen.

Gegen meinen Rücken drückt Opa Arturos Erbe. Ich habe es ganz unten in den Rucksack gestopft, und nun schlägt es mit einem metallischen *Kling-Klang* gegen irgendetwas. Es ist schwer. Absurd und sperrig. Aber vielleicht kann es mir helfen.

Vielleicht, mit ein bisschen Glück, wird es zu meiner Geheimwaffe.

Wie ging dieser Satz von Opa, den er so gern zitierte?

Logik bringt dich von A nach B. Fantasie überallhin.

Ich muss das glauben, Opa. Jetzt mehr denn je.

Aziz

Ich zwinge mich, mit ihrem Tempo mitzuhalten.
Vor mir der Rücken von Papa. Hinter mir die Schritte von Onkel Ahmad. Ich gehe zwischen ihnen.
Keiner von uns spricht. Wir sind nur Füße und Atem. Wir sind nur Schritte, Müdigkeit und Durst.
Manchmal ruhe ich meinen Blick auf einem Blatt aus, einem Grashalm, einem Zweig.
Am Ende des Himmels, am Horizont, hängt die Sonne wie eine blasse Wabe, die bald Honig verteilen wird.
Es ist noch lang bis zur Erwartung des Lichts. Das Dunkel gibt nicht auf. Noch nicht.
Wir achten auf alles, immer bereit, uns blitzschnell zwischen Bäumen und Sträuchern zu verstecken, falls ein unerwartetes Geräusch durch die Nacht zu uns dringt.
Doch heute gibt es wenige Geräusche. Und diese verlieren sich im Schnee.
Die mächtige Stimme des Windes. Manchmal ein Zweig, der unter dem Gewicht bricht. Ein Geraschel von trockenen Blättern. Der einsame Ruf eines Vogels.
Und der Rhythmus unserer Schritte: schwer, leicht, schwer.
Gute, einfache Geräusche. Freundliche Geräusche.
Geräusche, die keine Angst machen.
Aber inzwischen habe ich auf eigene Kosten gelernt: Genau in Momenten wie diesen lauert der Schneeleopard der Erinnerungen. Und schlägt seine Krallen in mein Herz.
Plötzlich laufe ich gegen Papas Rücken. Ich halte an. Auch Onkel Ahmad hält an.

Vor uns liegt die Grenze.

Jede Grenze ist gleich, aber anders.

Sie kann aus Wasser oder Erde bestehen, aus Stein oder Wüstensand.

Sie kann einfach aus Luft sein.

Oft sind es Männer in Uniform, die dir klarmachen, dass es sich um eine Grenze handelt, die dir manchmal eine Waffe ins Gesicht halten und andere Male Geld nehmen, um den Blick abzuwenden, so zu tun, als sähen sie dich nicht, während sie die Scheine in die Tasche stecken.

In ihren Augen brennt das Licht der Macht. Es gibt kein Licht, das heller scheint.

Jede Grenze ist gleich, aber anders.

Diese Grenze ist ein eisernes Reptil. Unendlich lang, grau und gewunden. Es hat einen unbeweglichen Körper aus Maschendraht, vor dem du dich klein und verloren fühlst.

Meine Knie zittern ein wenig.

Ich schaue hoch zu dem Maschendrahtreptil, betrachte die Grenzen der Grenze.

Der Rücken ist, statt mit Stacheln oder Schuppen, mit Stacheldrahtrollen besetzt. Das Innere der Rollen mit blitzendem Eis verkrustet: die bösen Blicke der unendlich vielen Augen des Monsters.

Und darüber die metallenen Dornen.

Wollte man hinaufklettern, würden sie einem die Haut aufreißen.

Die Handflächen durchbohren.

Ich blase ein wenig warmen Atem auf meine Finger.

Ich werde nie dort hinaufklettern können.

Mattia

Ich fliege die Bahnüberführung hinab. Umdribble die Autos an der Ampel und starte den Düsenantrieb, wenn sie losfahren.

Während ich trete, weiß ich eines ganz genau, und ich sage es mir innerlich vor wie ein Mantra.

Heute gehe ich nicht nach Hause.
Heute gehe ich nicht nach Hause.
Heute gehe ich nicht nach Hause.

Ich gebe Gummi, halte, starte wieder. Die Abfahrt liegt in Rekordtempo hinter mir, nun lege ich mich wie ein Champion in die Kurve zur Ringstraße.

Mein Rad saust dahin, haarscharf vorbei an Rollern auf der einen und erschrockenen Passanten auf der anderen Seite, rauf und runter vom Gehweg.

Diesmal habe ich keinen Helm aufgesetzt. Vielleicht ist das der erste Schritt meiner persönlichen Rebellion.

Zum Glück regnet es nicht mehr. Aber der Asphalt glänzt vor Nässe. Da und dort macht eine Schicht nasses Laub die Straße glitschig und stellt tückische Fallen. Ich weiche Wurzeln aus, die sich durch den Gehweg gebohrt haben, oder überwinde sie mit einem Hüpfer, der meinen Magen hochschleudert. Giulio, der Cyclocross macht, nennt so was einen Bunny Hop.

Das Beste an der Geschwindigkeit ist, dass von den 300 Gramm deines Herzens kein einziges mehr etwas anderes fühlen kann als diese wilde Erregung.

Kein Platz für andere Emotionen. Keine Wut, keine Traurigkeit, kein Groll.

Keine Erinnerungen, die um die Ecke kommen, um Schmerz in deine Gedanken zu mischen.

Zwei Zentimeter vor der Wand komme ich zum Stehen. Obwohl die Luft eisig ist, bin ich total verschwitzt. Ich stelle das Fahrrad zwischen die anderen in den Ständer und schließe es ordentlich ab.

Heute Nachmittag haben wir Sport. Sprint zur Halle. Die anderen sind schon dort. Weiter zur Umkleide.

Abgesehen von den Klotüren zählen die Umkleideräume zu den ehrlichsten Orten einer Schule.

Es gibt nichts, was so sehr nach Beschriftung schreit wie die wenigen freien Stellen an den Wänden einer Klokabine oder den Türen muffiger Spinde mit schweißtriefenden Trikots und Sportschuhen, die nach Marathonfüßen stinken.

Hier ist alles vollgeschrieben, hier steht, was man sagt, wenn keiner zuhören will, es aber dringend rausmuss. Hier steht, wer wir sind, wenn wir einen Stift in die Hand nehmen, um uns der Leere anzuvertrauen.

Und wir können wirklich alles sein, wenn wir uns die Freiheit nehmen, Wände zu beschreiben: Engel, Arschlöcher, Chaoten. Stinksauer und unsterblich verliebt. Manchmal Monster, manchmal Dichter.

Ich überfliege die Sprüche mit den Augen, erst die Spindtüren, dann die Mauerecke. Heute fühle ich mich besonders qualifiziert, einen Blick in die Köpfe der Leute zu werfen. Zu verstehen, was sie denken, was sie fühlen. Was sie rauslassen müssen.

Zum Beispiel die geballte Traurigkeit und Enttäuschung in diesen Sätzen:

Du hast dein Bestes gegeben, aber du hast es gleich wieder mitgenommen.
Alles, was ich liebe, ist illegal oder geht nicht ans Telefon.
Nicht einmal Schokocroissants lächeln mehr für mich.

Anderswo die Liebe. Mit und ohne Rechtschreibung:

Ich liebe dich schon immer, aber du bist mein Nie.
Du verhältst dich zur Liebe wie ich zum Schulschwimmen, dritte Klasse.
Kein »ich liebe dich« ist so gut wie »hast du abgenommen?«.

Oder die großen Fragen des Lebens.

Verbote erzeugen Wünsche, Wünsche erzeugen Verbote.
Ich liebe das Leben, aber ich weiß nicht, ob es mich zurückliebt.
Die schlechteste Gewöhnung ist die ans Unglück.

Manchmal gibt es auch Dialoge. Aufschlag und Return, Satz und Sieg.

In Indien wärst du heilig.
In Indien wärst du ein Idiot. In Italien auch.

Okay, nicht gerade die Dialoge von Sokrates oder Platon, aber Kleinlichkeit ist keine Tugend.

Ich schlüpfe in Hose und Trikot und gehe in die Halle zu meiner Klasse.

»Guten Tag, Prof«, grüße ich Zaccuri, genannt Zak, unseren Sportlehrer.

»Marchior, bleib erst mal auf der Bank.«

Was für eine Überraschung.

Die Sportlehrer sind am entspanntesten von allen, was die Anwesenheitskontrolle betrifft, und eindeutig am wenigsten besessen von einem Grundprinzip der Schule: alle gleich viel arbeiten zu lassen.

Es wird Volleyball gespielt.

Zwölf stehen im Feld. Wir sind siebenundzwanzig in der Klasse, davon spielen diese zwölf immer und fünfzehn nie. Ich hab die Bank abonniert, normalerweise sitze ich mir dort den Hintern platt, und keiner will was von mir. Heute ist mir das ganz recht, weil mein Magen gerade beunruhigende Signale sendet. Mal krampft er, mal brennt er.

Als Ersatz am Spielfeldrand zu sitzen, hat außerdem einen unleugbaren Vorteil: Ich kann Sofia beim Spielen zusehen.

Sofia spielt gut – sehr gut –, aber das ist für mich Nebensache.

Ihre Rolle ist die der Zuspielerin. Sie ist der Motor des Spiels, sie entscheidet über Aktionen und spielt den anderen den Ball so zu, dass sie Punkte erzielen können. Und wer den Punkt macht, wird gefeiert.

Angreifer müssen bissig sein, Verteidiger schnell, Zuspieler altruistisch und großzügig.

Zak hat einmal erklärt, dass es zwei Arten von Zuspielern gibt: die mit dem angeborenen Ballgefühl und die mit einem aufgebauten Ballgefühl, das man nur durch ewiges Trainieren und Schwitzen erwerben kann. Die einen verlassen sich auf ihren Instinkt, die anderen auf Technik und Disziplin.

Nach dem, was ich davon verstehe, ist Sofia eine geborene Zuspielerin. Sie ist nicht groß, also muss sie beim Aufschlag hochspringen. Und wenn sie schmettert, setzt sie nicht auf Kraft. Sie punktet eher mit Kreativität.

Heute trägt sie ein hellblaues Trikot und schwarze Knieschützer und Shorts.

Sofia hat perfekte Beine. Auch der Rest ist gar nicht übel. Den Kopf in die Hände gestützt, die Ellbogen auf den Knien, verpasse ich keiner ihrer Bewegungen, während ihr Pferdeschwanz im Rhythmus des Spiels und meiner Gedanken mitschwingt. Aber da meine Gedanken traurig sind und die Signale meines Magens immer fieser, versuche ich, mich aufs Spiel zu konzentrieren.

Beide Mannschaften erscheinen mir stark. Entschlossen. Spielfreudig.

Nach zwei vergebenen Matchbällen gehört der erste Satz den Gegnern.

Im zweiten die Wende: Nach zwei aufeinanderfolgenden Assen ist Sofias Mannschaft plötzlich im Vorteil.

Im dritten Satz kommt die Revanche: Die anderen holen mit Schmetterbällen am Netz brillant auf. Triumphgeschrei, aufgeheiztes Klima.

Im vierten Satz sieht es wieder gut aus! Das Spiel dreht sich noch einmal. Sofias Mannschaft gewinnt!

Sie und die anderen sind schon im siebten Himmel. Doch dann geht der Ball an Amadi, und Amadi macht einen Fehler. Einen dummen Netzfehler, der sie den Punkt kostet. Und den Sieg. Vom siebten Himmel zum Wutgeschrei in einem Sekundenbruchteil Pech.

Die ganze Mannschaft heult auf. Und Amadi ist am Boden zerstört.

»Es tut mir leid …«, sagt sie mit hängendem Kopf, »ich weiß echt nicht, wie das passieren konnte …«

Amadi ist erst letztes Jahr aus Nigeria gekommen, aber sie spricht schon sehr gut Italienisch.

Sofia lässt sie gar nicht ausreden. Sie geht zu ihr hin und streicht ihr über die Schulter. »He, das passiert …«, lächelt sie, »nächstes Mal zerreißen wir sie.«

Auch das gefällt mir an Sofia.

Im Sport ist sie total im Teammodus und geht ganz darin auf, aber im Alltag denkt sie nur mit einem Kopf. Ihrem eigenen nämlich.

Jetzt fühlt sie sich anscheinend beobachtet, denn plötzlich dreht sie sich um, und ihr Blick kreuzt den meinen. Ich weiche ihren Augen sofort aus und tue so, als würde ich nach oben schauen, in eine Ecke der Sporthalle, in der es nichts zu sehen gibt, außer zitternden Spinnweben und einem feuchten Fleck.

Damit ist es offiziell: Ich bin ein Idiot.

Auch mein Magen hat sich entschieden. Kein Zweifel mehr. Nicht mehr Krampf *oder* Brennen, wie vorhin.

Jetzt krampft *und* brennt er.

»He, geht's dir schlecht?«, fragt Giulio und stößt mich in die Rippen. »Dein Gesicht ist grüner als das von Shrek!«

Genau in dem Moment stehe ich auf. Renne raus in den Korridor. Erste Tür rechts, Toiletten.

Ich schaffe es rechtzeitig zu einem Klo und kotze das ganze Mittagessen hinein.

Klopapier ist in der Schule immer Glückssache. Und Glück ist heute ein abstrakter Begriff.

Seit wann war mir nicht mehr so schlecht?

Neben dem Spülknopf hängt ein Zettel: Dieser Knopf löst keine Atomschläge aus. Bitte benutzen!!!

Ich drücke den Knopf, schließe die Tür, gehe zum ersten Waschbecken und trinke am Hahn einen langen Schluck Wasser.

Zum Glück bin ich allein. Zum Glück ist da niemand, der mich in diesem Zust—

Ein Kopf schaut um die Ecke. Dann die Stimme. »Mattia?«

Ist nicht wahr, Leute. Habe ich Saturn gegen mich? Jupiter in Opposition? Zwanzig schwarze Katzen, die meinen Weg gekreuzt haben?

»Ciao, Sofia ...«

»Giulio sagt, dir geht es nicht gut.«

»Ja, also ... mir ging's echt schon besser. Aber keine Sorge. Es ist nur ... ein ziemlich schlimmer Tag.«

»Das sieht man.«

»Aber es wird schon wieder.«

»Sicher?«

»Na ja, im Moment fühle ich mich … gelöst.«

»*Gelöst?* Du bist doch kein Problem!«

»Du kannst mir glauben: bin ich doch.«

Plötzlich ist da so ein seltsames Jucken in meiner Nase. Und meine Augen beginnen zu brennen. Nein, ich werde nicht weinen. Nicht hier. Nicht vor Sofia.

»Wie läuft das Spiel?«

»Verloren. Aber mit Würde.«

»Du spielst gut.«

Ich habe es gesagt. Zumindest etwas. Sie zuckt mit den Schultern.

»Das ist nicht schwer. Es ist nur ein Spiel.«

»Mag sein, aber ich spiele grottig.«

»Du kannst halt andere Dinge.«

Ich sehe sie an wie der Leibeigene seine Schlossherrin.

Zum Beispiel? Bettelt mein Blick. Und Sofia kann Gedanken lesen.

»Zum Beispiel kannst du göttlich schreiben.«

Das stimmt nicht, aber ich bin ihr dankbar. Diesmal zucke ich mit den Schultern.

»Es sind ja nur Worte.«

Ich hätte sie lieber mit umwerfender Schönheit oder unwiderstehlichem Charisma beeindruckt, aber du kannst nicht immer alles haben, vor allem, wenn du gerade gekotzt hast und deine Ausstrahlung nicht ganz auf der Höhe ist.

Deshalb legen jetzt trotzdem in einem geheimnisvollen Winkel meines Kopfes oder vielleicht meines Herzens (oder meines Kopfes *und* meines Herzens) alle meine Lieblingsbands zusammen los, um mich zu feiern.

Als Sofia gegangen ist, entdecke ich noch genau eine freie Ecke an der Tür. Oben links, Richtung Wand.

Ich krame einen Stift aus meiner Tasche und schreibe auf das Holz der Tür in großen schwarzen Buchstaben einen Vers, den uns die Franceschi mal vorgelesen hat.

HÖRE, WIE SCHNELL MIR DEIN HERZ SCHLÄGT.

Ich weiß nicht mehr, wer das geschrieben hat, aber das macht nichts.
Es fühlt sich an wie für mich geschrieben.

Aziz

Meine Füße trampeln auf die Erde, um die beißende Kälte wegzustampfen.

Auch mein Herz schlägt jetzt laut, um die Angst zu vertreiben.

Papa will dieses Wort nicht sagen, aber ich habe es schon gehört, ich kenne es: *Illegale*. So nennen sie uns.

Während wir diese Reise mittlerweile anders nennen: *The Game*. Einfach *Das Spiel*. Wir spielen um unsere Zukunft.

Und die gefährlichsten Momente in *The Game* sind Momente wie dieser.

Papa und Onkel Ahmad haben sich hingehockt.

Rundherum herrscht Stille.

In dieser Stille bewegen sich ihre Hände mit Umsicht.

Meine Ohren und meine Finger sind starr vor Kälte.

Der Schlaf gleitet über meine Augen wie Füße über den Sand von Dünen. Vor allem aber muss ich mal.

Während ich mit den Augen zwischen den Bäumen nach einem Ort suche, an den ich mich zurückziehen kann, flüstert Papa mir zu: »Komm, Aziz.«

Er kniet schon auf der anderen Seite und zieht nun kräftig an einer Ecke des Maschendrahts, wo er und Onkel Ahmad ihn durchgeschnitten haben.

Ich lege mich auf den Bauch.

Schiebe den Rucksack in die Lücke.

Stecke den Kopf hinterher, eine Schulter.

Ziehe langsam auch die andere Schulter nach.

Dann krieche ich wie ein Regenwurm auf die andere Seite, jenseits des Zauns.

Der Atemrauch meines Vaters mischt sich mit dem Rauch meines Atems.

Ich höre, wie der Metalldraht am Ärmel meiner Windjacke kratzt.

Ich rieche den weißen Geruch des Schnees, nach Erde und Wind.

Ich fühle das plötzliche Brennen einer kleinen Wunde an der Hand.

Schließlich gehen wir weiter. Nebeneinander. Ohne zu sprechen.

Derselbe Frost, dieselben Geräusche. Dieselben schlafenden Felder. Dieselben Pflanzen.

Wie immer ist die Nacht dieselbe, diesseits und jenseits der Grenze.

Dieselbe Nacht in Serbien und Ungarn.

Nicht weit entfernt verläuft ein Bach oder ein Fluss, und die feine Stimme des Wassers rauscht gutmütig im Dunkeln.

Um uns herum ist Nebel aufgezogen.

Die Steine und die Erde auf dem Weg sind feucht und rutschig. Man darf sich nicht auf sie verlassen.

Manchmal fliegt ein Vogel auf, und die Luft erzittert mit seinem Flügelschlag.

Der Rucksack ist schwer auf meinen Schultern.

Der Schweiß verklebt meine Haare.

Auf einmal ändert sich etwas um uns herum.

Als Erste merken es meine Füße.

Seinen Füßen muss man vertrauen, denn sie verraten einen nie.

Zuerst ist es nur ein dunkler Fleck im wattigen Nebel.

Dann teilt sich der Fleck, trennt sich, wird zu mehreren Flecken, die sich in unsere Richtung bewegen.

Schließlich nehmen die einzelnen Flecken Form an. Bekommen Kopf, Arme, Beine, Hände.

Und Waffen, in den Händen.
Gleich darauf erkenne ich das Knurren.
Es dauert nur kurz.
Es ist kurz und böse.
Es ist, als wäre es für mich bestimmt.

Mattia

Ich höre ihre fauchende Stimme, als ich das Schloss meines Fahrrads aufsperre. Dann sehe ich, wie Melissa Amadi schubst.

»Du hast heute mit dem Arsch verteidigt! Wir sind raus aus dem Finale! Nur wegen dir!«

Der Parkplatz hinter der Schule ist leer und auch schon dunkel um diese Zeit. Außer uns dreien ist niemand da. Melissa hält einen Fahrradhelm vor der Brust, er sieht aus wie eine Rüstung. Ihr ganzer kräftiger Körper sieht nach Angriff aus.

Amadis Hände umklammern die Riemen ihres Rucksacks. Sie schwankt einen Moment nach vorne, als würde sie das Gleichgewicht verlagern wollen und es fast verlieren.

Ich gehe näher ran.

»Ich habe es ja nicht absichtlich gemacht«, sagt Amadi. Ihre ein wenig raue Stimme hat schon kapituliert.

Ich sehe ihren Spielfehler noch einmal vor mir. Und wie Sofia sie tröstet.

»Ich war einfach nicht ganz in Form ...«, versucht es Amadi weiter.

»Vielleicht hast du Ambaradan gefeiert. Ramadan. Oder wie das heißt. Euren ganzen Scheiß eben!«, gibt Melissa wütend zurück. »Wenn du nicht spielen kannst, wärst du lieber zu Hause geblieben!«

»Du meinst in ihrer Hütte, in ihrem Dorf in Afrika.«

Diese Stimme kommt von hinten. Ich erkenne sie sofort. Sie ist hart und schneidend, eine Klinge. Es ist die Stimme von Pierantonio, dem Angeber, der heute Morgen so verstohlen aus dem Lehrerzimmer geschlüpft ist. Jetzt raucht er. Als er an der Zigarette zieht, blitzt im roten Schein der Glut kurz der Goldring mit dem Totenkopf auf. Ein LED-Lämpchen ist nichts dagegen.

Es sieht nach einer echt unguten Situation aus, und trotzdem kann ich nicht still sein.

Was Ärger betrifft, bin ich ein Naturtalent.

»Lagos hat sechzehn Millionen Einwohner.« Wenigstens etwas ist von dem Referat über Nigeria, Amadis Heimatland, hängen geblieben. »Nicht schlecht für ein Dorf, oder?«

Fast hätte ich ihm auch noch zugezwinkert. Nur so, zur Beruhigung. Aber ich halte mich zurück, sicher eine gute Idee.

Er überragt mich um einen ganzen Kopf. Hals und Schultern haben Wrestlerformat, und ich bin mir sicher, auch die Oberarme können da mithalten. Er ist nicht nur gemein und gehässig, sondern genetisch im Vorteil.

Er erkennt mich sofort. Fast zuckt er zusammen.

»Schau mal an! Hat die Stadt einen neuen Sheriff? Du hast echt die Gewohnheit, zur falschen Zeit am falschen Ort zu sein, stimmt's.« Das ist keine Frage. Er erwartet keine Antwort von mir.

Lass es gut sein, Mattia, ist besser für dich, rät mir ein schlaues inneres Stimmchen.

Als Idiot, der ich bin, höre ich nicht darauf.

»Und du hast echt die Gewohnheit, dich mit den falschen *Leuten* anzulegen.«

Er wirft die Kippe hin und kommt näher.

Wirklich ein schlimmer Tag heute.

Hat eindeutig schlecht angefangen. Kann zweifellos noch schlechter enden.

Meine Augen suchen etwas. Irgendetwas, da im Halbdunkel. Außer der Mauer, außer einem kahlen, vertrockneten Baum, außer wenigen geparkten Autos im einsamen Licht einer Laterne. Ich erwarte nicht wirklich, etwas zu finden, während ich meinen Blick über die Leere streifen lasse. Kein Wunder in Sicht.

Vielleicht ist es auch nur ein erbärmlicher Versuch, ihm nicht ins Gesicht sehen und feststellen zu müssen, dass ich mir in die Hose mache, während ich fühle, wie meine Kehle trocken wird.

Denn inzwischen steht er vor mir und starrt mich an mit der Zärtlichkeit eines Sklavenhalters aus Old Alabama.

Meine Beine sind gelatinöser als ein Blobfisch.

Aber da ist es, das Geschenk des Schicksals: Auf der Straße vor dem Parkplatz, wenige Meter entfernt, hält ein BMW.

Ich setze alles auf eine Karte und improvisiere.

»Da ist mein Vater endlich! Komm, er wartet. Los!«, rufe ich Amadi zu.

Und ohne ihr Zeit zu lassen für eine Reaktion, packe ich ihre Hand und renne mit ihr los.

Mein Pokerface passt kaum zu ihrer Verblüffung. Egal. Jetzt zählt, was wir in den Beinen haben. Und gute Beine haben wir beide.

Das Glück ist mit den Mutigen, sagte mein Opa oft. Ich glaube, er hatte recht. Sonst wüsste ich nicht, wie ich mir dieses Glück erklären sollte. Denn der gerade angekommene BMW wartet tatsächlich auf jemanden. Kaum haben wir den Parkplatz hinter uns und die dunkle Straße erreicht, als der Wagen losfährt, nachdem er einen kleinen Jungen aufgenommen hat. Wir schaffen einen erstklassigen Abgang, indem wir um die Ecke in die nächste Seitenstraße biegen.

Während ich noch immer renne, muss ich an vieles denken, lauter Dinge, an die ich nicht denken will.

Mein Vater hat keinen BMW, sondern einen alten, etwas verbeulten roten Clio.

Er hat mich nicht mehr abgeholt, seit ich in der Grundschule war.

Er hat mich nie gegen Bullys verteidigt.

Aber vor allem – und das tut wirklich weh – wird er den heutigen und alle kommenden Abende nicht mit mir und meiner Mutter verbringen.

Amadis Hand in meiner ist stark, warm und verschwitzt.

Dann sehe ich einen passenden Ort, und wir werden langsamer.

Aziz

Die Polizisten sind zu fünft.

Das gelbe Licht ihrer Taschenlampen kommt näher und stellt uns. Ich werde geblendet.

Mein Herz galoppiert wie wild.

Ihre Hunde ziehen an den Leinen.

Plötzlich wird eine Leine gelöst, eine Stimme bellt einen Befehl, ein Hund schnellt nach vorne.

Mein Kopf befiehlt *RENN WEG!*.

Oder vielleicht ist es nicht mein Kopf. Vielleicht kommt diese Stimme von weit her.

Aber meine Füße gehorchen der Stimme nicht.

Oder es ist mein Körper, der den Füßen nicht gehorcht.

So bleibe ich reglos stehen, schon ergeben und vor Angst erstarrt wie eine Frucht, die der Frost überrascht hat.

Panik hat einen metallischen Geschmack. Seit jener Nacht kenne ich ihn gut.

Das Knurren des Hundes ist ganz nah, es füllt seinen Rachen und seinen Hals.

Er hat die spitzen Ohren aufgestellt und fixiert mich mit erhobenem Schwanz.

Seine Augen durchbohren die Luft. Er ist wieder das wilde Tier, das er in der Frühzeit der Menschheit war.

Jeder Muskel in seinem starren, angespannten Körper ist bereit anzugreifen.

Aber meine Füße sind wie angenagelt, denn vor mir steht noch ein anderer Hund.

Einer, den keiner sehen kann, das weiß ich, aber wenn er aus meinen Erinnerungen erwacht, verdoppelt er meine Panik.

Dann ein knapper Befehl, mit harter Stimme. Der Hund bleibt vor mir stehen.

Meine Hände zittern weiter.

Sei wie ein Fluss an Großzügigkeit und Hilfe.
Sei wie die Sonne voll Erbarmen und Güte.
Sei wie die Nacht im Zudecken menschlicher Fehler.
Sei wie tot, wenn Wut und Raserei aufsteigen.

Ich sage es nur für mich auf. Ganz leise, lautlos.

Oma liebte dieses Gedicht. Sie liebte Rumis Verse. Sie liebte es, von ihm zu erzählen.

Als Rumi starb, vor vielen Jahrhunderten, kamen Tausende von Menschen zusammen. Sie bildeten einen riesengroßen Trauerzug, eine einzige trauernde Menschenkette.

Sie waren Moslems, Juden, Christen. Aus Griechenland und Persien und vielen anderen weit entfernten Ländern, alle an einem Ort zusammengekommen, um einen Dichter zu ehren. Viele Stunden lang, erzählte Oma, waren sich diese Menschen nah, überwanden alle Differenzen, teilten denselben Schmerz in ihrer Erinnerung an einen großen, gütigen Mann.

Die wahre Distanz zwischen Menschen hat nichts mit Geografie zu tun. Sondern nur mit dem Kopf und dem Herzen. Das sagte meine Oma.

Dieses Gedicht handelt von der Nacht. Der Erde, der Sonne, einem Fluss. Vom Tod und vom Leben.

Deshalb sage ich es jetzt für mich auf. Es erinnert mich daran, dass eine andere Welt existiert, vor und nach dieser Grenze.

Ganz in der Nähe und weit entfernt von diesem Zaun, diesen Polizisten, ihren bösen Hunden.

Ganz leise sage ich mir wieder und wieder Rumis Verse vor.

Sei wie der Erdboden in Bescheidenheit und Genügsamkeit.

Papa und Onkel Ahmad liegen auf dem Bauch, Gesicht zur Erde, Arme an den Rücken gedrückt.

Dann dreht Papa den Kopf, schaut mich an. Er versucht eine Art Lächeln, und obwohl ich weinen muss, versuche auch ich, ihm zuzulächeln.

Ein kräftiger Polizist tastet ihn nun überall ab, als wollte er kontrollieren, dass unter Kleidung und Haut alles in Ordnung ist bei Papa: Lunge, Magen, Herz.

Ein anderer Polizist macht, etwas weiter drüben, dasselbe mit Onkel Ahmads Körper.

Die anderen drei Polizisten stehen da und halten ihre Waffen auf die beiden gerichtet.

Schließlich leeren sie die Taschen von Papa und Onkel Ahmad. Mobiltelefon. Brieftasche. Und die Dokumente in der Brieftasche: unter all den Dingen das Wertvollste.

Zeige dich, wie du bist, sei, wie du dich zeigst.

Das ist der letzte von Rumis Versen, der letzte Vers dieses Gedichts.

Und ich denke, dass es schön wäre, so leben zu können.

Leben, ohne sich zu verstecken, leben, ohne davonzulaufen. Ganz transparent. Ganz einfach.

Dann fühle ich um meinen Arm den festen Griff eines Polizisten.

Und ich gehe, wohin die Hand mich befiehlt.

Mattia

»Wer war das denn?«, fragt Amadi.

Sie wirkt eindeutig ein wenig verwirrt. Halb traurig und halb amüsiert. Halb beleidigt und halb elektrisiert. Zu viele Hälften, die Rechnung geht nicht auf.

Aber Bruchrechnung ist gerade das geringste meiner Probleme.

Wir setzen uns an einen Tisch. Amadi will nichts trinken, ich bestelle eine heiße Schokolade.

Ich puste, um sie ein wenig abzukühlen, und denke über die Szene auf dem Parkplatz nach.

Über Pierantonio, den Bully, weiß ich wenig. Ich weiß, dass er der große Bruder von Melissa ist. Dass der Vater der beiden Anwalt ist, einer der bekanntesten der Stadt. Dass er mal auf meiner Schule war, aber nach dem dritten Mal Sitzenbleiben von Papa an einem schönen Privatgymnasium angemeldet wurde, wo man auf das übliche Wunder spezialisiert ist: drei Jahre auf wenige Monate zu komprimieren und aus dem Strohkopf feinstes Gold zu spinnen. Ich weiß außerdem, dass er als Rausschmeißer in einem Club in Lignano arbeitet, so kann er sich vom Lernen entspannen.

In seiner Rolle als Rausschmeißer läuft er zur Höchstform auf. Vor allem, wenn er getrunken hat, oder wenn er einer Frau imponieren will. Ich habe ihn einmal live in Aktion erlebt. Es war mein Geburtstag, und zum ersten Mal in meinem Leben habe ich in einem Club gefeiert. Der Abend war schön, aber die Erinnerung, in der Pierantonio vorkommt, habe ich versucht zu vergessen, denn er hat einen Jungen halb umgebracht.

Ich schaue Amadi an. Wenn ich ihr das erzähle, erschrecke ich sie noch mehr.

Ich trinke einen Schluck Schokolade und verbrenne mir sofort die Zunge, dann breche ich es auf die wichtigsten Infos runter: »Ein Idiot«, versichere ich ihr. »Glaub mir. Einfach ein Idiot. Und der Bruder einer Idiotin.«

»Melissa?«

»Melissa. Dasselbe Kaliber.«

»Dasselbe …?«, fragt sie mit erstauntem Blick.

»Ich wollte sagen: Sie ähneln sich, die beiden. Aber er ist der größere Idiot, weil er mindestens fünf Jahre älter ist.«

Sie schaut mich an. »Ich komme nicht aus Lagos.«

»Ich weiß.«

»Ich komme aus Kano.«

Stille. Kano sagt mir gar nichts. Dorf, Stadt, Metropole? Könnte für mich auch auf dem Mars liegen. Noch ein Schluck Schokolade.

»Zwei Millionen Einwohner. Vielleicht auch mehr«, sagt Amadi hilfsbereit.

»Auch Kano ist kein Dorf«, sage ich.

»Auch Kano ist kein Dorf«, sagt sie.

»Jetzt bin ich dran. Mein Vater hat keinen BMW. Und er holt mich auch nicht von der Schule ab.«

Amadi sieht mich an und lächelt. »Danke für vorhin.«

»Hat Spaß gemacht«, lüge ich. »Mach dir nicht zu viele Gedanken über diese Geschichte. Die beiden kann keiner leiden.«

Was das betrifft, na ja, ich würde nicht darauf schwören. Aber jetzt, während ich mit Amadi spreche, scheint es mir das Richtige, um sie noch einmal zu beruhigen.

Sie schiebt den Stuhl zurück, steht auf. »Es ist echt spät. Ich muss gehen.«

Sie winkt ein Ciao und geht los. Dann überlegt sie es sich noch mal und kommt zurück. »Manchmal reicht … wenig«, sagt sie langsam.

»Reicht wenig wofür?«

»Um die Welt ein bisschen freundlicher zu machen.«
Dann ist sie auch schon draußen.
Und ich denke darüber nach: *freundlich*. Ein unterschätztes Wort.
Unter Leuten in meinem Alter sagt das fast keiner mehr.
Vielleicht hatte auch ich ein Mädchen nötig, das von woanders herkommt, um es mir in Erinnerung zu rufen.

Ich sehe mich um. Es ist eine kleine Bar. Ein Pärchen futtert Knabberzeug, während es tief versunken miteinander spricht. Einige Typen stehen mit Weingläsern am Tresen und genießen ihren Aperitivo. Eine Gruppe von Studenten feiert einen frischgebackenen Master. Sie haben ihm eine Art römische Toga und einen Lorbeerkranz umgehängt und singen die übliche Hymne, die die Wände zum Weinen bringen könnte.
Ich habe mich noch nie so allein gefühlt wie in dieser vollen kleinen Bar.
Die Schokolade ist ausgetrunken, der weiche, süße Geschmack ist längst vergangen.

Ich bin fünfzehn Jahre und zwei Monate alt.
In fünfzehn Jahren und zwei Monaten habe ich drei verschiedene Schulen besucht und drei Englisch-Camps im Sommer.
Ich habe vier Sportarten betrieben: Ski fahren, Schwimmen und Fußball aus Leidenschaft; Leichtathletik aus Pflichtbewusstsein, halb gezwungen von einem Prof.
In fünfzehn Jahren und zwei Monaten habe ich mich zwei Mal verliebt. Das erste Mal, in der dritten Klasse, endete mit einer nach mir geschleuderten Eiswaffel. Das zweite Mal dauert jetzt schon mehr als ein Jahr, und ich weiß noch nicht, wie es enden wird.
In fünfzehn Jahren und zwei Monaten habe ich mir unzählige Beulen geholt, aber nur vier echte Narben, die mir wie Tattoos als

Denkzettel bleiben werden: auf der linken Augenbraue (wo mir mit acht der Teller eines Skilifts seinen Abschiedsgruß ins Gesicht gestempelt hat), am rechten Knie und Knöchel (Souvenirs aus hart umkämpften Fußballspielen) und eine auf der Stirn, in einer Linie mit der Nase (weil ich, als ich klein war, immer viel zu nah hinter Mamas und Papas Einkaufswagen herlief).

In fünfzehn Jahren und zwei Monaten habe ich nur zwei echte Freunde gehabt und mindestens acht oder neun Pseudofreunde, die mich enttäuscht haben. Aber vielleicht habe auch ich sie enttäuscht.

Ich habe mich geliebt gefühlt (immer), unterstützt (ziemlich oft), verarscht (zwischen oft und zu oft), beneidet (vielleicht nur mein Eindruck).

Ich habe sechs Hauptstädte gesehen: Rom, London, Berlin, Wien, Paris und Madrid.

Und schließlich habe ich zwei oder drei Sachen gelernt.

Dass Solidarität einen mit anderen verbindet wie eine Seilschaft beim Bergsteigen. Dass das Einmaleins des Schmerzes mit zunehmendem Alter immer komplizierter wird. Dass Angst und Mut zusammengehören wie ewige Sitznachbarn, die sich blind verstehen. Dass man sich nicht an den Überresten einer Party bedienen sollte, denn wenn sie keiner wollte, hatte das meist einen Grund.

Daran denke ich, während ich die steinalten Erdnüsse in einem bestimmten Schüsselchen fixiere.

Das Schüsselchen steht auf dem Tresen.

Bis dorthin sind es vier Tische.

Aber ich rühre mich nicht. Ich bleibe hier.

Ich fühle mich leer, ohne jede Energie, so weit weg von allem, dass die Welt zur abstrakten Idee wird. Es ist eine Art Mix aus Wut und Nostalgie, Einsamkeit und Traurigkeit, Müdigkeit und Groll. Ein ganz neues Gefühl.

Also nehme ich das Handy in die Hand, während ich zur Schule zurückgehe, um mein Fahrrad zu holen, das hoffentlich immer noch im Hof geparkt ist.

Ich ignoriere die Anrufe meiner Mutter.

Ich tippe nur eine Nachricht.

Dieser Abend ist anders als alle anderen.

Heute gehe ich nicht nach Hause.

Aziz

Ein Zuhause ist etwas, das dir schrecklich fehlt, wenn du kein Zuhause mehr hast.

Aber in manchen Momenten fehlt es dir sogar noch mehr.

Es fehlt noch mehr, wenn es regnet.

Wenn die Kälte durch deine Kleider dringt und bis auf die Knochen schmerzt.

Wenn du dich gern irgendwo waschen würdest, wo du alleine bist, um dich überall einzuseifen, ohne Angst, dass jemand glotzt. Ohne Schlange stehen zu müssen, ohne Eile.

Wenn du schlafen möchtest, ohne andere Menschen reden oder husten oder herumgehen zu hören.

Oder wenn du einfach mitgenommen wirst, nur weil du kein Zuhause mehr hast.

Ich weiß nicht, wo sie uns jetzt hinbringen.

Mein Blick kreuzt den von Papa, der *ich weiß es auch nicht* sagt.

Bevor ich in das Auto steige, lese ich die blau geschriebenen Namen an der Seite.

RENDORSEG.

Darunter noch ein Schriftzug, auch blau.

BORDER POLICE.

Das Auto ist weiß und sauber. Es riecht nach Zigarettenrauch und Schweiß.

Das Blaulicht auf dem Autodach ist jetzt an, die Sirene heult.

Ein Polizist hat Onkel Ahmad hineingestoßen, ein anderer Papa.

Ich habe mich zwischen die beiden gesetzt.

Ganz hinten, abgetrennt durch ein Metallgitter, haben sie die

Hunde einsteigen lassen. Ich bin müde. Traurig. Verwirrt. Und ich muss immer noch aufs Klo.

Das Auto fährt los und rüttelt über Schlaglöcher davon.

Papa nimmt nun eine meiner Hände und drückt sie fest in seiner.

Seine Hände sind feucht und kalt. Die von Mama waren lauwarm und trocken. Und sie hielten nie still.

Der Schlaf lässt meine Lider herabsinken.

Ich lehne den Kopf an eine Schulter, ich weiß gar nicht, ob Papas oder Onkel Ahmads, dann lasse ich mich wegtreiben.

Der Klang der Sirenen entfernt sich weiter und weiter, er verwandelt sich in etwas Staubiges.

Und plötzlich ist da das Geräusch galoppierender Pferde auf festgetretener Erde.

Die Sonne brennt auf die Erde herab.

Der Chapandaz sitzt auf seinem Pferd. Er ist ein stolzer einsamer Reiter. Wie die anderen Reiter trägt er hohe Stiefel, eine weiche Fellmütze, einen gesteppten Rock und lederne Handschuhe.

In einer Hand hält er seine Reitgerte.

Die anderen Reiter um ihn herum halten die Zügel straff und pressen die Stiefel in die Flanken ihrer Pferde, die mit farbigen Bändern geschmückt sind. Sie erwarten ungeduldig den Beginn des Buzkashi.

Ein Pferd beginnt zu scheuen, andere stampfen mit den Hufen und zerren am Zaumzeug, während ihnen Schaum vor dem offenen Maul steht.

Am Rand des Spielfelds sitzen zwei Männer auf dem Boden und schlagen die Trommeln.

Ein alter Mann spielt die Rubab.

Die Musik wird immer lauter, der Rhythmus schneller.

In der Mitte des Spielfelds gießt ein junger Mann mit Turban

Kalk aus einem Eimer auf die Erde und verwischt ihn zu einem Kreis. Seine Hände bewegen sich schnell im grellen Licht der Sonne. Er bindet eine Ziege von einem Pfahl los, führt sie in die Mitte des Kalkkreises, hebt ein Messer hoch und stößt die scharfe Klinge in den Hals der Ziege. Ihr Schreien lenkt ihn nicht ab.

Den abgeschnittenen Kopf schleudert er in ein Dorngebüsch, das Blut hinterlässt eine lange dunkle Spur.

Der tote Körper der Ziege bleibt in der Mitte des Kalkkreises liegen.

Damit ist das Ritual vollendet.

Erst jetzt kann das Spiel beginnen.

Die versammelte Menschenmenge jubelt. Die Leute sind unruhig und drängeln, steigen sich gegenseitig auf die Füße, rufen die Namen der Pferde und der Reiter: tun alles, um die Chapandaz anzufeuern.

Ich klettere auf die hohen Äste eines Baums, um das Spiel sehen zu können. Andere Kinder tun dasselbe.

Nun stürmen die Chapandaz im Galopp auf den kleinen Kalkkreis mit dem toten Körper der Ziege zu. Die Ziege ist die Trophäe, die es zu erobern gilt.

Ich weiß genau: In diesem Spiel ist jeder allein. Jeder kämpft gegen jeden. Jeder kämpft allein für sich. Ohne Regeln außer der, schnell zu sein und jeden zu schlagen, der zwischen dir und dem Sieg steht.

Erwartung. Erregung. Peitschenhiebe auf die Körper der Pferde. Stürze zwischen ihre trommelnden Hufe. Stolpern über die gefallenen Leiber. Tumult, Schreie, Furor. Und Blut, Schweiß, Wiehern.

Der Wind wirbelt den Staub auf. Die Sonne steht hoch, hart und stechend. Mein Baum bebt, der Himmel bebt.

Und endlich gelingt es einem Chapandaz, den Kadaver der Ziege zu ergreifen.

Die anderen ballen sich zu einem Gewühl um ihn herum und schlagen wütend auf sein Pferd ein, um es scheu zu machen, aber dieser Chapandaz ist stark und mutig und verteidigt seine Trophäe, sich selbst und sein davonpreschendes Pferd. Er verteidigt seinen Sieg bis zuletzt.

Und mit hoch erhobenem Arm, den Ziegenkadaver fest im anderen, vollendet er die Runde um den Pfahl und erreicht im Galopp das Ziel.

Nun explodiert ein wildes Getöse.

Die Menge rennt auf den Chapandaz zu und umringt ihn. Sie wollen ihn auf ihren Schultern tragen. Rundherum schlagen weiter wild die Trommeln.

Auch ich renne. Auch ich bin glücklich. Auch ich will ihm sagen, dass er der Beste ist.

Ich bahne mir meinen Weg durch die Großen. Ich winde mich zwischen Beinen und Armen und Rücken hindurch. Endlich bin ich in seiner Nähe.

Erst da bemerke ich es.

In den Händen des Chapandaz liegt nicht mehr der Kadaver der Ziege, sondern die Kapuzenjacke von Papa.

Die Kapuzenjacke, die ihm Mama vor drei Jahren zum Geburtstag geschenkt hat.

Die Kapuzenjacke, die er trägt, seit wir losgegangen sind.

Mit einem Schrei wache ich auf.

Ein Polizist dreht sich um und brüllt mir Worte zu, die ich nicht verstehe.

Ich habe noch die Pferde vor Augen, den Galopp in den Ohren.

Und in meiner Erinnerung, weiß wie Schnee, das afghanische Buzkashi.

Das Auto bremst plötzlich, bleibt stehen.

Mein Kopf schlägt hart gegen den Sitz.

Papas Hand drückt meine Hand.
Ich berühre Papas Kapuzenjacke.
Und die Welt ist wieder die wirkliche Welt.

Mattia

Ich stemme die Füße gegen den Boden. Wirble immer weiter. Ich bin schwerelos. Da sind keine Fixpunkte mehr. Keine sicheren Anhaltspunkte. Ich bin losgelöst und leicht. Lichter bohren sich in die Dunkelheit.

Es gibt kein Oben und Unten mehr, kein Innen und Außen.

Der Magen steigt mir bis in den Hals und verkriecht sich dann irgendwo.

Die Welt um mich herum tanzt. Auch ich tanze. Es ist ein Flug, Erde – Himmel und zurück. Ein Aufbäumen, Abbremsen, Wieder-Losschnellen. Wechsel von Rhythmus und Geschwindigkeit.

Heftige, aggressive Lichter und Klänge. Nahe und ferne Gesichter. Die Schreie der anderen, meine eigenen.

Der riesige Arm rotiert, vibriert, schaukelt. Kopf und Körper im Schleudergang.

Er hebt uns hoch und schmettert uns runter.

In den Ohren, in Höllenlautstärke, ein Song von Garbage: *I Think I'm Paranoid*.

Weiter, denke ich. Nicht aufhören. Weiter. Hör nicht auf, mich durchzushaken. Mach weiter, du Monsterkreisel. Mach weiter.

Lass mich weiter fliegen, denn dabei ist Denken unmöglich.

Unmöglich, die fernen Umrisse der Häuser ernst zu nehmen, den flüssigen Abendverkehr nur ein paar Dutzend Meter weiter, den Gedanken an meinen Vater und meine Mutter. Die Erinnerung an diesen Tag. Aber dann schwingt der *Loop Fighter* aus und wird wieder zu dem, was er ist: eine Rummelplatzattraktion, die den Himmel verspricht und einen dann doch auf die Erde zurückschleudert.

Giulio, der neben mir sitzt, stößt mir seinen Ellbogen in den Arm.

»Nicht schlecht, oder?«, fragt er und windet sich aus dem Sitz. »Viel besser als *Tagada*.«

Ich fühle mich benommen. Stehe auch auf.

Vielleicht sollte ich es ihm erzählen, die Sache mit meinen Eltern. Aber ich habe Angst, dass, wenn ich nur darüber spreche, dieser Knoten in meinem Hals jede Abwehr durchbricht und zu einem peinlichen Heulanfall wird.

Und so behalte ich alles für mich: den Knoten, die Scheidung, die Traurigkeit, das neue Baby. Und am Ende von alldem: die Gewissheit, dass ich heute nicht nach Hause gehe. Oh nein.

Heute gehe ich nicht nach Hause.

Ich behalte alles für mich, aber es geht mir gut. Ich bin stark und stehe über den Dingen wie der große, kultige Lebowski. Ich bin unerschütterlich und gelassen, gleichgültig gegen die Schicksalsschläge des Lebens. Ich bin …

Na gut, lassen wir das. Ich trockne mir heimlich die Augen. Heimlich ziehe ich auch die Nase hoch. Die Lichter des Luna Parks zerfließen und zerflattern vor mir wie Quallenfäden.

Still steigen wir aus der Gondel.

Es ist erst acht Uhr abends, aber es ist Ende Februar.

Um diese Zeit ist es kalt und dunkel. An einem normalen Tag wäre ich längst zu Hause.

Zwischen blinkenden Lichtern, die Giulios Gesicht und Haare abwechselnd aufleuchten und verblassen lassen, schaue ich mich um.

Ganz hinten, jenseits des Luna Parks, ist der Parkplatz zu sehen. Am Ende des Platzes der Hügel. Auf dem Hügel das Schloss. Und auf dem Glockenturm der Kirche neben dem Schloss, auf einem Bein balancierend, der goldene Engel mit den ausgebreiteten Flügeln, der mit dem Arm auf irgendetwas zeigt, irgendwo in der Schwebe zwischen Erde und Unendlichkeit.

Udine. Meine Stadt. Sicher und vertraut.

Aber heute Abend ist alles anders. Heute Abend sieht alles fremd aus.

»Weißt du schon das Neueste?«, unterbricht Giulio meine Gedanken. »Irgendjemand hat Doretti heute Morgen das Geld für die Klassenfahrt geklaut. Ein ganz schöner Batzen …«

Doretti, unser Chemie-Prof, ist das genaue Gegenteil der Franceschi: rational, gut organisiert, pingelig.

Unglaublich, dass ihm das passiert.

»Und woher weißt …«, fange ich an. Aber ich beende den Satz nicht, weil mir einfällt, dass eine Tante von Giulio an unserer Schule Hausmeisterin ist. Und die Hausmeisterinnen und Hausmeister einer großen Schule sind der reinste Geheimdienst. Der KGB war eine Bande von Nieten dagegen. Unsere Hausmeister*innen wissen alles, und zwar in Echtzeit. Sie haben genug Zeit und Ressourcen für Klatsch, einen Riecher für frische Romanzen, und sie erwischen die, die immer zu spät kommen, genauso wie die, die sich Extrapausen gönnen.

Manche von ihnen finden auch Zeit zum Putzen.

Und dann: *ha!* Eine Eingebung.

»Wo hat er das Geld denn aufbewahrt? Er hat es doch erst heute Morgen eingesammelt!«

»In seinem Fach. Abgesperrt. Nur dass es jemand aufgebrochen hat, der wohl Bescheid wusste.«

Da sehe ich das Gesicht wieder vor mir. Den Totenkopfring. Den Rempler, die dunkle Sonnenbrille. Das Grinsen von Pierantonio.

Gerade will ich damit herausplatzen und es Giulio erzählen, als wir einer Gruppe Mädchen begegnen. Ich kenne von ihnen nur Martina. Wir winken uns zu. Aber sie schaut Giulio an, nicht mich.

Bis vor nicht allzu langer Zeit war die Liste unserer Prioritäten klar wie ein Glas Wasser.

An erster Stelle kam Fußball. An zweiter: noch einmal Fußball. An dritter Stelle Freunde und Familie. An vierter Musik, wenn sie gut ist. Ungefähr an fünfter Stelle: die Schule. Dann, je nachdem, Mädchen, die Netzwerke, andere Sportarten.

Aber seit einiger Zeit holen die Mädchen auf, sie haben längst Plätze gutgemacht und kämpfen um die Top Drei.

Jetzt sendet Giulio neben mir Zeichen von Nervosität, er ist wohl unentschlossen, ob er mit Martina plaudern oder mit mir weitergehen soll. Er entscheidet sich fürs Weitergehen, aber er bleibt still.

»Ist ganz okay, Martina, oder?«, bohre ich vorsichtig.

»Wer?« Giulio stellt sich doof.

»Martina.« Ich warte kurz ab.

Keine Reaktion. Also lege ich nach.

»Auf der Rom-Fahrt, da war doch zwischen euch beiden so was wie …«, ich suche nach dem richtigen Wort, »eine Art Funke.«

»Das war kein Funke. Das war nur ein defekter Knaller.«

»Quatsch, warum sagst du das? Im Zug wart ihr die ganze Zeit am Musikhören oder Reden. Immer zusammen. Über fünf Stunden Fahrt! Da hattet ihr euch doch jede Menge zu erzählen. Und sie hat immer über deine Sprüche gelacht.«

»*Alle* lachen über meine Sprüche.«

»Ich will ja nicht dein Selbstvertrauen untergraben, aber …«

»*Du* lachst über meine Sprüche.«

»Eben, ich bin ja auch dein Freund. Aber Martina lacht wirklich.«

Stille.

Dann murmelt Giulio: »La Torre.«

»Was für ein Turm?«

»Edoardo La Torre.«

»Der aus der 12b?«

»Der mit dem frischen Führerschein.«

»Für ganze Sätze wartest du auf Verstärkung?«

»Der, der mit dem SUV in die Schule kommt. Geschenk von Mama und Papa. Und da er in der Nähe wohnt, nimmt er Martina morgens mit.«

Endlich nehmen sie Form an, Giulios Satztrümmer.

Einen Moment lang schweigen wir. Hände in den Taschen, harmonischer Gleichschritt. Ich lasse Giulios Sorgen in meinen Gedanken sacken, in der Nase die Gerüche, die über den Luna Park wabern: Frittieröl, Zuckerwatte, gebrannte Mandeln. *Die Serienkiller der Backenzähne*, höre ich die Stimme meiner Mutter im Hinterkopf. Augenblicklich schalte ich die Stimme aus und jage ihre Ratschläge und Verbote zum Teufel.

Ich kratze zwei oder drei Euro in meiner Hosentasche zusammen, kaufe eine Tüte der Killer und lasse sie genüsslich zwischen meinen Backenzähnen frei.

»Du meinst also«, frage ich kauend, »du vergisst Martina lieber, weil sie sich von einem Papasöhnchen mit Führerschein in die Schule fahren lässt?«

»…«

»Na, vielleicht ganz gut so.«

»…«

»Ist sicher das Beste.«

»…«

»Wenn es nur um deinen Stolz geht. Oder mehr um deinen Stolz als um sie.«

Giulio dreht sich um und starrt mich an wie ein schlecht gelaunter Monsterkrake.

Dann tut er so, als wollte er applaudieren. *Klatsch, klatsch, klatsch* in Zeitlupe. Mein Stolz schrillt Alarm wie eine Feuersirene.

»Du bist einmalig, Mattia. Ein echter Freak. Seit wann bist du in Sofia verknallt? Monate? Ein Jahr? Mehr? Und was hast du erreicht? Wenn's hochkommt, sprichst du drei Worte mit ihr. Und jetzt kommst du und gibst mir Ratschläge, als wärst du DiCaprio in *Titanic*. Du wärst die Freude jedes Psychiaters. Und du brauchst gar nicht zu lachen. Das ist nicht bloß ein Spruch.«

Eigentlich müsste ich sauer sein.

Aber hey: Das ist Giulio.

Außerdem: Da war kein Gift in seiner Stimme.

Und vor allem: Es ist klar, dass es ihm schon leidtut.

Das zeigt mir sein Schlag auf meine Schulter. Seine Art zu sagen: *Wir sind doch genau gleich.* Zwei genau gleich große Loser.

Also schlucke ich bloß die Traurigkeit dieses beschissenen Tages hinunter, zusammen mit einer Killermandel.

»Findest du den cool?«, frage ich.

»Wen?«, fragt Giulio neugierig, während er die Leute um uns herum mustert.

»DiCaprio. In *Titanic*«, antworte ich.

»Hm. Vielleicht. Weiß nicht. Sicher ist, dass meine Mutter diesen Film mindestens zwanzig Mal gesehen hat, und jedes Mal muss sie wieder heulen. Im Ernst.«

Ich denke kurz nach.

»Meine auch.«

Dann schweigen wir, überwältigt von einer grausamen Wahrheit: Hier sind wir, im vollendeten fünfzehnten Lebensjahr, beide mit gebrochenem Herzen wie schon Werther wegen seiner Lotte, und alles, was wir tun, ist, über unsere Mütter zu reden.

Das muss man sich mal vorstellen.

ÜBER UNSERE MÜTTER.

Und dabei knabbern wir, als einziger Akt der Rebellion, Killermandeln, bis die Backenzähne krachen.

Schweigen. Immer noch Schweigen.

KRICK. Macht meine Killermandel.

KRACK. Macht Giulios Mandel.

Klingt, als wären wir auf dem Weg in eine entbehrungsreiche Zukunft.

Dann summt eine WhatsApp-Nachricht.

Giulio schaut nach und lächelt. Er zeigt mir das Bild.

Eine riesige dampfende Pizza. Mit allem darauf, was dazugehört, und auch allem, was nicht darauf gehört, wenn man die Kunst der Pizza nur ein wenig ernst nimmt.

Zum Beispiel Bratwurst, Pommes frites und Speck. Kein Text dazu. Nicht ein Wort.

»Nachricht von meiner Mutter«, sagt Giulio. »Essen ist fertig. Ich muss nach Hause.«

Noch ein Summen. Noch eine WhatsApp-Nachricht. Wieder ein Bild. Kein Text.

Giulios drei Geschwister zerlegen die Pizza. Giulio tippt eilig eine Antwort:

VERGREIFT EUCH AN MEINER, UND ICH KILLE EUCH. IM ERNST!

Er ergänzt die Nachricht mit zwei Totenköpfen und zwei lila Teufeln.

Dann steckt er das Handy weg.

»Wenn meine Mutter Pizza macht, zeigt sich, dass die Zwillinge statt einem Magen einen Baustellencontainer haben.«

Die Zwillinge sind acht. Seine Schwester Serena ist zehn.

Giulio hat eine große Familie. Chaotisch, ganz gewiss, aber fröhlich. Drei Geschwister, eine Menge Onkel und Tanten, x Cousinen und Cousins, liebevoll übergriffige Großeltern, die ich seit dem Kindergarten kenne. Giulio hat kein eigenes Zimmer und weiß überhaupt nicht, wie sich Stille zu Hause anfühlt. Aber ich vermute, dass er noch nie Albträume hatte, in denen die Welt vom Nichts verschluckt wird und er allein übrig bleibt, ganz allein, ohne eine Spur von Leben um ihn herum.

Und außerdem sind Giulios Eltern seit Schulzeiten *zusammen*. Und jetzt, in diesem Moment, trinken sie *zusammen* ein Bier und essen *zusammen* eine Pizza und bändigen *zusammen* ihre Zwillinge.

Sie kriegen keine Kinder mit irgendwelchen anderen Leuten.

Sie trennen sich nicht, wie meine Eltern.

Ein paar Partikel meiner Traurigkeit sind vielleicht bis zu Giulio geweht, denn er schaut mich seltsam an, mit Fragezeichen in den Augen.

»Willst du mitkommen?«, fragt er dann. »Komm, wir teilen uns meine Pizza. Nach dem Abendessen kann dich mein Vater heimbringen, das Fahrrad holst du dir morgen wieder.«

Ich schaue mich um.

Da ist der Autoscooter, den ich als Kind liebte, die kleine Raupenbahn, um diese Zeit wie leer gefegt, der *Loop Fighter*, der wieder in den Himmel kreiselt. In der Höhe, hinter Giulio, kreischen welche aus vollem Hals, während sie in einem Höllentempo die letzte brutale Abfahrt der Achterbahn hinunterrasen.

Und plötzlich sehe ich andere Szenen vor mir. Gemeinsame Erinnerungen von Marco, Giulio und mir. Freunde seit dem Kindergarten.

Als wir alle im selben Sommer in Lignano schwimmen lernten.

Als Marco sein erstes Tor schoss und Giulio und ich so begeistert waren, dass wir ihn beide zugleich ansprangen und ihm eine Schulter auskegelten.

Als wir ihn zum Flughafen brachten. Er auf dem Weg zu seinem Schüleraustausch, wir mit unserem Transparent, auf das wir mithilfe von Google Translate französische Schimpfwörter geschrieben hatten. Er, wie er uns den Stinkefinger zeigt, aber zugleich mit feuchten Augen lächelt.

Das alles ist vorbei. Alles ganz weit weg.

Jetzt sind wir Lichtjahre voneinander entfernt.

Andere Lebensformen, anderes Schicksal, anderer Fokus, andere Gesetze der Physik und des Herzens.

»Nein, heute nicht«, antworte ich Giulio.

»Warum nicht?«, fragt er dickköpfig nach. »Wir halten keine Monster zu Hause, weißt du. Außer den Zwillingen natürlich. Aber die kennst du ja schon ein Leben lang.«

Ich weiß, dass er mich nur zum Lachen bringen will. Guter alter Giulio. Aber heute ist mir nicht danach.

»Außerdem«, versucht er es noch einmal, »kannst du dich weiter in deiner Traurigkeit suhlen, auch wenn du dabei Pizza isst.«

Hat Giulio *suhlen* gesagt? Er gibt echt alles, wie man sieht. Er schenkt mir seine beste Performance.

Ich schenke ihm eine Art Lächeln.

»Ich habe keinen Hunger. Und ich muss auch gehen.«

»*Du* hast keinen Hunger? Dann muss ich mir echt Sorgen machen. He, erinnerst du dich noch daran, wie meine Mama dir Kaninchen vorgesetzt hat?«

Jetzt muss ich wirklich lächeln. Ja, daran erinnere ich mich. Einen schönen Teller Kaninchen mit Kartoffeln. Ich war in der dritten Klasse, mitten in der Tierschützer-Phase.

Ich: »Was ist das denn?«

Giulios Mutter: »Kaninchen.«

Ich: »Das esse ich nicht. Denk doch, wie traurig seine Mama sein muss!«

Giulios Mutter: »Das war ein Waisenkaninchen.«

Und dann schiebt sie es mir in den Mund, einfach so, zwischen zwei Löffeln für die Zwillinge in ihrem Zwillingshochstuhl.

Das *Waisenkaninchen* wurde von da an zu einem Codewort für Giulio und mich. Einem Codewort für alles Unerwartete, das einen überwältigt, während man nicht damit rechnet.

»Deine Mutter ist großartig!«, sage ich. Und das denke ich wirklich.

»Ich leih sie dir, wenn du willst. Freundschaftspreis. Und kostenlos, wenn sie mit Lernen nervt.«

»Als Profi-Nervensäge macht sich meine auch gut«, gebe ich zurück. Man merkt trotzdem, dass ich down bin.

»Dann also ciao«, sage ich zu Giulio.

Er zögert noch einen Moment.

»Also ciao«, entscheidet er sich endlich und geht mit schnellen Schritten los. Dann dreht er sich noch einmal zu mir um und wirft mir schreiend, um den absurden Lärm der Musik und das Getöse der Autoscooter und die rasende Achterbahn zu übertönen, noch ein »Bis morgen!« zu.

Ich antworte nicht. Ich winke nur Ciao Ciao mit der Hand.

Ich kann nicht *Bis morgen!* antworten, weil wir uns morgen nicht sehen werden.

Morgen werde ich nicht in der Schule sein.

Morgen ist auf einem anderen Planeten. In einer anderen Dimension, einem anderen Leben.

Denn heute gehe ich nicht nach Hause.

Jetzt ist Giulio nicht mehr zu sehen, das Dunkel hinter den Karussells hat ihn verschluckt.

Einen Moment lang schaue ich ins Leere, dann tue ich endlich das, was ich schon seit Stunden tun will.

Aziz

Was kann ich tun, während ich warte, um mit meinen Gedanken von hier zu fliehen?

Ich zähle die Flecken an der Wand, die Türen in diesem Korridor, die Fliesen von hier bis zur ersten Tür. Zweiundvierzigeinhalb. Dann beginne ich von vorne.

In den Raum hinter dieser Tür wurde Papa gebracht.

In einen anderen Raum daneben haben sie Onkel Ahmad gebracht.

Dann schlossen sich die Türen, und nun sitze ich hier.

Wie viel Zeit ist schon vergangen? Ich weiß es nicht.

Ich sitze auf einer Bank, mit dem Rücken an der Wand.

Ich beiße auf meinen Fingernägeln herum.

Niemand von denen, die vorbeigehen, sieht mich an. Niemand scheint mich zu bemerken.

Ich trete an ein geschlossenes Fenster. Unter dem Fenster liegt ein Parkplatz. Auf dem Parkplatz gibt es nichts zu sehen.

Die Zeit ist ein seltsames Tier. Sie läuft schnell wie ein Windhund, wenn du froh bist, und kriecht langsam wie eine Schnecke, wenn du traurig bist oder allein oder Angst hast.

Jetzt gerade ist die Zeit eine Fliege. Aber eine gefangene, wütende Fliege. Sie fliegt gegen alles an, wie verrückt, weil sie nach einem Fluchtweg sucht, bis eine Hand sie erschlagen wird.

Was passiert mit Papa und Onkel Ahmad? Und was mache ich, ohne die beiden?

Werden sie sie ins Gefängnis stecken, wie schon in Bulgarien?

Oder werden sie uns nach diesem ganzen langen Weg und den überwundenen Grenzen alle zusammen zurückschicken?

Auf der Bank liegt eine Zeitung. Ich nehme sie in die Hand und blättere sie durch. Ich verstehe kein Wort, aber ich kann die Bilder anschauen: die Autowerbung, die Gesichter von lächelnden Mädchen, einen Fußballer beim Spiel.

Im Dorf hatten Sania und ihre Brüder eine Satellitenschüssel und einen alten Fernseher. Manchmal saßen wir alle zusammen auf dem Teppich und sahen uns einen Film an, oder Fußballspiele der größten und berühmtesten Mannschaften.

Fußball gefällt mir, auch wenn er ganz anders ist als das Spiel des Chapandaz.

Vor allem gibt es eine Mannschaft. Du hast Verbündete. Du kämpfst nicht allein gegen alle.

Außerdem gibt es Regeln. Es ist klar, was man tun darf und was man nicht tun darf.

Du darfst die anderen nicht schlagen, um ihnen wehzutun. Wenn du betrügst, pfeift ein Schiedsrichter. Wenn du unfair bist, jagen sie dich aus dem Spiel. Aber wenn du ein Tor schießt, umarmen dich deine Mitspieler und hauen dir freundschaftlich auf die Schulter, und manchmal tragen sie dich herum und feiern dich wie jemand Besonderen.

Aber mehr als alles andere gefällt mir am Fußball, dass du deine Füße benutzt, um Spaß zu haben und anderen Spaß zu bereiten, und nicht, um zu gehen und zu gehen, ohne zu wissen, wann du irgendwo ankommen wirst.

Ohne zu wissen, *ob* du irgendwo ankommen wirst.

Ohne zu wissen, wo du hingehst.

Mattia

Ich fische das Handy aus der Tasche und halte es für einen Moment in der Hand, in dem ich seine ganze Macht spüren kann: die Macht, mich in mein übliches Leben zurückzubeamen, die Normalität zurückzuholen.

Mit dem Daumen scrolle ich das Adressbuch hinunter: Dutzende von Namen. Aber mich interessiert nur einer.

Seit Stunden denke ich daran.

Endlich wird aus dem Denken ein Handeln.

Mindestens sechs Mal schreibe ich die Nachricht und lösche sie wieder, ändere ein Wort oder füge etwas hinzu: ein Emoji, irgendeine Kleinigkeit, vielleicht nur ein Ausrufezeichen oder drei in der Luft hängende Punkte ...

Am Ende lösche ich alles.

Und mache ein Foto von dieser Ecke hier, neben Shreks Karussell.

Ich betrachte das Foto, gar nicht schlecht. Darunter schreibe ich nur

Bis gleich?

Dann streiche ich auch das Fragezeichen.

Bis gleich.

Knapp. Ruhig. Entschlossen. Nix Smileys oder Pünktchen. Kein Spielraum für heimliche Zweifel. Kein Raum für neue Ängste.

Einen Moment zögert mein Finger.

Manchmal muss man einfach springen, sagte mein Opa Arturo oft. Entweder landest du auf der Nase, oder du fliegst. Denk dran: Nur wer kriecht, fällt nie hin.

Mein Finger schwebt über dem Absenden-Pfeil. Ich atme tief ein. Jetzt. Geschafft. Hurra.

Egal ob richtig oder falsch, meine Nachricht ist draußen. Aber ... aber habe ich ihr wirklich dieses alberne Shrek-Karussell geschickt? Gibt es irgendetwas Kindischeres hier?! Außerdem. Es ist stockdunkel. Abendessenszeit. Es ist kalt. Nicht gerade das Paradies.

Wahrscheinlich kommt sie nicht.

Sie ist nicht der Typ für den Luna Park. Eher fürs Kino, oder für Konzerte. Oder wenigstens für die Pizzeria.

Plötzlich fühle ich mich wie ein Idiot. Warum bloß habe ich mich ausgerechnet hier mit ihr verabredet?

Es ist eindeutig, Giulio hat recht. Ich bin ein Fall für den Seelendoktor. Ein Fall wie aus dem Lehrbuch.

Ich öffne WhatsApp. Keine Antwort.

Sicher kommt sie nicht.

Jetzt einfach zu gehen, wäre eine Option, aber der Kampf zwischen meinen Füßen und meinem Stolz geht 1:0 aus, also bleibe ich hier geparkt.

Aus den Wagen der Achterbahn fällt ein Regen von Gelächter, dazwischen Schreckensschreie. Ich beobachte ein angeschnalltes Pärchen, so um die zwanzig. Er mit einem Bauch wie ein schwangerer Wal, sie dünner als eine Sardelle, aber damit beschäftigt, einen Riesenkrapfen zu vernichten, der ihr ganzes Gesicht verdeckt. Sie isst, er wird dick. Vielleicht sind die beiden ein perfektes Beispiel für den seltenen *horizontalen Transfer*, von dem mir meine Mutter mal erzählt hat. Sie ist der einzige Mensch, den ich kenne, der sich für Mikroben, Bakterien und ähnliche Wunder der Natur begeistern kann, die nur unter dem Mikroskop sichtbar sind.

Noch einmal WhatsApp. Niente. Nothing. Nada. Kosmische Leere. Weißes Rauschen. Ein definitives, unwiderrufliches NEIN. Ich ertrinke in Mutlosigkeit.

Jetzt ist es offiziell: Sofia kommt nicht.

Gebt mir Harry Potters Tarnumhang. Ich will verschwinden. Mich davonmachen. Vom Erdboden verschluckt werden.

Ich ziehe die Kapuze meines Pullovers hoch.

Dann trolle ich mich Richtung Fahrrad, schleife die Füße über den Kies nach. Deprimierte, schwere Füße, die tiefe Spuren der Enttäuschung hinterlassen.

Die Ohrstöpsel pumpen mir die wuchtige Stimme von Tom Waits ins Blut. Sie hört sich an, als hätte man sie in ein Whiskyfass gelegt, lang in einer Räucherkammer aufgehängt und schließlich brutal mit dem Auto überfahren. So hat sie mal wer beschrieben. Klingt wie der Trailer meines Gefühlsfilms.

Aber plötzlich fühle ich *sie*.

Ich *fühle* sie.

Und gleich darauf sehe ich sie.

Mein Herz legt eine Nullrunde ein.

Es scheint sich eine gaaanz lange Pause zu genehmigen, dann bäumt es sich für ein wildes Rodeo auf und macht einen dreifachen Salto mortale. Sofia hebt die Hand.

Der grüne Schal um ihren Hals hat dieselbe Farbe wie ihre Augen. Ihre langen Locken, die in einem perfekten Durcheinander unter der Mütze hervorwuseln, elektrisieren meine Haut. Die Farben der Mütze sind so schräg wie ein Heavy-Metal-Solo, und auf dem Kopf jedes anderen Mädchens wäre sie peinlich, aber auf Sofias Haaren sieht sie cool und unangepasst aus.

Ich empfange sie mit der ganzen Begeisterung, die ich zeigen kann, so mit dem Herz zwischen den Zähnen.

»Ciao.« Ich nehme meinen Mut zusammen. »Also bist du doch noch gekommen.«

Nicht gerade ein Auftakt nach Handbuch. In den Filmen sprudeln die Jungs an diesem Punkt vor witzigen Sprüchen über wie

Geysire. Ich stehe nur unbeweglich da und schaue sie an. Ungläubig, glücklich und verlegen.

Eine schlechte Kopie von Forrest Gump.

Also sage ich es ihr einfach, ohne langes Drumherumreden. »Ich freue mich, dass du da bist.«

Sie lächelt. »Ich wollte dir das auch schon vorschlagen ...«

»Was?«, frage ich verblüfft.

»Hier eine Runde zu drehen, zusammen. Aber dann dachte ich, dass du ...«

»Dass ich?«

»... nicht so der Typ für den Luna Park bist.«

»Was für ein Typ bin ich denn?«

»Eher fürs Kino, oder für Konzerte.«

Auf einmal muss ich lachen.

Vielleicht ist das einfach so, wenn dir jemand gefällt. Vielleicht entsteht dann plötzlich eine geheimnisvolle Verbindung, öffnet sich ein Raum-Zeit-Tunnel zwischen deinem und ihrem Leben, zwischen deinen und ihren Gefühlen.

Aber Sofia liest schon wieder in meinen Gedanken, denn jetzt lacht sie auch. Ich schaue sie an und lache mit ihr, glücklich über diese Gemeinsamkeit.

»Wie lang kannst du wegbleiben?«, frage ich.

»Nicht lang«, sagt sie, wieder ernst. »Um zehn muss ich zu Hause sein. Ich hab mir eine Ausrede ausgedacht.«

»Danke.«

»Wofür?«

»Für die Ausrede.«

Ich schiele aufs Handy: Oh Gott, wir haben nur eineinhalb Stunden!

Weiter drüben, hinter Sofia, hat nun das Riesenrad seinen Betrieb aufgenommen und erkundet langsam, in kleinen Flugetappen, den Himmel.

Es muss schön sein, denke ich, alles von dort oben zu betrachten. Von einem anderen Blickwinkel aus.

Sich im Dunkeln all das vorzustellen, was zu dieser Abendzeit nicht zu sehen ist: die Hügel, die Umrisse der Alpengipfel, die vertraute Gegend der Schule, mein Zuhause inmitten all der anderen Zuhauses, in denen Menschen reden, essen, lachen, im Internet surfen, Sex haben. Oder auf gute Träume hoffen, während ich in gewisser Weise jetzt schon träume.

»Hast du Lust?«, frage ich Sofia, indem ich mit einem Finger auf das Riesenrad zeige.

Sie schaut hoch. »Warum nicht?«

Und so finden wir uns in einer Metallkugel wieder, die schaukelnd in die Höhe steigt und in kleinen Schritten die Leere erklimmt.

Sie und ich. Allein dahinschwebend.

Das Rad hat es nicht eilig.

Ganz langsam trägt es uns nach oben.

Alles ist unglaublich, sogar die kalte Luft. Sogar die ätzende Musik, die zum Glück weit weg ist.

Aber vor allem das Licht, das rot und blau schimmert und mir vorkommt wie das erste Licht der Welt, eigens dafür erschaffen, genau jetzt Sofias Profil auszuleuchten: ihre Lippen, ihre langen Wimpern, ihre Stirn mit den vorspringenden Locken, den winzigen Höcker auf ihrer Nase, einen perfekten kleinen Makel, der den Rest noch schöner macht. Oder zumindest echter.

Ein Stern ist aufgegangen. Der erste.

Wir betrachten den Himmel gemeinsam, schweigend.

Dieser Moment ist, als wäre die Unendlichkeit aus Versehen mitten in einen x-beliebigen Luna Park hineingestolpert.

Wenn es ein Handbuch für unwirkliche Momente wie diesen gibt, dann hat mein Exemplar wohl ein anderer geklaut. Also strecke ich einfach einen Arm aus und ziehe ganz langsam Sofia an mich heran, während ich weiter in die Dunkelheit schaue. Sie zögert ganz kurz. Dann lehnt sie den Kopf an meine Schulter. Ich atme den Shampooduft ihrer Haare ein und den Duft von Wind und Überraschung, der von ihrer Haut aufsteigt. So riecht das Glück.

Eine Weile bleiben wir so.
Manchmal kann auch Schweigen sprechen.
Unten die schlafende Welt.
Oben der Himmel kurz vor der Nacht.
Innen stiller Aufruhr.

»Irgendwo habe ich gelesen«, sage ich, »dass es in einem Hurrikan einen einzigen sicheren Ort gibt, während rundherum alles zerfetzt wird. Man nennt ihn das Auge des Zyklons. Für mich ist das hier das Auge. Jetzt. Hier.«

Gern würde ich noch sagen *mit dir*, aber ich sage es nicht. Ich fühle mich so schon sehr mutig.

Und dann passiert das Unglaubliche, so mächtig, dass sich mir der Kopf dreht.

Sofia, dort im Dunkeln, lächelt. Ich fühle es wie ein Beben in der Luft.

Sie *versteht*, was ich sage. Das ist ein so schönes Gefühl, dass ich jetzt alles könnte: die Wände hochlaufen wie Spider Man, gegen meine persönlichen Voldemorts kämpfen wie Harry Potter, den Antrieb des Riesenrads blockieren und für immer hier oben bleiben, am höchsten Punkt seiner Umdrehung. Und dabei einen Schwindel fühlen, der nichts mit der Höhe zu tun hat, Schauer, die nicht von der Kälte kommen. Auch wenn die Kälte langsam heftig wird und mit spitzen Zähnen zubeißt.

Sofia bläst eine kleine Atemwolke in die Luft.

»Diesen Ort hat die globale Erwärmung ausgelassen«, sagt sie.

Auch ich mache eine Atemwolke, dann wieder sie, und dann wieder ich.

Schließlich wird Sofia ernst und kommt langsam mit ihrem Gesicht näher.

Sie findet den Mut, auch für mich. Den Mut, der für jeden ersten Schritt notwendig ist und den ich niemals in mir gefunden hätte.

Unsere zwei Atemwolken finden zusammen und werden zu einer. Die Berührung ist wie ein leichter Schlag. Ihre weichen, frischen Lippen sind ein kleines bisschen rau. Und nach dem Raketenstart meines Herzens, das jetzt irgendwo im Rippenbogen herumsaust, nehme ich auf Gaumen und Zunge den Geschmack ihrer Zahnpasta wahr.

Dieser Kuss schmeckt nach Pfefferminze.

Ich weiß jetzt mit Sicherheit, dass ich Pfefferminze für den Rest meines Lebens lieben werde.

Und dann, ohne zu wissen, wie, erzähle ich ihr plötzlich alles.

Meine Abwehr fällt einfach in sich zusammen. Eine enorme Welle von Gefühlen bäumt sich auf und rollt los.

Ich spreche lange. Über mich. Ich spreche über Mama und Papa. Darüber, dass ich noch bis heute Morgen glaubte, wir seien die reinste Fernsehwerbungsfamilie. Harmonisch. Besonders. Glücklich. Ich spreche über den Tod meines Opas. Darüber, wie ich meine Mutter behandelt habe. Über das Kind, das bald zur Welt kommen wird.

Und Sofia, wirklich, Sofia hört mir zu. Aufmerksam und ernst und konzentriert.

Manchmal lächelt sie mich an, manchmal wirkt sie traurig. Manchmal fragt sie nach. Manchmal, wenn ich lange Pausen mache, nimmt sie mein Schweigen in die Hand, als wollte sie es zwischen ihren Fingern wärmen.

Aber vor allem hört sie mir zu. Und ich merke, dass es das war, was ich wirklich brauchte: jemanden, der zuhören kann, und dass dieser Jemand sie ist.

»Was ist deine schönste Erinnerung?«, fragt sie plötzlich unvermittelt.

Wir sind in eine neue Phase eingetreten: das Kreuzverhör. All die Fragen, die man sich auch selbst stellt, die aber nur Sinn machen, wenn man zu zweit ist.

»Meine schönste Erinnerung … Vielleicht, als ich mir den Arm gebrochen habe.«

»Okay, die schlimmste lassen wir dann aus.«

»Warte. Ich war erst fünf. Wir waren in Kroatien im Urlaub, und ich bin am Strand so schlimm hingefallen, dass man mich von der Schulter bis zum Handgelenk eingegipst hat. Dann konnte ich nicht einschlafen, weil mir mein Teddybär fehlte, und so ist mein Vater nach Hause gefahren, um ihn zu holen. Er ist die ganze Nacht durchgefahren, und am nächsten Morgen saß der Bär auf meinem Kopfkissen.«

»Unglaublich, dein Vater«, kommentiert sie. »Der hat echt ein Talent für Überraschungen.«

»Stimmt«, sage ich überzeugt, »dieses Talent hat er nie verloren.«

Es folgt eine längere Stille.

In manchen Momenten wäre eine einzige Silbe zu viel.

Wir fahren gerade die dritte Runde. Ich könnte die ganze Nacht hierbleiben.

Immer neue Sterne, der Umriss des Schlosses ein schwärzeres Dunkel im Dunkel, die Lichter in den Häusern. Wer weiß, was dabei herauskäme, wenn man jetzt alle diese Lichter mit einer einzigen Linie verbinden würde, so wie die Pünktchen in den Kinderzeitschriften, die dann plötzlich eine Form ergeben und ihr Geheimnis preisgeben. Und wer weiß, wo unser Platz wäre, in der Form dieses Geheimnisses.

Sofias und mein Platz: ein Punkt, den es vorher nicht gab.

»Und was ist deine *schlimmste* Erinnerung?«, frage ich und drehe mich, um sie anzusehen.

»Das ist einfach. Da muss ich gar nicht nachdenken. Als Papa seine Firma zumachen musste. Die hatte mein Opa gegründet. Ganz winzig, mit nur sechs Arbeitern. Aber mit denen hat Papa zusammengearbeitet, seit er ein Junge war. Dann kam die Krise, und er musste sie alle entlassen. Ich habe ihn nie zuvor weinen sehen.«

»Das tut mir leid. Das wusste ich nicht.«

»Keine Sorge. Das ist vorbei.«

»Hat er einen anderen Job gefunden?«

»Ja und nein. Es ist nicht einfach für ihn. Miniaufträge, Kleinkram. Meine Mutter hat sich ins Zeug gelegt, sie hat sofort wieder angefangen zu arbeiten.«

Jetzt schaut sie in die Ferne, ins Dunkel. Und mir wird plötzlich klar, dass Sofia solche persönlichen Dinge eben nicht jedem erzählt.

Das sind Geschichten, die man sich verdienen muss. So wie Wertschätzung, wie Vertrauen. Wie Anerkennung, oder das Glück.

Aber gerade flutet sie die Traurigkeit wie eine Welle, eine Welle, vor der ich sie beschützen möchte, sie in flacheres Wasser zurückbringen. Wo sie Boden unter den Füßen hat.

»Tattoos?«, frage ich also, um sie näher ans Ufer zu ziehen.

»Nur eines. Ein kleines.«

»Welches?«

»Ein ausgebreiteter Flügel. Im Flug.«

»Wo hast du das? Ich habe es nie an dir gesehen.«

»Auf der rechten Schulter. Du wirst es sehen.«

Einen Moment lang sind wir still, und ich koste diese vier Worte aus.

Du wirst es sehen.

Sie schmecken süß, vielversprechend. Sie schmecken richtig gut nach Zukunft.

»Warum nur einen Flügel und nicht zwei?«

»Weil mich meine Eltern vorher erwischt haben.«

»Okay, aber eigentlich passt das so. Ein Flügel als Tattoo und einer als Idee.«

»Und dazwischen drei Tage Hausarrest.«

»Handy?«

»Eingezogen. Du bist dran. Lieblingssong?«

»Da brauchen wir die ganze Nacht.«

»Haben wir nicht. Lieblingsfilm also?«

»Lass mich nachdenken ... Vielleicht *Django Unchained*. Kommt als Western daher, mit Prügeleien und allem Üblichen, aber eigentlich geht es um Freundschaft. Und Abmachungen unter Männern. Und Liebe.«

Okay, zugegeben, *Liebe* ist ein bisschen getrickst. Ich hätte das vermutlich nicht gesagt, würde ich nicht mit Sofia sprechen. Aber vielleicht war es ein guter Schachzug, denn sie lässt den Kopf nach hinten sinken und legt ihn an meine Schulter.

Da merke ich, dass meine Schulter sie schon vermisst hat. Und dass sie sich im Kontakt mit Sofia stärker, vollständiger anfühlt.

»Wie warst du als Kind?«, fragt sie leise.

»Supercool.«

Sie dreht sich um, um mich anzusehen.

»Halt dich an die Regeln: Ist das die Wahrheit?«

»Die Wahrheit ist immer ... anstrengend.« Ich lehne meinen Kopf an ihren. »Ich war ein kränkliches Kind. Wenn irgendwo ein Virus umging, hat dieses Virus mich gefunden. Meine Oma hat mir dann zur Aufmunterung Berge von Büchern vorgelesen.«

Sie nickt. »Jetzt weiß ich, wer das war.«

»Wer was war?«, frage ich.

»Wer aus dir einen verdammten Intellektuellen gemacht hat.«

»Was soll das denn heißen?!«

Sie lacht.

»Komm, keiner liest so viel wie du. Darf ich wissen, wie du noch warst, außer kränklich und intellektuell?

»Schüchtern, glaube ich. Und ängstlich. Und unglaublich naiv.«

»Inwiefern naiv?«

»Kennst du diese Art von Kind, das am Strand mit seinem Eimerchen hin und her rennt und denkt, es kann das Meer ausschöpfen? Oder das Meer unter dem Sand finden, wenn es nur tief genug gräbt?«

»Aber alle Kinder sind so!«

»Kann sein. Aber mein bester Freund hat mit fünf schon nach Öl gegraben.«

Sofia lächelt wieder. Und jedes Mal, wenn Sofia lächelt, habe ich ein Gefühl, als hätte ich in einem entscheidenden Spiel ein Tor geschossen.

Aus dem Abend wird langsam Nacht. Nur für einen Moment schließe ich die Augen.

Der Wind schneidend im Gesicht. Die Leute unten verschwunden. Mein Fuß an ihrem Fuß. Sofias feine Haare an meiner Wange. Unsere verschränkten Finger.

Genau hier ist der Mittelpunkt der Nacht.

Vielleicht auch der Mittelpunkt des Lebens.

»Wo siehst du dich in fünf Jahren?« Auf ihre Frage hin öffne ich wieder die Augen.

»Puh. Keine Ahnung. Mir ist nicht mal klar, wo ich mich in fünf Stunden sehe.«

»Übertreiber!«

Oh nein. Das ist keine Übertreibung. Aber das sage ich Sofia nicht.

Ich bin noch nicht bereit, ihr alles zu sagen. Dass etwas für immer zerbrochen ist. Dass dieser Tag, im Guten wie im Schlechten, ein wirklich besonderer Tag ist. Dass sich mein Leben verändert hat. Dass ich heute Nacht nicht nach Hause gehe.

»Hast du je Angst?«, frage ich. »Hast du je Lust ... aufzugeben? Dir eine Art Auszeit zu nehmen von allem, was in deinem Leben nicht funktioniert, von dem, was die anderen von dir erwarten?«

»Das passiert mir oft. Oft möchte ich laut schreien: *Stopp. Ich steige aus, Leute. Und ciao.* Aber vielleicht sind ja die Ängste von heute, wenn wir irgendwie lernen, sie zu überwinden, der Mut von morgen.«

Wow! Nur von ihr kann ich so eine Antwort annehmen. Weil ich fühle, dass Sofia wirklich daran glaubt, also könnte ich versuchen, auch daran zu glauben.

Aber natürlich lasse ich mir die Gelegenheit nicht entgehen, sie mit diesem Spruch ein wenig aufzuziehen.

»Die Ängste von heute, die zum Mut von morgen werden ... Sag mal, redest du immer so?«

»Nur wenn ich so einen verdammten Intellektuellen auf einem Riesenrad beeindrucken will.«

Ich gebe ihr einen Klaps auf die Schulter, ganz leicht.

Sie gibt ihn mir zurück, ein wenig härter.

Und wir lachen wieder los, wie verrückt. Dann fällt mir eine heftige Frage ein.

Die Mutter aller Fragen, würde mein Vater vermutlich sagen. Aber ich will nicht an meinen Vater denken.

»Das Leben, für dich. In wenigen Worten.«

»Wie wenigen?«, fragt sie.

»Nicht mehr als zehn.«

»Leben ist, was du kriegst, während du nach anderem suchst«, zählt sie an den Fingern ab.

»Genau zehn. Wow! Nicht schlecht.«

»Und das mit einem Flügel«, sagt sie lachend.
»Stell dir vor, du hättest zwei.«
»Mit zwei wären es zu viele geworden.«

Jetzt steht das Rad wieder. Und für Sofia ist es Zeit heimzugehen. Dabei möchte ich ihr noch so viel sagen.

Zum Beispiel, dass ich es nur ihr verdanke, wenn dieser Tag nicht unter den vielen landet, die ich vergessen will.

Zum Beispiel, dass sich unsere Namen reimen und dass ich das für ein schönes Zeichen halte. Oder dass ich so wie mit ihr heute noch mit niemandem gesprochen habe.

Zum Beispiel, dass es mir so gut ging, in der Schwebe auf diesem Riesenrad. Sogar viel besser, als ich es mir sowieso schon vorgestellt hatte.

Stattdessen sage ich gar nichts. Binde ihr nur den Schal besser. Wickle ihn noch einmal um ihren Hals herum. Nur so, damit ihr nicht kalt wird, damit sie keinen Schnupfen kriegt. Nur weil mir was liegt an ihr, genau.

Und Sofia zieht mir eine Grimasse, aber eine nette. Lustige.

»He, ein bisschen Respekt bitte!«, sage ich.

»Warum denn?«

»Weil ich der Ältere bin!«

»Klar: drei Monate und neun Tage älter. Ich erinnere mich.«

Sie erinnert sich! Ich lächle.

Vielleicht hat sich Adam im irdischen Paradies so gefühlt, bevor er in den Apfel biss.

Stark. Hungrig. Glücklich. Mächtig. Herr der Welt.

Und dann schaue ich Sofia nach, wie sie losfährt. Wie sie in die Pedale ihres Fahrrads tritt.

Wie sie ins Licht einer Laterne gerät, winkt, ohne sich umzudrehen, und schließlich im Dunkel verschwindet.

Alles eine einzige Flucht, dort am Ende des Platzes, wo die Piazza Anlauf nimmt vor dem Schlosshügel, um sich dann schmal zu machen und unter dem Torbogen der Porta Manin hindurchzuschlüpfen.

Alles eine Flucht auch an Sofias Körper: die unter der Mütze hervorspringenden Haare, die Fransen des langen grünen Schals, die an den Pedalen klebenden Füße, die doch fliegen können.

Und unter ihrer Jacke und ihrem Pullover, wie ein Kreuzchen auf einem Plan: das Tattoo mit dem Flügel, das ich sehen werde.

Aziz

Ich betrachte eine Karte an der Wand: das helle Grün der weiten Flächen, das gewundene Gelb der Straßen, die hellblaue Schlange des Flusses, der die Stadt Budapest durchquert und sie entzweizuteilen scheint.

Neben der Karte befindet sich eine geschlossene Tür.

Jenseits der Tür befindet sich Papa.

Meine Nägel sind ganz zerkaut.

Ich kann auch das Pipi nicht viel länger zurückhalten, aber ich will hier nicht weggehen. Wenn Papa aus dem Raum herauskommt, möchte ich auf meinem Platz sein, und für den Moment ist mein Platz hier.

Also blättere ich noch einmal die Zeitung durch.

Auf einer Seite ist ein Bild mit Kindern.

Jungen und Mädchen auf ihren Schulbänken in einem großen hellen Raum. Neben der Tafel eine Lehrerin.

Da muss ich an Oma Nadira denken. Ich weiß, was Oma riskiert hat, um für ihre Mädchen Schule zu halten, denn Mädchen zu unterrichten war verboten und gefährlich.

Verboten durch die Taliban.

Aber sie hatte ihre Arbeit verloren und wollte jemandem nützlich sein.

»Wie hast du das gemacht, Oma?«, fragte ich eines Tages beim Essen.

»Heimlich. Alles heimlich. Heimlich kamen meine kleinen Schülerinnen zu mir. Heimlich brachten sie Bücher und Hefte mit, unter den Kleidern festgebunden, und heimlich, flüsternd, versuchte ich ihnen einige Dinge beizubringen. Lesen, schreiben, denken. In der Küche. Immer in der Küche.«

»Warum in der Küche?«

»Weil es da einen Ofen gab.«

»Um Brot zu backen für deine Schülerinnen?«

»Um schnell ihre Bücher zu verbrennen, falls die Taliban kamen.«

»Und hast du viele Bücher verbrennen müssen?«

»Merk dir das: Auch nur ein verbranntes Buch ist eines zu viel.«

»Aber wer wollte denn, dass Bücher verbrannt werden?«

»Das ist eine lange und komplizierte Geschichte. Vor den Taliban waren es die Mudschahedin. Und noch früher …«

Davon hatte sie mir schon erzählt, von der Geschichte unseres Landes. Einer Geschichte der Besatzungen und des Widerstands gegen diese Besatzungen: Makedonier, Sassaniden, Araber, Mongolen … Und die Russen, als meine Oma jung war. Wirklich eine komplizierte Geschichte.

Die wollte ich nicht noch einmal hören. Ich hatte es zu eilig, zu verstehen.

»Warum werden überhaupt Bücher verbrannt, Oma?«

»Weil Bücher das Denken lehren. Und mit dem Denken kommt das Zweifeln.«

»Und was ist daran schlecht?«

»Wer denkt und zweifelt, ist ein freier Mensch. Und ein freier Mensch, verstehst du, ordnet sich nicht so einfach unter.«

»Wem?«

»Anderen Menschen. Einem Regime. Ideen, die mit Gewalt durchgesetzt werden.«

»Und dann, was ist dann passiert, Oma?«

»Vielleicht war eines der Mädchen unvorsichtig und hat von meinem Unterricht erzählt. Vielleicht hat irgendein Nachbar sich entschieden zu spionieren. Es muss nicht immer Hass sein, der zu Verrat führt. Es reicht Neid oder Groll. In jedem Fall musste ich fliehen. Ich habe mit meinen Töchtern die Stadt verlassen und bin in ein weit entferntes kleines Dorf gezogen, in der Gegend, aus der meine Vorfahren kamen. Dein Opa war kurz vorher gestorben. So sind deine Mutter und deine Tanten zwischen Ziegen aufgewachsen. Ich habe nichts gegen Ziegen, das sind nützliche und sanfte Tiere, aber es war nicht das, was ich mir für meine vier Töchter erträumt hatte … verstehst du?«

Ich nickte. Natürlich verstand ich.

Manche verachten oder bemitleiden meine Oma, weil sie eine *dokhtar zai* ist.

Eine Frau, die das Unglück traf, nur Mädchen auf die Welt zu bringen. Eine unvollständige, unfähige Frau. Eine, die als Ehefrau und Mutter nur die Hälfte wert ist.

Oma Nadira hat sich darum nie gekümmert.

Es interessiert sie nicht, was die Dummen denken, sondern das, was dumme Augen oft nicht sehen: die Samen, die in den Dingen verborgen liegen.

An jenem Tag vor fast zwei Jahren, als wir Kardamomtee tranken, lag meiner Oma am Herzen, dass ich verstehe. Sie wollte mir von der Vergangenheit erzählen.

Und sie erzählte von der Vergangenheit, weil sie mir ein Versprechen abnehmen wollte, das die Macht hatte, meine Zukunft zu verändern.

»Hör gut zu, was ich dir erzähle. Die Taliban erreichten Kabul im Herbst 1996. Sie schienen Frieden zu bringen, nach Jahren der Gewalt und der Massaker unter den verschiedenen Kriegsherren der Mudschahedin. Indem sie sich untereinander abschlachteten, hatten die Mudschahedin unser ganzes Land zerstört, ganze Dörfer, Städtchen und Viertel von Kabul. Die Toten wurden in Tausenden gezählt. Man starb auf der Straße, im Basar, während man

Brot oder Milch kaufte. Man starb im Schlaf, ohne aufzuwachen, durch eine nächtliche Rakete. Wieder einen Tag überleben, es bis zum Abendgebet schaffen … darauf beschränkte sich die Hoffnung. Die Leute waren einfach am Ende. Sie waren ausgehungert nach Frieden. Und bereit, auch das für Frieden zu halten, was sich bloß als tückischere Formen des Kriegs erweisen sollte, die sich wie Unkraut verbreiteten, um Früchte und Samen zu vernichten.«

Oma trank ihren Tee, mir schöpfte sie Reis in einen Teller.

»In Kabul gab es ein großes Museum«, erzählte sie weiter, »mein Vater, dein Urgroßvater Jaafar, ging oft mit mir dorthin, als ich etwa in deinem Alter war. Es beherbergte wahre Schätze: Skulpturen afghanischer Fürsten, Statuen und Fresken des Buddha, einzigartig schöne Vasen aus der Zeit Alexanders des Großen, uralte persische Miniaturen und kostbare, mit Edelsteinen verzierte Schwerter aus der Zeit Dschingis Khans. Dann kamen die Taliban.«

Jetzt war Omas Stimme rau, herb wie Essig.

»Wir hielten sie für die Zukunft. Dabei waren sie das Mittelalter. Sie hassten die Gegenwart, die Kultur, jede Form des freien Denkens, jeden Ausdruck von Lebendigkeit. Sie hassten Bücher, Musik, Filme, die einen zum Lächeln bringen, den Gesang der Frauen, das Drachensteigen. Um die Schätze des Museums zu zerstören, brauchten sie nur ein paar Stunden. Dann wurden sie noch effizienter. Für die Vernichtung der kolossalen Buddha-Statuen in den Sandsteinfelsen unserer uralten Roten Stadt, an der Seidenstraße, setzten sie TNT ein. Zweitausend Jahre Geschichte, pulverisiert in Explosionen, unter Jubel und Freudengeschrei. Ich habe damals, Allah vergebe mir, ich habe damals gedacht: Ein Volk, das seine Vergangenheit verleugnet, kann keine Zukunft verdienen.«

Der Reis auf meinem Teller war inzwischen kalt.

Oma stand auf und ging ans Fenster.

Es blies ein sanfter Wind.

Ich dachte, dass der Staub der Buddhas, die die Taliban im Bamiyan-Tal in die Luft gejagt hatten, vielleicht immer noch dort herumwirbelte, getragen vom Abendwind. Über Städte und Dörfer streifte, übers Gras strich, über Flüsse und Ebenen, bis hinauf zu den schneebedeckten Gipfeln des Hindukusch. Und dass er nun zwischen uns schwebte, in der Dunkelheit, die uns allmählich einhüllte.

Meine Oma stand immer noch am Fenster und blickte ins Leere.

Irgendwo weit weg rief ein Muezzin zum Gebet.

»Du musst auch für sie lernen. Für die, denen es verboten wurde. Für deine Mutter und deine Tanten. Für das mit Hämmern zerschlagene Museum. Für die mit TNT gesprengten Buddhas.«

Sie nahm meine Hand in ihre.

Ihr Handflächen zitterten ein wenig.

Sie waren lau und trocken wie der Juniwind am Morgen.

»Und du musst für dich selbst lernen. Dein Leben ist wie ein Brot, mein Herz: ein Brot mit der Hefe großer Erwartungen. Du hast das Recht, sie aufgehen zu lassen. Hör gut zu, was ich mir überlegt habe. Hör zu, was du tun sollst.«

Ich hörte zu. Ich hörte ihre Stimme.

Verblüffung überkam mich wie das Hochwasser den Fluss.

Mit der Verblüffung kam die Angst.

Mit der Angst kam das Zittern.

Aber die Stimme meiner Oma war fest: »Mein Herz, nur so wirst du wirklich leben.«

Mattia

Ich lebe

Als ich zu meinem dreizehnten Geburtstag mein erstes Handy bekam, hat meine Mutter eine Nachricht eingespeichert. Wenige Worte. Kurz. Effizient.

Ich lebe

»Jedes Mal, wenn du später kommst, schickst du uns das, hast du verstanden.«

Das Fragezeichen, falls je eines beabsichtigt war, ging im entschiedenen Tonfall unter.

»Dafür reicht eine Sekunde. Nur ein Klick, damit wir beruhigt sind. Versprich es, Mattia!«

In Wirklichkeit war es nicht einmal ein Klick, mit dem Touchscreen des neuen Smartphones.

Aber ich wollte nicht kleinlich sein. Schlimmer als eine überängstliche Mutter ist nur eine überängstliche Mutter, die dir absurde Versprechen wie dieses abknöpft, um ihre Angst zu bekämpfen.

»Okay«, habe ich also versprochen. Ich war noch ein braver Junge. »Ich werde euch mit *Ich lebe* zuschütten.«

Also schickte ich, wenn ich zu spät zum Abendessen kam, meinen Refrain: *Ich lebe*.

Ein Versprechen ist ein Versprechen. *Ich* habe die Regeln immer respektiert. *Ihr* habt euch nicht daran gehalten.

Und jetzt habt ihr es statt mit dem lieben Mattia mit einem neuen, bösen Mattia zu tun, einem Mix aus dem *Fänger im Roggen* und Dom aus *Fast and Furious*.

Also halte ich jetzt das Handy in der Hand wie eine AK-47: ein tödliches Werkzeug.

Ich fahre über die Nachricht auf dem Bildschirm, starre auf dieses Mantra aus zwei Wörtern.

```
Ich lebe
Ich lebe
Ich lebe
```

Mein Finger kreist ein wenig darum herum.

Senkt sich und geht wieder hoch.

Ich lebe, aber ich habe gute Gründe, heute Abend nicht nach Hause zu gehen.

Ich versuche sie in eine ordentliche Reihenfolge zu bringen, wie in der Gliederung für einen Aufsatz.

- *Ich will Papa nicht sehen.*

Vielleicht kommt er heute Abend nach Hause, um zusammenzupacken, was er braucht, so wie in den Filmen, wenn sich ein Paar trennt und einer der beiden auszieht. Ich sehe ihn vor mir, wie er ganz leise die Wohnung betritt, höre ihn in Schubladen wühlen. Er schnappt sich Rasierer, Kleider, die Bücher für den Unterricht, ein Paar Schuhe, seinen Laptop. Er bleibt vor meiner Tür stehen. Seine Hand auf der Türklinke, die Türklinke, die sich nur ein wenig senkt. Er ist unsicher. Er fragt sich, ob er reinkommen soll. Er fragt sich, ob ich schon schlafe. Er weiß, dass ich es weiß, aber er weiß nicht, was ich sagen werde. Er weiß noch nicht, wie ich reagiere. Wie sauer ich auf ihn bin. Ich bin *sehr* sauer auf ihn.

Und ich reagiere schlecht. *Sehr* schlecht.

Ich bin noch nicht bereit, ihn zu sehen. Ich bin noch nicht bereit, ihm zuzuhören. Seiner Stimme, seinen Alibis, seinen Ausreden. Denn ...

- *Ich habe Angst.*
Ich habe Angst vor meinen Gefühlen. Ich habe Angst davor, plötzlich Dinge zu sagen oder zu tun, die ich nicht mehr kontrollieren kann. Das Du-kannst-mich-mal an meine Mutter ist einfach von alleine hochgekommen, aus einem Mattia, der mir noch unbekannt ist. Ich will ihn besser verstehen, diesen Mattia, bevor seine Wut explodiert. Ich will lernen, mit ihm zu rechnen. Ich will ihr ins Gesicht sehen, meiner Wut. Daher muss ich dringend ...

- *Allein sein.*
Ich brauche mal kurz Luft. Ich muss Ordnung schaffen in dem Chaos, das in meinem Kopf herrscht. Nicht nur Wut, sondern auch eine große Traurigkeit. Verwirrung. Überraschung. Schmerz. Manchmal sogar Übelkeit. Leere, wo Gewissheiten waren. Nebel, wo mein Sommer war. Das Gefühl, aus der Kurve zu fliegen, die Straße nicht wiederzuerkennen. Die anderen nicht wiederzuerkennen. *Mich* nicht wiederzuerkennen.

Das Handy klingelt.
Den Ton habe ich gerade wieder angestellt. Ich schaue nach: achtzehn Anrufe.
Drei von meinem Vater, alle anderen von meiner Mutter.
Ich fühle mich losgelöst von allem.
Losgelöst von diesem Platz. Vom Wind, der nun aufgekommen ist und ein paar trockene Blätter hochwirbelt. Von den wenigen eiligen Passanten. Von den Lichtern des Luna Park, die rhythmisch blinkend ein Stück Pflaster aufleuchten lassen, den dunklen Ärmel

meines Parkas, meine unentschlossene Hand, die Hülle meines Handys.

Das Handy klingelt.
Immer und immer wieder *Numb* von Linkin Park.
Aber ich antworte nicht. *Ich antworte nicht.* Mein böses, sehr böses Ich. Wenn ich antworte, fällt meine Kraft in sich zusammen. In meinem Handy lauert Mamas Stimme im Hinterhalt wie ein hungriges Krokodil.

Das Handy klingelt.
Sein Klingeln sät Zweifel, wie Indiana Jones in seinen Filmen Tote hinterlässt.
Dann hört es auf. Endlich hört es auf.
Um mich breitet sich eine Blase der Stille aus. Plötzlich kann ich wieder atmen.
Einen Moment lang fühle ich gar nichts. Nicht einmal die Kälte, meine Schuldgefühle, den Frost unter meinen Füßen, die Musik und den Lärm, die vom Luna Park herüberwehen.

Ich öffne das Schloss. Steige aufs Fahrrad. Dann gestehe ich dem Mattia, der ich war, eine letzte *freundliche* Geste zu.
Das Wort verdanke ich Amadi. Und Sofia verdanke ich die Idee. Es ist ihr Verdienst, wenn meine Wut ganz kurz stillhält für diese Geste.
Kein Frieden, nur eine Feuerpause. Kein Waffenstillstand vorerst. Ich öffne WhatsApp und scrolle runter zu Ma.
Kurz bleibe ich so, der Daumen erstarrt, am Bildschirm meines Handys festgeklebt wie die Muschel an der Klippe. In meinem Kopf startet ein Autoplay: *I'm a Good Boy* von GD X Taeyang.
Dann sende ich die Nachricht.
Sie sagt nicht viel, aber das Nötigste.

Das einzig Wesentliche darüber, wie ich mich gerade fühle. Eine korrekte Zusammenfassung.

```
Ich lebe
```

Aziz

Er lebt.

Ich springe auf.

Er lebt. Ich hatte so große Angst, Papa nicht wiederzusehen.

Ich finde nicht den Mut, ihn zu rufen.

Er sitzt mit gesenktem Kopf und hängenden Schultern vor einem Polizisten.

Zwischen ihnen steht ein Schreibtisch.

Aus der Tür, die sich so plötzlich geöffnet hat, kommt eine Frau in Uniform.

Sie ist groß und mager, hat blonde Haare. Ihr Gesicht ist ernst, die Nase schmal, an den Ohren trägt sie zwei goldene Ringe.

Sie scheint mich gar nicht zu bemerken. Eilig geht sie den Korridor hinunter, die Augen fest auf die Blätter gerichtet, die sie in der Hand hält.

Sie ist ungefähr so alt, wie meine Mama wäre, wenn meine Mama noch leben würde.

Vielleicht fühlt sie meinen Blick in ihrem Rücken, denn jetzt bleibt sie stehen und kommt zurück.

»Wie heißt du?«, fragt sie.

Es ist schön, ihr Englisch zu verstehen.

»Aziz.«

»Und wie alt bist du?«

»Elf«, antworte ich leise.

Das stimmt nicht. Ich bin nicht elf. Aber das ist nicht meine schlimmste Lüge.

Sie seufzt. Dann kratzt sie sich an der Wange. Außer uns ist der Korridor ganz leer.

Eine Tür, die irgendwo zuschlägt, eine Stimme, die zu laut spricht, der Lärm eines bremsenden Autos.

Sie setzt sich auf die Bank, neben mich, mit ihren Blättern auf den Knien.

Ein starker, guter Duft weht zu mir herüber.

Ich schnuppere, wie ein Hund an einem Knochen schnuppert, und dann schäme ich mich ein bisschen.

Der Duft erinnert mich an den Jasmin, der in Omas Blumentöpfen wuchs und sich auf der Suche nach Licht und Platz beharrlich an der Wand ausbreitete.

»Ich habe einen Sohn in deinem Alter«, sagt die blonde Polizistin schließlich.

Sie lächelt. Ihr Lächeln gefällt mir. »Hast du Hunger? Möchtest du etwas essen?«

»Nein, aber ich muss ... ich muss ...«

Ich brauche den Satz nicht zu beenden.

Die Polizistin hat verstanden. Auch das gefällt mir an ihr.

»Los, komm mit.«

Die Toiletten sind im unteren Stockwerk. Die Wände sind weiß und blau gefliest, über den Waschbecken sind hohe Fenster, es riecht nach Seife und Pipi.

Ich schließe die Tür ab. Sie wartet draußen auf mich.

Als ich rauskomme, sieht sie mich aufmerksam an.

Sie will etwas sagen, dann überlegt sie es sich anders.

Sie schiebt sich eine Haarsträhne aus der Stirn, dann lässt sie sie zurückfallen.

»Dein Vater und dein Onkel ...«, sagt sie schließlich, »dürfen nicht von hier weggehen. Wir müssen sie einige Tage festhalten.«

Ich kenne eine sehr alte Geschichte. Papa hat sie mir erzählt.

Nachdem er die Erde erschaffen hatte, den Himmel über der Erde und den Mond und die Sterne am Himmel, betrachtete Gott seine Schöpfung. Sie war schön, sie war groß, sie war neu. Sie erschien ihm wirklich gut gelungen.

Aber es waren ein paar Reste übrig, so wie einem Steinmetz Staub übrig bleibt.

Eine Handvoll Seen. Sand, immer zu heiß oder zu kalt, der ihm in den Händen brannte. Wüste graue Steppen. Ein paar schiefe Hügel. Richtig hohe Bergketten, als wären sie das Dach der Welt, mit frostgespaltenen Felsen und schneebedeckten Gipfeln. Unter den Bergen allzu magere Ebenen und Flüsse, die sich in den Ebenen verloren.

Und dann waren da noch ein paar Völker übrig. Anders als alle anderen und auch untereinander verschieden.

Da nahm Gott alle seine Reste zusammen. Vielleicht drehte er sie in seinen Händen, wie um sie gut zu vermischen: Wasser und Erde, Menschen und Tiere. Kinder und Alte, Adler und Skorpione. Vielleicht kratzte er sich am Kopf, weil er lange darüber nachdenken musste, was er damit machen sollte. Vielleicht strich er sich über den Bart, vielleicht ringelte er ihn um den Finger. Schließlich hatte er eine Idee, und er warf diese vermischten Reste in die einzige verbliebene Lücke, mitten im Herzen der Erde.

Nun war seine Schöpfung fertig.

Und Afghanistan war geboren.

Vielleicht wird es auch uns so ergehen.

Mir, Papa und Onkel Ahmad.

Wir sind Reste auf der Suche nach einer Lücke, herumgedreht in den Händen eines Schicksals, das uns wer weiß wohin werfen wird.

Mattia

Das Rad rutscht auf dem Split weg und bäumt sich wütend auf.

Ich weiche geschickt zwei Pfützen aus und fahre mitten durch die dritte. Wie nicht anders zu erwarten, die größte der drei. Der Schlamm spritzt mich voll bis obenhin. Ich fluche meinen Dank in den Himmel, trockne mir das Gesicht ab und trete weiter. Der Lärm des Luna Parks wird gedämpfter und ferner, bis ich ihn plötzlich nicht mehr höre. Ich lasse die Piazza hinter mir, fädele mich durch die Porta Manin, sause in einem Atemzug die Straße unter dem Schlosshügel entlang und fliege um die Kurve an ihrem Ende.

Wenig Verkehr um diese Zeit. Wenige Autos, kaum Fußgänger. Aus ein paar Lokalen unter den Arkaden dringen Licht und Geräusche.

Ich nehme eine Nebenstraße, die aus dem Stadtzentrum hinausführt. Weniger Straßenlaternen hier. Weniger Licht. Ich biege rechts ab, am Tempio Ossario vorbei, weiche auf der Kreuzung einem grauen SUV aus.

Vor einer roten Ampel reiße ich an den Bremsen.

Der Asphalt ist glitschig.

Das Rad gerät schlimm ins Schleudern, aber ich halte das Gleichgewicht.

Dann starte ich wieder voll durch. Ich fühle mich stark und seltsam. Heute Nacht gehe ich nicht nach Hause. Ich schlafe nicht in meinem Bett. Ich werde weder Mama noch Papa sehen.

Es ist nicht gesagt, dass mein Plan funktioniert. Und dann? Daran denke ich später. Im Moment, für diese erste Nacht, bin ich mir sicher, dass ich zurechtkomme.

Hier sind die Straßen breiter und gerader, dafür aber ist das Dunkel dunkler und die Autos schneller. Es bläst jetzt ein kalter Wind, der nadelt, und ich versuche, die Augen offen zu halten, während ich aus dem Sattel gehe und mit so viel Kraft trete, dass mir das Herz hart im Halse schlägt. Der Kanal neben der Straße wird von Bäumen verdeckt, in kurzen, regelmäßigen Abständen stehen sie zwischen Asphalt und Grasstreifen.

Baum – hell. Baum – hell. Baum – hell.

Manchmal zwingen mich Wurzelknoten, die sich durch den Asphalt gesprengt haben, zu Sprüngen oder Bremsmanövern oder zum Ausweichen in die Mitte der Fahrbahn.

Manchmal gerät das Fahrrad ins Schleudern.

Aus meinem Mund kommen Atemwolken.

Ich fahre schnell. Versuche, jedes Denken zu vermeiden. Aber der Gedanke an meinen Vater ist ein Marder: Still schleicht er durch die Nacht, schlüpft heimlich leise durch jeden Zaun. Er pfeift auf meine Verteidigung.

Gestern Abend beim Essen, als wir zusammensaßen. Mein Vater, wie er redet. Er redet viel.

Papa ist ein zwanghafter Unterhalter. Manchmal tischt er völlig absurde Themen auf: den Leitgedanken von McDonald's; das Verhältnis Harry Potters zum Bösen; die divergente Ethik der Piraten, die auf ihren Segelschiffen seiner Ansicht nach als Einzige in multiethnischen und auch multikulturellen Milieus lebten.

Er ist ein Ideen-Tsunami. Ich nenne es Kulturschikane. Mama nennt es Parasophie – ein irrer Mix aus Paranoia und Philosophie. Meist macht sie dazu eine bestimmte Geste, so *Legt mir eine Infusion, das halte ich nicht aus*. Aber oft, wenn sie das macht, lächelt sie. Nein, nicht: *lächelt* sie. *Lächelte* sie. Seit wann lächelt sie nicht mehr? Warum habe ich das nicht früher bemerkt?

Die Lichtkegel der Scheinwerfer. Schweiß im Nacken, den Rücken hinunter. Traurigkeit, die sich anfühlt wie Knüppelschläge.

Wieder ein Wurzelknoten. Ich bremse und schlingere.

Ein hupendes Auto hinter mir. Ein langes, wütendes Hupen. Ich wünsche es zum Teufel, mündlich und per Stinkefinger. Bringe das Rad an den Straßenrand zurück. Dann gehe ich wieder aus dem Sattel und stemme mich über den Lenker, dem Wind entgegen.

Die Gerüche der Nacht: Moos, Frost, Smog und verrottete Blätter im Wind. Kurz auch Abwasser.

Worauf hast du eigentlich gewartet, Papa, um das *einzig Wichtige* zu besprechen, statt über Nichts zu dozieren und uns alle mit Quatsch vollzulabern? Worauf hast du gewartet, um mir alles zu erzählen?!

Die Vorstellung, ihm zu verzeihen, führt zu noch mehr Wut.

Eine Kurve.

Ich fahre mit Karacho hinein.

Überhole einen blöd geparkten Wagen, dann plötzlich sehe ich sie.

Sie kommen auf dem Straßenrand gehend auf mich zu. Wie immer in einer schwatzenden Horde. Afghanen. Oder Pakistaner. Ich weiß nicht. Sie kommen mir alle gleich vor, mit diesen immer gleichen schwarzen Bärten und diesem gleichen Gang und diesen unförmigen Hosen, die unter den Jacken hervorschauen. Und immer mit diesem Handy in der Hand. Es sind so viele, in der Stadt. Vor allem in letzter Zeit. Alle jung, aber irgendwie alterslos. Sie kommen auf mich zu, völlig ins Gespräch vertieft und ohne mich irgendwie zu beachten.

Um sie nicht umzufahren, weiche ich hastig aus. Zu weit weg vom Straßenrand. Zu weit in die Straßenmitte. Zu nah an ein Auto, das entgegenkommt, erschreckend schnell entgegenkommt.

Mich packt ein heftiger Luftstoß. Das Dröhnen der Hupe betäubt mich. Der Fast-Zusammenstoß lässt mich schwanken. Ich will bremsen und ziehe wild an beiden Hebeln.

Das Hinterrad bricht aus.
Der Boden ist glitschig und gefroren.
Die Räder drehen leer.
Dann Ende. Stille. Licht. Dunkel.

Ich falle in einen schwarzen Abgrund, während die Welt untergeht.

Ma

Ich schalte alle Lichter an. Gehe vom Bad ins Wohnzimmer, vom Wohnzimmer ins Arbeitszimmer und in die Küche.

Der Fernseher ist zu laut, aber ich muss diesen fremden Stimmen ohne Sinn, ohne jeden Bezug zu mir, Raum geben: Ich habe keine Ahnung, was übertragen wird, ich will nur die betäubende Stille in der Wohnung mit Lärm füllen. Ich versinke in den Kissen auf dem Sofa. Bemühe mich, tief zu atmen, das Stechen im Nacken zu ignorieren. Er antwortet nicht. Mattia antwortet nicht. Ich habe ihn mindestens zwanzig Mal angerufen, und mein Sohn antwortet immer noch nicht.

Nur diese eine Nachricht: `Ich lebe`.

Aber mittlerweile ist mehr als eine Stunde vergangen, und ich kann ihn einfach nicht erreichen.

Ich kann nicht still sitzen, auch nicht denken. Ich kann keine sinnvollen Gedanken in eine Reihenfolge bringen: Ursache und Wirkung, Zusammenhänge, Schlussfolgerungen. Ich umklammere das Handy.

Es ist Viertel nach elf. Ich habe Mattias Freunde angerufen, oder zumindest alle, die ich kenne. Ich habe mich für die Uhrzeit entschuldigt, jeden nach weiteren Kontakten gefragt, immer weiter telefoniert, bis ich mir eingestehen musste, dass es niemanden mehr gibt, den ich anrufen kann: Die Namensliste ist zu Ende, und Mattia scheint verschwunden zu sein. Da habe ich auch seinen Vater angerufen.

Wir haben uns noch eine halbe Stunde gegeben, bis wir zur Polizei gehen. Eine halbe Stunde. Also eine Ewigkeit.

Es ist eigenartig, wie die Alltagswelt plötzlich in einem schwarzen Loch verloren gehen kann, das jede deiner Gewissheiten schluckt und eine unbekannte neue Welt ausspuckt, eine halluzinierte Wirklichkeit.

Ich muss mich an Details klammern und die Gedanken darüber stolpern lassen, um die Bilder zu stoppen, die in meinem Kopf ablaufen. Sie gehören zu einem Horrorfilm: Unfälle, Blut, Rettungswagen. Der Klang der Sirenen. Ein Körper auf der Straße, bewegungslos, zusammengesackt. Ein zerknülltes Fahrrad neben den Rädern eines Autos. Einziger Hauptdarsteller: Mattia.

Löschen. Alle Szenen löschen. *Steh auf*, sage ich zu mir. *Tu etwas*.

Ich gehe zu den gerahmten Fotos auf einem Tischchen in der Ecke zwischen Wand und Bücherregal.

Eines nach dem anderen nehme ich die Bilder in die Hand. Das Licht der Deckenlampe erfasst die Ecke eines Glases und lässt es plötzlich aufblitzen. Das Bild scheint zu glitzern, und all die vergangenen Augenblicke springen zurück in die Gegenwart. Zurück zu mir. Stark und lebendig.

Mattia mit einem Jahr: dreizahniges Lächeln in blauem Badehöschen an irgendeinem Strand. Er ließ uns immer noch die Nächte durchmachen. Sein Vater war völlig fertig. Ich war fertig und glücklich.

Vier Jahre: Ausflug aufs Land. Erste Begegnung mit einem Zicklein. Der Anfang seiner späteren Liebe zu Tieren und zur Natur.

Zehn Jahre: auf einem schneebedeckten Hang. Skier an den Füßen, Helm mit Visier, die Reste eines Brötchens in der Hand. Und neben ihm sein Vater und ich. Braun gebrannt, lächelnd, fürsorglich. Eine perfekte Familie. Ein Urlaub auf der Höhe dieser vorläufigen Perfektion. Zurückkehren zu können zu diesen Augenblicken, um Glück zu speichern für den Winter der Gefühle …

Ich schaue auf die Uhr. 28 Minuten. Die mit seinem Vater vereinbarte Wartefrist ist fast um. Das Aspirin hat angefangen zu wirken, die Stiche in meinem Kopf lassen nach. Ich rufe ein letztes Mal meinen Sohn an. Keine Antwort, nur mechanisches Tuten. Und ich merke, dass ich am Ende bin mit meiner Fähigkeit, mich mit Tricks und fernen Erinnerungen ruhigzustellen. Schuldgefühle sind wie ein Strudel. Sie verschlucken, verschlingen, zerfleischen einen. Entwickeln einen immer weiter ausgreifenden Sog.

Wir hätten mit ihm sprechen müssen. Mattia die Situation erklären. Den Mut finden, ihm gegenüberzutreten und ehrlich mit ihm zu sein. Stattdessen haben wir abgewartet. Und gewartet. Und noch länger gewartet. Ich balle die Fäuste. Ziehe den Mantel an. Wir haben auf den Moment gewartet, der endlich der richtige wäre, um ihm von uns zu erzählen, von dieser Krise, von der neuen Beziehung seines Vaters, von der Frau, in die er sich verliebt hat, von dem Kind, das im Sommer auf die Welt kommen wird. Aber es gab immer irgendeinen erstklassigen Vorwand, um es weiter aufzuschieben: nach Weihnachten, nach dem Geburtstag, nach dem Halbjahreszeugnis, damit neben seiner Seelenruhe nicht auch noch seine Noten leiden. Wir haben auf den richtigen Moment gewartet. Aber dieser Moment kam nie.

Und so hielten wir still, erstarrt in sinnlosem Warten, verschanzt hinter unserem Egoismus wie hinter einem mittelalterlichen Schild.

Der Name Mattia bedeutet Geschenk. Hebräisch für: *Geschenk Gottes.*

Ich weiß nicht, ob ich noch an Gott glaube.

Ich weiß nur, dass ich lange nicht mehr an ihn gedacht habe. Und gewiss habe ich vor Ewigkeiten zuletzt gebetet.

Aber jetzt ist jeder meiner Gedanken ein einziges stummes Gebet. Schuldiges, besessenes, verzweifeltes Gebet.

Mach nur, dass er lebt. Dass er lebt. Mach, dass mein Sohn lebt. Ich bitte dich, mach nur, dass er lebt.

Ich schalte die Lichter nicht aus, kein einziges. Alles muss hell erleuchtet bleiben. Hell und bereit für Mattia. Bereit für seine Heimkehr. Bereit, ihn in Sicherheit aufzunehmen.

Dann schließe ich die Tür hinter mir, renne die Treppen hinunter.

Die Kälte ist ein Schlag ins Gesicht, die Nacht ein fremdes Land.

Bevor ich losgehe, schaue ich zum Himmel hinauf. Nie schien er mir so weit weg, und nie war mein Bedürfnis größer, ihn nahe zu fühlen.

Ich bitte dich, mach nur, dass er lebt.

Mattia

Das Erste, was ich sehe, ist das fahle Licht eines Handys und ein dunkles Gesicht hinter dem Licht, vor dem Hintergrund des Himmels. Augen und Bart sind schwarz.

Dann spüre ich eine Hand, die langsam meinen Kopf anhebt.

Die Hand gehört dem Bärtigen, der mich mit erleichtertem Blick ansieht. Er kauert neben mir auf dem Boden, auf den Fersen hockend, und scheint unentschlossen, ob er mich abtasten und untersuchen oder jemanden anrufen soll.

Er spricht nicht, aber ich kann seinen Blick lesen: *Zum Glück. Du lebst wohl noch.*

Ich versuche, mit den Augen zu antworten: *Bist du einer von denen vorhin? Einer aus dieser illegalen Horde? Dann bist du ein Scheißkerl! Das hier ist auch deine Schuld!*

Aber ich habe noch nicht die Kraft, mich mit ihm anzulegen.

Ich fahre mit der Zunge über meine Zähne: alle da, wie es aussieht. Kein komischer Geschmack im Mund.

Ich strecke vorsichtig die Arme. Strecke die Beine. Öffne die Hände.

Ich würde sagen, ich bin noch ganz, und es scheint alles zu funktionieren. Nur eine Schulter tut weh. Der Ärmel des Parkas ist zerrissen.

Oh Gott, ist das Blut?!

Ich kann kein Blut sehen! Von Blut wird mir schwummrig! Der Bärtige sieht meinen Blick, zieht aus einer Tasche seiner Jacke ein Papiertaschentuch und tupft über meine tödliche Wunde. Vielleicht ist sie nicht ganz so tödlich. Das Blut spritzt nicht, es quillt auch nicht hervor. Es bildet keine Pfützen unter mir. Im Gegenteil, das Taschentuch bleibt fast trocken. Nur meine Haut brennt ein wenig, als er sie damit berührt.

»Halten«, sagt der Bärtige, führt meine andere Hand zur Schulter und drückt sie auf das Taschentuch.

Dann beginnt er eine Nummer in sein Handy zu tippen.

»Wen rufst du an?«, frage ich.

»Arzt.«

»Nicht nötig.«

»Ist besser. Für Sicherheit.«

»Ich sage dir, das ist nicht nötig. Wirklich.«

Er sieht mich verblüfft an, zweifelnd. Auch ich betrachte ihn. Wie alt kann er sein? Achtzehn, höchstens zwanzig. Nur wenige Jahre älter als ich.

Ich richte mich vorsichtig auf. Greife nach seinem Handy.

»He!« Er reagiert überrascht.

Ich beende sein Telefonat. Drücke ihm das Handy wieder in die Hand.

»Ich sage dir doch, das ist nicht nötig. Schau: Ich kann alleine stehen. Außerdem wohne ich ganz in der Nähe. Ich desinfiziere das, wenn ich nach Hause komme. Und wenn es wirklich nötig ist, fahre ich mit meinen Eltern ins Krankenhaus.«

Der Bärtige kratzt sich ein wenig die Wange. Er widerspricht nicht. Er betrachtet meine Schulter.

»Tut weh?«, fragt er schließlich.

Ich antworte mit einem Achselzucken, so *Ich bin ein harter Typ, und auch wenn mich der Schmerz fast umbringt, wird kein Wehlaut über meine Lippen kommen.*

»Und die anderen?«, frage ich und lenke von mir ab, indem ich über die Straße schaue. Die ist dunkel, still und verlassen.

Keine Spur von der Horde: verschwunden, schnell wie der Blitz. Der Bärtige sieht verlegen aus. Er braucht ein wenig länger als nötig, um ein paar Worte herauszubringen.

»Sie … mussten gehen.«

»Wohin gehen?«

»Nach … nach Hause gehen.«

Ich weiß nicht, was er unter nach Hause versteht, und im Moment will ich nicht nachfragen. Aber ich verstehe: Sie hatten Angst. Sie wussten nicht, ob ich verletzt war. Und ob auch sie ein wenig schuld waren. Denn das hätte natürlich Ärger bedeutet.

So erschien es ihnen klüger, sich fix aus dem Staub zu machen, ciao ciao.

Aber er ist dageblieben, ganz allein. Und das macht ihn mir schon sympathisch, trotz seiner Pyjamahosen und diesem Bart, der so schwarz und wild ist, dass er gleich zwei Islamisten darin verstecken könnte. Ja, er ist ein wirklich anständiger Typ.

Und vielleicht hätte ich unter anderen Umständen auch Lust gehabt, ihn kennenzulernen, etwas über ihn zu erfahren. Woher er kommt, wo er jetzt lebt, was er hier zu finden hofft, warum er nicht zu Hause geblieben ist. Aber nicht heute Abend, heute geht das nicht.

Heute habe ich andere Pläne. Und jetzt muss ich wirklich schnell weiter, oder mein ganzer Plan löst sich in Luft auf.

Eines aber muss ich ihn fragen. Etwas, was mir nie runtergegangen ist. So abgerissen sie auch ankommen, es ist keiner, kein Einziger unter ihnen, der nicht ein Handy in der Hand hält.

»Wie kommt es, dass ihr alle ein Handy habt? Woher habt ihr das Geld dafür?«

Er reißt die Augen auf, völlig platt. Er wundert sich über meine Verwunderung.

»Wir brauchen das Handy zum Sprechen!«, ruft er.

»Wen sprechen?«

»Meine Familie. Meine Mutter, mein Vater, meine Brüder … Alle in Pakistan. Sehr, sehr … *far away*.«

»Weit weg.«

»Ja, weit weg. Mehr als ein Jahr sehe ich sie nicht.«

Und plötzlich trifft mich der Gedanke: Er bemüht sich, den Kontakt zu seiner weit entfernten Familie nicht zu verlieren, ich bemühe mich, mich radikal von meiner nahen Familie zu lösen.

Aber mit diesem Musterexemplar von Familie, als die sich meine gerade entlarvt hat, muss man wirklich kein Mitleid haben.

Ich stelle mein Fahrrad auf. Er hebt meinen Rucksack hoch, reicht ihn mir.

»Danke«, sage ich schließlich. Und ich fühle mich wirklich dankbar. Denn der Typ in dem Auto, wegen dem ich gestürzt bin und mir den Kopf angeschlagen habe, der hat nicht angehalten. Aber mein junger Bärtiger … der eben schon. Er ist bei mir geblieben, um wenigstens zu sehen, ob ich lebe und ob ich Hilfe brauche.

Als ich losfahren will, höre ich seine Stimme.

»Du hast … wie sagt man … viel … ganz, ganz viel …«

»Glück gehabt.«

»Genau. Ganz, ganz viel Glück.«

Er hat sehr weiße Zähne, fällt mir auf. Zwischen seinen Barthaaren ein helles Licht.

Ich winke Ciao Ciao und fange an zu treten. Aber langsamer diesmal und schön am Straßenrand, mit einer neuen Vorsicht. Dann halte ich noch mal und drehe mich zu ihm um.

Der Bärtige steht noch da und schaut mich an. Das Handy in der Hand, die Hose leicht flatternd, die Jacke drei Nummern zu groß und einen traurigen Ausdruck im Gesicht.

Vielleicht denkt er, dass ich zu meiner Familie heimfahre, in ein warmes, liebevolles Nest. Vergiss es, möchte ich sagen, vergiss es. Nie vorschnell urteilen, mein Freund. Manchmal ist das, was da glänzt, nur billiges Blech und kein Gold.

»He«, rufe ich stattdessen lächelnd. »Ich wünsch dir noch viel mehr davon!«

»Was?«, fragt er.

»Ganz viel Glück!«

Da lächelt er mir zu, und wieder sind seine Zähne wie ein helles Licht.

Er hebt die Hand zum Gruß, und in der Hand hält er das Handy. Aber jetzt weiß ich, dass das für ihn nicht nur ein Handy ist. Nein, es ist Familie. Das verstanden zu haben, gefällt mir.

Aziz

Die blonde Polizistin rollt langsam ihre Blätter zusammen.

Aber es sieht aus, als hätte das gar keinen Sinn.

Es hat nur den Sinn, ihre Augen und ihre Hände und ihre Gedanken zu beschäftigen, damit sie nicht mich ansehen muss.

Festhalten. Festhalten. Festhalten. Deinen Vater und deinen Onkel festhalten.

Das Wort prallt an den Wänden ab, hallt wie ein Echo in meinem Kopf wider.

Ich sehe meine blonde Polizistin an. Die blonde Polizistin sieht mich an.

»Heißt festhalten Gefängnis?«

Sie antwortet nicht. Nicht sofort. Sie seufzt.

»Der illegale Grenzübertritt nach Ungarn ist eine Straftat«, sagt sie.

Ich weiß nicht, was *Grenzübertritt* heißt. Und ich weiß nicht, was *Straftat* heißt. Aber so, wie sie die Wörter ausspricht, ist klar, dass das schlimme Dinge sind, die Ärger bedeuten.

Sie schaut mir sehr direkt in die Augen.

Auch ich schaue ihr sehr direkt in die Augen.

Am Ende ist es ihr taubengrauer Blick, der sich leise aus meinem davonstiehlt.

Also frage ich flüsternd: »Kann ich mit Papa ins Gefängnis gehen?« Und füge gleich hinzu: »Bitte.«

»Das geht nicht. Du bist ein Kind.«

»Nicht einmal, wenn ich es will?«

»Nicht einmal, wenn du es willst.«

»Und wo gehe ich hin?«

»Du wirst … zurückgeschickt.«

Meine Augen füllen sich mit Nadeln, mein Mund mit glühendem Sand. Mein Herz ist eine Tarantel, die versucht, meine Kehle durchzubeißen. Ich schlucke fest, um sie hinunterzuwürgen.

Was würde Salman Khan tun, mein Lieblingsheld? Ich weiß es nicht.

Aber er würde sicher nicht weinen.

Also ziehe ich meine Windjacke aus, rolle einen Pulloverärmel hoch und zeige der blonden Polizistin meine geometrische Narbe. Sie geht vom Ellbogen bis zur Hand. Ein hässliches Zickzackmuster.

Unter den Waffen der Taliban gibt es alte und neue.

Unter den neuen bevorzugen sie die Kalaschnikow, unter den alten Reitgerten und Stöcke.

Ich weiß nicht mehr, was sie bei mir benutzt haben. Aber ich habe harte Knochen. Sie haben gehalten. Und Oma Nadira kann gut nähen.

»Ich kann nicht zurückgehen«, sage ich. Meine Stimme klingt entschlossen.

Jetzt sieht mich die blonde Polizistin an.

Ich fühle ihren Blick, ich fühle ihre Stille.

Aber viel stärker als die Stille fühle ich ihr Zögern.

»Hast du auch Narben?«, frage ich sie.

Ich weiß nicht, wo diese Frage herkommt, ich weiß nur, dass sie von ganz alleine kommt.

Sie antwortet nicht gleich. Sie denkt nach.

»Wir alle haben Narben«, sagt sie mit gesenktem Kopf. »Aber nicht immer sieht man sie mit bloßem Auge.«

Ein Telefon klingelt in einem der Räume.

Jemand schlägt eine Tür zu.

Draußen ist Verkehrslärm.

»Komm«, sagt die blonde Polizistin und führt mich den Korridor hinunter. Der Raum ist der letzte auf der rechten Seite und stinkt nach Rauch.

Ich sehe mich um: zwei Stühle, ein Schreibtisch, ein Computer. In einer Ecke ein Möbel aus Glas.

An einer Wand ein Schimmelfleck.

An einer anderen Wand das Foto eines Mannes und eine Schrift in einem schiefen Bilderrahmen.

Ich setze mich auf den Stuhl, auf den sie zeigt, und beobachte, wie sie den anderen verrückt, um sich neben mich zu setzen.

Sie öffnet eine Schublade, nimmt ein Päckchen Zigaretten heraus, zündet sich sehr langsam eine an.

Zwischen uns ist nur der zitternde Rauch, das Jasminparfum und eine Stille, die den Raum einhüllt wie ein riesiger Tschador.

Ich hebe die Augen zu der Schrift auf dem Bild.

Das ist eine schwierige Sprache.

Wer weiß, ob sie Oma gefallen würde.

Leise lese ich die Wörter. Beim ersten, dem längsten, stolpere ich ein wenig.

Szol-gá-lunk és Vé-dünk

»Was heißt das?«, frage ich.

Sie schaut mich an. Sie sieht überrascht aus.

Dann betrachtet sie die Schrift, dann wieder mich.

»Das heißt *Wir dienen und schützen*.« Jetzt ist ihre Stimme fast rau.

»Wirklich?«, frage ich. »Auch *schützen*?«

Alle, die mich beschützt haben, sind nicht mehr bei mir. Mama, Papa, Oma Nadira. Die Lehrerin aus der Schule in Badghis.

Die Polizistin hört auf zu rauchen.

Sie betrachtet mich immer noch stumm. Dann drückt sie ihre Zigarette auf einem kleinen Glasteller aus.

Schließlich stellt sie mir, statt zu antworten, eine Frage. Nur eine.

»Wenn ich dich nicht zurückschicke, gibt es dann jemanden, der sich um dich kümmern kann, irgendwo hier ... in Europa?«

Du kennst den ersten Schritt der Lüge, aber du weiß nie, wo sie dich hinführen wird, sagte meine Oma.

Aber wenn eine Lüge dazu dient, dich zu retten, dann ist es vielleicht keine Lüge mehr. Sondern Schutz. Notwendigkeit.

Manchmal muss man Wolf sein, und andere Male muss man Lamm sein. Ich beschließe, ein Wolf zu sein.

»Gibt es jemanden, der auf dich wartet, Aziz?«

Ich schaue sie einen Moment lang still an. Dann nicke ich ein Ja. »Mein Onkel und seine Familie warten auf uns.«

»Wo?«, fragt die blonde Polizistin.

Wo? Ich kratze meine Wange.

Wo lebt ein Onkel, den es nicht gibt, mit seiner ganzen erfundenen Familie? Wo lebt, wer nicht lebt, wer gar nicht existiert?

Wo? Wo? Wo?

Mattia

In meinem Hirn dröhnt, dank der Ohrhörer, *Spirit never dies* von Masterplan. Aber den Ort, an dem alles gut und voller Lachen war, den gibt es nicht mehr.

Schnell. Ich muss mich beeilen.

Entweder ich bewege mich jetzt, oder ich schaffe es nicht rechtzeitig. Dann schließen sie ab, und ich stehe draußen.

Die Vorstellung macht mich nervös. Ich habe keinen Plan B.

Ich schaue nach unten in die Tiefe, ins Dunkel. Halte mich fest am Stamm einer Platane, dort, wo der Asphalt gefrorener Erde weicht und wenigen Flecken von dunklem Gras am Rand des Kanals. Ich passe auf, wo ich die Füße hinsetze. Steige über die steinerne Platte eines alten Waschplatzes, die schräg in den Hang eingelassen ist.

Der Boden hier ist glitschig und tückisch: die ideale Startrampe für einen Flug bis ins Wasser. Aber diesmal passe ich auf.

Irren ist menschlich, sagte Opa Arturo. Irrtümer zu wiederholen, ist einfach nur idiotisch.

Ich halte das Fahrrad eng an meine Hüfte gedrückt und bohre die Schuhe in den Untergrund.

Vor mir liegt der Kanal wie eine schwarze Schlange.

In meinem Rücken rasen Autos vorbei, alle haben es eilig, nach Hause zu kommen.

Jedes Fahrzeug ist ein harter Luftstoß, der mich von hinten trifft und wieder verschwindet, während ich noch verfrorener und einsamer zurückbleibe.

Es riecht nach Moos und faulen Blättern, vermischt mit weiteren, unbekannten Gerüchen. Ein paar Meter weiter, im Nebel, versucht eine einzige leuchtende Straßenlaterne, ein wenig Licht bis zu der kleinen Steinbrücke zu werfen, die zur Piazza delle Erbe führt.

Nur wenige Schritte, schon ist man auf der anderen Seite und fast im Stadtzentrum.

Aber hier, nur ein Stück entfernt, wirkt die Stadt schon wie Peripherie.

Im Dunkeln ist alles unbestimmt und vergrößert, verzerrt zu neuen und unbekannten Formen.

Vielleicht, weil die Dunkelheit Angst einflößt und die Angst – das merke ich jetzt – unter allen Emotionen die animalischste ist, dich direkt zurückversetzt in die Zeit des frühen Homo sapiens, der einer bedrohlichen Welt allein gegenüberstand und nichts hatte außer seinem klugen Kopf, nur einen verletzlichen, wehrlosen Körper ohne Schuppen oder Stacheln.

Ich bleibe stehen, höre auf die Geräusche.

Gegenüber erahne ich die Häuserfassaden auf der anderen Seite des Kanals: eine kompakte Wand aus verschlossenen Türen und Fenstern, ein paar dürre Äste, die einen steinernen Balkon streifen, zwei Bögen aus hellerem, feucht glänzendem Stein.

Ich umklammere den Lenker meines Fahrrads.

Die kalte Erde nagt von unten an meinen Füßen. Irgendwo bellt ein Hund. Ein anderer Hund antwortet ihm, weiter weg.

Vorsichtig trete ich an den Rand des Kanals. Von hier aus hört sich der Verkehr undeutlich an, ein Hintergrund nur aus Bässen, ein minimal wahrnehmbarer Loop.

Ich schiebe mich unter den Vorhang einer großen Trauerweide, deren dünne, biegsame Zweige ins dunkle Wasser hängen. Die Zweige schließen sich hinter mir und umgeben mich nun ganz. Plötzlich nehme ich alles überdeutlich wahr: das Nachlassen des Windes. Die vom Wasser aufsteigende Feuchtigkeit, sein Gerausch. Die leichte Berührung der glatten Zweige auf der Haut von Gesicht und Händen.

Es ist, als würde ich ein großes Nest betreten, mit einem Dach aus nächtlichem Himmel, einem Boden aus Moos, Wänden aus schwingenden Zweigen.

Ich umklammere den Lenker meines Fahrrads.

Auf einmal muss ich an das kleine Baumhaus denken, das Papa mir im Apfelbaum gebaut hat, ganz hinten im Garten der Großeltern. Ein Nest aus wenigen zusammengenagelten Brettern, und dennoch fühlte ich mich, darin kauernd, vor allen Gefahren und Bedrohungen beschützt, in Sicherheit in einer Parallelwelt. Seltsam, auch jetzt fühlt es sich so an. Nur dass ich jetzt groß bin und dieses Gefühl eine Illusion.

Es ist irgendwann verloren gegangen, verschwunden. Vielleicht hat es auch nie existiert.

Ich umklammere den Lenker meines Fahrrads.

Ein Zweig der Trauerweide schwankt hin und her. Ich betrachte die winzigen Tropfen auf seiner Oberfläche: flüssige, phosphoreszierende Perlen, von den Scheinwerfern der vorbeifahrenden Autos an- und ausgeschaltet wie die LEDs einer Lichterkette.

Einen Moment lang schaue ich hoch zum Himmel. Ein paar Sterne, ein paar ziehende Wolken. Kurz überlege ich ein letztes Mal, dann entscheide ich mich und denke nicht mehr. Mit einer ruckartigen Bewegung schleudere ich mein Fahrrad in das dunkle Wasser des Kanals. Es versinkt mit einem dumpfen Schlag, ein paar kalte Wassertropfen spritzen mir in Gesicht und Haare. Jetzt kann es keiner mehr finden.

Kein Fahrrad heißt: eine Spur weniger. Weniger einfach, mich aufzuspüren.

Ich fühle einen Schauer, mache einen Schritt zurück.

Stecke meine starren Hände tief in die Taschen des Parkas. Meine Schulter brennt fast gar nicht mehr.

Es folgt ein Moment der Ruhe. Der Verkehr scheint weit weg, die Hunde sind still.

Ich klettere den Abhang zur Straße wieder hinauf.

Vor Antritt der letzten Etappe fehlt noch ein wichtiger Schritt: Ich schalte die Standortbestimmung meines Smartphones aus. Ab jetzt wird es noch schwieriger herauszufinden, wo Mattia Marchior ist oder hingeht.

Dann renne ich.

Es wird ein Alleinlauf.

Ich stecke die Ohrhörer wieder ein. Die Musik pumpt Blut und Kraft durch mich hindurch, gibt meinen Schritten Rhythmus, lässt Adrenalin einschießen. Reduziert alles auf Atem, Beine und Gehör: Mattia in Basisversion.

Ich renne.

Mir bleibt nichts anderes übrig.

Ich muss rechtzeitig da sein, das ist alles.

Und während ich renne, rückt etwas näher und anderes weiter weg. Nicht nur draußen, auch an irgendeinem mysteriösen Ort in mir selbst. Irgendwo tief in mir versteckt.

Aziz

Wo? Ich denke nach. Wo lebt diese Onkelfamilie, die ich mir ausgedacht habe?

Wie schaffe ich es, die Lüge zu Ende zu bringen und so zu tun, als hätte ich ein Ziel?

Manchmal hilft uns der Barmherzige mit einem kleinen Wink.

Zum Beispiel jemandem, der an die Tür klopft.

Zum Beispiel einer Tür, die sich öffnet.

Zum Beispiel dem Gesicht eines Mannes, das in der geöffneten Tür erscheint und meine blonde Polizistin mit ihrem Vornamen anspricht: »Gizi?«

Sie macht ein Zeichen mit der Hand, wie um zu sagen: Wir sprechen uns nachher.

Er schließt die Tür wieder und geht.

Gizi.

Lautlos wiederhole ich den Namen.

Gizi.

Ein Name, der mich an einen anderen Namen erinnert, ein Klang, der plötzlich aufleuchtet wie ein Blitz über den Pistazienwäldern, die rund um das Dorf wuchsen.

Gizi.

Graz.

Graz: eine Fußballmannschaft aus den wichtigen Spielen, die ich manchmal im Fernsehen sah. Eine Fußballmannschaft und eine Stadt.

»Also?«, fragt meine Polizistin nach und zündet sich noch eine Zigarette an. »Wo wohnt dieser Onkel mit seiner Familie?«

»In Graz«, antworte ich, ohne zu stocken.

Vielleicht war meine Stimme ein wenig zu hoch, aber sie scheint nichts bemerkt zu haben.

»In Graz? In Österreich? Bist du sicher?«

Ich habe einen trockenen Mund.

Schweigend nicke ich.

Die Polizistin steht auf, geht zu einem großen Fenster, raucht weiter und schaut hinaus.

Eine Zeit lang bleibt sie so stehen und dreht mir den Rücken zu, wie versunken in den Anblick einer weiten Welt, die aber bloß ein Stückchen Parkplatz ist, mit Reihen um Reihen voller Autos.

Vielleicht sammelt sie in ihren Augen das Licht, das diesem Zimmer fehlt.

Vielleicht sucht auch sie die Zeichen in den Dingen.

Ich glaube an das Herz der Dinge, ich glaube an ihre Zeichen, ihre geheime Sprache.

Derweil schaue ich ihr zu, wie sie hinausschaut. Sie erinnert mich ein wenig an Mama, wie sie an einem Ast die ersten Knospen zwischen Winter und Frühling musterte, ihr Schwanken zwischen der Angst, aus der Deckung zu kommen, und der Eile, sich in Blüten zu verwandeln.

Schließlich dreht sich die blonde Polizistin zu mir um.

»Komm her.«

Ich gehe zu ihr. Folge ihrem Blick, ihrem Finger.

»Siehst du da unten das rote Auto?«

Sicher sehe ich es.

Das einzige feuerfarbene Auto inmitten von Dutzenden, die alle weiß, schwarz oder grau sind.

Gizi zieht einen Schlüssel aus ihrer Hosentasche. Kurz hält sie ihn in der Hand und die Hand in der Luft, während sie mir direkt in die Augen blickt.

Auch ich blicke direkt in die ihren.

Sie hat helle, glänzende Augen und ein paar feine Falten in den Augenwinkeln.

Augen, die mein Gesicht studieren, wie ich den Koran studierte: die Welt kurz aussperren, um mit anderen Wahrheiten zu sprechen.

»Steig in das Auto und warte dort auf mich. Rühr dich nicht weg, bis ich komme.«

»Tust du etwas ... *Illegales*?«

Die Frage ist mir leise rausgerutscht.

Ich habe schnell die Wörter gelernt, die mein Leben verändert haben.

Auch sie antwortet mir leise. »Ja. Ich würde sagen, eindeutig ja.«

Dann öffnet sie mir die Tür.

Eines von Oma Nadiras Sprichwörtern fällt mir ein.

Wenn du ein Ziel hast, wird auch die Wüste zur Straße.

Und auf dieser Straße gehe ich jetzt los.

Ich sehe mich um, während ich hastig zwischen den Reihen der geparkten Autos hindurchgehe.

Gerade bricht die Dämmerung herein.

Nur eine Katze streicht an einer Mauer entlang.

Ich öffne Gizis Auto.

Mein Instinkt rät mir, mich niederzukauern, damit man mich nicht sieht. Also ducke ich mich schnell auf den Boden, neben dem Lenkrad.

Das Auto stinkt nach Rauch, aber in dem Gestank steckt auch ein Tannenduft, ein wenig verborgen, so wie ich.

Ich fühle mich wie eine seltsame Schildkröte. Vorsichtig recke ich den Kopf und schaue über den Rand des geschlossenen Fensters, bereit, mich bei der kleinsten Bedrohung zurückzuziehen.

Denn ich würde nun zwei Menschen in Schwierigkeiten bringen: mich und meine blonde Polizistin.

Auf dem Rücksitz liegen eine Puppe, eine zerknitterte hellblaue Jacke, eine fast leere Wasserflasche, ein Schal und ein paar Zeitungen.

Zwei Männer in Uniform kommen näher, sie unterhalten sich angeregt.

Ich greife nach dem Ärmel der Jacke und ziehe sie mir über Kopf und Schultern, während ich mich besser in meiner Höhle zurechtschiebe.

Dann bleibe ich unbeweglich hocken, in Sicherheit unter meinem hellblauen Panzer.

Ich beherrsche meinen Atem und die Angst. Endlich kann ich hören, wie sich ihre Schritte entfernen, ihre Stimmen zu Gemurmel werden, das Gemurmel zu Stille.

Ein Auto wird angelassen, fährt davon.

Ich recke wieder den Kopf hoch.

Auf dem Armaturenbrett, direkt vor meinen Augen, ist ein Foto von zwei Kindern angebracht.

Das Mädchen ist klein und blond, sie trägt ein kariertes Kleid und hat dieselben grauen Augen wie Gizi.

Der Junge ist groß und mager. Er muss ungefähr so alt sein wie ich. Einen Arm hat er um das Mädchen gelegt, den anderen um einen Fußball geschlungen. Er hat den ernsten Ausdruck eines großen Bruders, ein Trikot mit der Nummer neun und dunkle Augen und Haare, wie ich.

Ich wüsste gern, ob er gut ist, als Fußballer. Und auf welcher Position er spielt.

Aber das sind sinnlose Fragen. Ich glaube nicht, dass ich das je erfahren werde.

Das Geräusch des Verkehrs ist weit entfernt.

Nur der Klang einer Sirene dringt bis hierher, bäumt sich auf wie ein Fohlen und verliert sich dann wieder.

Da stelle ich etwas fest: Am Ende von jedem Geräusch ist die Stille noch stiller.

Dann höre ich in der Stille Schritte.

Sie kommen in meine Richtung.

Mattia

Während ich auf dem Gehweg dahinrenne, muss ich an Opa Arturo denken. Er fehlt mir, mein Opa. Heute mehr denn je.

Wir haben uns sehr lieb gehabt. Vielleicht wäre ich, wenn Opa noch da wäre, jetzt bei ihm.

Vielleicht könnte ich mit ihm reden, könnte zulassen, dass diese schwarze Wut aus mir herausläuft wie Lava und endlich einen Ausweg findet, statt mir Herz und Hirn zu verbrennen.

Nur dass Opa nicht mehr da ist. Er ist vor vier Monaten gestorben. Er ist genau so gegangen, wie er es sich gewünscht hat: schnell, ohne viel Drama. Infarkt, Fahrt ins Krankenhaus, Herz, das zu schlagen aufhört. Nicht einmal die Zeit, ciao ciao zu sagen. Wahr ist aber auch: Wäre Opa in einem dieser Krankenhausbetten gelandet – weiß, ordentlich und zu nahe beieinander –, er hätte wahrscheinlich gelitten wie ein Hund. Er wäre vor lauter Langeweile gestorben – so weit die Vorstellung meiner Mutter. Und da das eine tröstliche Vorstellung ist, habe ich ihr natürlich sofort geglaubt.

So hingegen, so viel ist sicher, blieb Opa bis zuletzt lebendig.

Und hat bis zum Tag davor getanzt.

Denn er war wirklich voller Leben, auch noch mit über achtzig. Er liebte das Schwimmen, wenn auch nur Brust. Bergwandern. Pilze suchen. Schach und Buraco spielen. Er liebte es, mir Omeletts zu braten und zu tanzen, sofern wir Omeletts mit Nutella als Omeletts durchgehen lassen und Walzer und Tango als Tanzen. Er hörte gern Musik auf seinen alten Vinyl-Schallplatten.

Außerdem hat er sich, seit Oma tot ist, vor allem mir gewidmet.

Vielen Männern kann man ihre Ziele als Alpha-Typen an den Augen ablesen: das richtige Auto, das richtige Haus, die richtigen Frauen. Meinem Opa sah man an den Augen an, dass er Kind geblieben war. Neugierig, vernascht, zerstreut. Interessiert an allem, was mich interessierte, meiner Musik, meinem Sport. Interessiert am Gebrauch des Computers. Dabei gab er wirklich sein Bestes: Nachdem er ihn von Mikrowelle und E-Reader unterscheiden konnte, hat er sogar gelernt, ein wenig damit umzugehen.

Auch meine Freunde vergötterten ihn, denn Opa war so peinlich, dass er schon wieder lustig war. Wie damals, als er zu Giulio sagte: »Deine Frömmigkeit rührt mich.« Und Giulio sich nicht zu erklären traute: »Diese Madonna, von der ich gerade rede, ist ehrlich gesagt bloß ein Rockstar.«

Natürlich, Opa hatte auch seine Fehler, zum Beispiel das Rauchen. Er versuchte es zu verheimlichen. Vor allem vor mir. Klar, um kein schlechtes Vorbild zu sein. Aber er verheimlichte es auch vor Papa, um nicht von seinem Sohn ausgeschimpft zu werden.

Spätestens nach dem zweiten Infarkt hätte er es endlich sein lassen sollen, aber er pfiff auf die Ratschläge seines Arztes. Überall hatte er Zigaretten versteckt. In den Schubladen, im Vorratsschrank, sogar unter dem Kopfkissen. Außerdem war er wild auf Süßes. Vor allem Eis. Am ersten Sommertag gingen wir beide jedes Jahr einen skandalös riesigen Eisbecher essen, immer in derselben Eisdiele.

Für uns war der 21. Juni ein fester Feiertag, der nach Pfefferminz und Schokolade schmeckte, mit einem Kilo Schlagsahne und Mandel-Haselnuss-Krokant, auch wenn es draußen hagelte oder die kalte Tramontana blies.

Ich weiß, warum ich gerade an meinen Opa denke. Alles hängt jetzt von ihm ab.

Opa liebte es, mich zu verblüffen. Das ist ihm bis zuletzt gelungen. Vielleicht auch deshalb hat er mir wenige Tage vor seinem Tod – als würde er tief drinnen fühlen, dass es so weit war – das seltsamste Erbe hinterlassen, das ich mir hätte vorstellen können.

Daran muss ich denken, ohne dabei mein Tempo zu drosseln auf dem menschenleeren Gehweg. Ich bin ganz Schritte und Gedanken.

Ich fädele mich in die Unterführung ein und renne noch ein wenig schneller im sinistren Licht der wenigen Neonröhren an der Decke, die Murales und Graffiti und übergroße gesprayte Tags beleuchten, und im miefigen Pissgeruch, der diesen Ort immer schon erfüllt hat und einem Lungen und Magen umdreht.

Dann bin ich wieder draußen. Und endlich angekommen. Da ist sie.

Ich hab's geschafft.

Ich bin da.

Ich bleibe nur kurz stehen, um Atem zu holen, die Hände auf die Knie gestützt, vornübergebeugt, erledigt. Vor meinen Augen tanzt ein Lichterfest, die Milz schreit und stammelt, aber das war es wert. Langsam wird mein Atem ruhiger, die Milz schiebt ihre Rache auf.

Ich weiß nicht mehr, wem du diesen Lieblingssatz geklaut hast, aber ich erinnere mich noch sehr gut daran:

Logik bringt dich von A nach B. Fantasie überallhin.

Opa, heute Nacht kann mein *überallhin* nur ein Ort sein.

Ein ganz bestimmter.

Deshalb zähle ich auf dich.

Aziz

Gizi öffnet die Autotür, setzt sich ans Lenkrad und startet den Motor.

»Hast du Hunger?«, fragt sie. »Ich schon.«

Natürlich habe ich Hunger. Seit Stunden.

Aber vor allem habe ich keine Angst mehr.

Ich sehe ihr zu, wie sie schweigend fährt, sich eine weitere Zigarette anzündet, vor einem grauen Haus hält, das genauso aussieht wie die anderen Häuser hier am Rand der Stadt.

Ich habe gelernt, dass die Stadtränder fast überall gleich aussehen: wenig Grün, viele Schriften an den Wänden, alte Autos, die überall geparkt sind, Menschen, die eng an anderen Menschen vorübergehen, aber ohne ein Wort miteinander zu wechseln.

Wir gehen hinein, nehmen den Aufzug.

Jedes Stockwerk hat seinen eigenen Geruch.

Manche Gerüche erkenne ich – Brokkoli, geschmortes Fleisch, Knoblauch, Zwiebeln, Kartoffeln –, andere Gerüche sind fremd.

Die Wohnung ist klein und ordentlich. Gizi führt mich in die Küche. Ich setze mich an den Tisch, und dabei schaue ich mich um. Nebenan ein Sofa und zwei Sessel. Ein rot-grüner Teppich mit Fransen. Ein Fernseher auf einem Tischchen. An den Wänden ein paar Bilder.

In einer Ecke, auf dem Regal, stehen Fotos ihrer beiden Kinder. Ich möchte sie mir gern aus der Nähe anschauen, aber ich habe nicht den Mut dazu. Ich bin Gast. Mir steht bloß Dankbarkeit zu, denn ich erhalte Asyl.

Ein Gast weiß, welcher sein Platz ist, weiß bescheiden entgegenzunehmen, höflich und respektvoll zu danken.

Mithilfe des Barmherzigen wird er seine Dankbarkeit zeigen, indem er das Essen oder die erhaltene Hilfe mit offenem Herzen erwidert.

Ich werde vielleicht nie die Hilfe der blonden Polizistin erwidern können, aber ich weiß, was Bescheidenheit und Respekt sind. So bleibe ich still auf meinem Platz sitzen.

Ich bedanke mich für die Seife und dass ich mir die Hände waschen kann.

Ich bedanke mich für das Glas Wasser.

Ich bedanke mich für den Teller Suppe, den sie vor mich hinstellt, und für die Brotscheiben, die sie für mich abgeschnitten hat.

Und als ich zu essen beginne, merke ich, dass ich wirklich Hunger habe, mehr Hunger, als ich dachte.

Aber ich bemühe mich trotzdem, auf die Stimme zu hören, die aus meiner Erinnerung aufsteigt.

Sie ist fest und klar, wenn auch so weit weg.

Iss langsam, Aziz, nicht schlingen. Nur Wölfe und Hyänen schlingen.

Aber es ist schwer, der Stimme zu gehorchen, während mir bei jedem Bissen das zarte Fleisch der Suppe auf der Zunge zergeht und die pikante Schärfe des Pfeffers und der Gewürze mich fast nach Hause zurückversetzen.

Es ist auch schwer, mir auf die Zunge zu beißen, um zu verhindern, dass sie nach mehr verlangt.

»Magst du noch mehr?«, fragt Gizi.

Gesegnet sei die Intuition der Frauen, sagte mein Vater früher. Das war, bevor er so müde wurde. Und voller Wut. Und still.

Wie sollte ich da Nein sagen? Ich rücke meine Mütze zurecht und beginne wieder zu essen.

»Warum nimmst du sie nicht ab?«, fragt Gizi und zeigt mit dem Finger auf meine Mütze.

Ich sehe sie an. Einen Bissen im Mund. Ich deute mit dem Kopf ein Nein an.

Diese Mütze hat meine Mutter gemacht, und auch wenn sie jetzt alt und ausgeblichen ist, trage ich sie immer bei mir. Aber ich kann Gizi nicht alles erzählen.

Sie ist jetzt aus dem Raum gegangen. Ich höre sie draußen ein wenig herumsuchen, Schränke und Schubläden öffnen, Türen schließen, zurückkommen.

Als sie in die Küche tritt, hält sie Kleider in der Hand.

»Zieh dir das an. Die sind von meinem Sohn. Ich denke, sie passen dir.«

Unter den Kleidern ist auch eine Unterhose. Ein Sweatshirt. Wollsocken.

Sie nimmt sofort meinen Blick wahr. Doch es ist nicht nur Verlegenheit. Es ist mehr.

»Du kannst dich draußen umziehen. Los, komm mit.«

Ich schließe die Badezimmertür ab. Ziehe die schmutzige Hose aus, den Pullover mit den löchrigen Ellbogen, die zerschlissenen Socken. Ich wasche mir schnell Gesicht, Hals, Ohren.

Die neuen Kleider sind weich und riechen gut. Ich bekomme Lust, meine Nase hineinzustecken und eine ganze Weile lang tief einzuatmen, um die Gerüche all der Orte zu vergessen, an denen ich geschlafen habe.

Bevor ich mich wieder anziehe, betrachte ich mich einen Moment lang im Spiegel.

Sogar der Spiegel staunt.

Jeder Körper hat seine Geheimnisse.

Mattia

Ich schleiche mich still und leise hinein, um möglichst nicht aufzufallen.

Um diese Zeit muss man von hinten kommen, durch den Nebeneingang vom Parkplatz. Kein Problem, dort hineinzuschlüpfen. Niemand scheint mich zu bemerken.

Ich ziehe meine Kapuze hoch, wünsche mir Glück: und los.

Nach all der Kälte und Dunkelheit ist die Wärme ein Geschenk. Nur das Licht beunruhigt mich. Auf das Licht könnte ich verzichten.

Ich fange an, in meinem Rucksack herumzuwühlen und etwas zu suchen, das ich nicht finde, etwas, das ich vergessen habe und schnell noch holen will. Das ist der Vorwand, den ich brauche, um gegen den Strom zu schwimmen.

Alle gehen raus, nur ich komme rein. Mit über den Kopf gezogener Kapuze, wie ein Siechknecht in Manzonis Pestroman.

Gesenkter Kopf, schneller Schritt, Hände, die am Rucksack herumtasten, eilig und ein wenig zerstreut, kein Augenkontakt.

Ich gehe schnell, immer an der Wand entlang.

Es ist einfach: Keiner achtet auf mich. Niemandem scheine ich aufzufallen.

Ich bin gerannt und ganz verschwitzt. Ich fühle, wie mir Schweißtropfen vom Nacken den Rücken hinabrollen. Ekel. Angst. Jucken. Wahnsinnsdurst. Aus dem Mariannengraben meines leeren Magens steigt ein Protest auf, der an das Grölen von Ultras beim Heimspiel erinnert. Schließlich ist auch die letzte Killermandel nur eine ferne Erinnerung.

Ich fixiere den Snackautomaten wie eine Fata Morgana in der

Sahara, aber ich lasse mich nicht ablenken. An Hunger und Durst denke ich später. Jetzt sind die Prioritäten andere.

Wie immer checke ich die Uhrzeit an der Wanduhr in der Ecke. Kurz vor. Gerade noch rechtzeitig.

Fang nicht an zu laufen, Mattia.

Wühl weiter im Rucksack herum.

Lass dich nicht vom Getränkeautomaten ablenken.

Zieh keine Aufmerksamkeit auf dich.

Du musst nur das Ende des Korridors erreichen, dann nach links abbiegen und in den kleinen Vorraum, der zwischen Elektronikflügel und Treppenhaus liegt, dort ist dann die letzte Tür.

Du erinnerst dich doch an die Tür? Ich erinnere mich.

Durch die Tür geht es zu den Treppen, die hinunter führen, in Sicherheit, dort unten wird dich keiner sehen.

Dort unten wird mich keiner sehen.

Seit ich sechs oder sieben Jahre alt war, habe ich nicht mehr so mit mir gesprochen, um mir Mut zu machen.

Manchmal hebe ich für ein paar Nanosekunden den Blick. Es ist fast elf Uhr abends.

Um mich herum nur müde Gesichter, jugendliche und erwachsene. Es sind mehr, als ich dachte. Etliche scheinen einen ausländischen Hintergrund zu haben. Seltsam: Es sind gar keine Mädchen dabei. Viele unterhalten sich. Einige gehen allein. Alle haben es eilig, nach Hause zu kommen.

Würde mich auch wundern, wenn sie hier herumtrödeln wollten. Diese Leute machen tagsüber in allen möglichen Jobs den Rücken krumm, auch in der Fabrik, und danach gehen sie in die Schule, *meine* Schule, um in Abendkursen zu büffeln und das Abitur nachzuholen.

Helden sind das. Ich beneide sie echt nicht.

Aber heute würde ich, zum ersten Mal, vielleicht mit ihnen tauschen.

Ich gehe durch bis zum Ende des Korridors. Biege links ab. Niemand zu sehen. In dem Vorraum drei Türen: rechts ein Notausgang, der zum seitlichen Hof führt, links der Eingang zu einem Elektronikraum, in der Mitte eine Metalltür mit Panikstange und der Aufschrift *Zutritt verboten*.

Ich werfe einen Blick über die Schulter. Niemand da.

Die Schulklingel läutet und erschreckt mich, während ich den Metallbügel hinunterdrücke.

Ich gehe durch die Tür. Schließe sie. Das Herz hüpft mir im Hals, und mein Mund ist trocken.

Alle Empfindungen verstärkt. Die Erleichterung ein geräuschvoller Seufzer. Ich lehne mich mit dem Rücken an die Tür.

Dann bricht, wie im Huh-Jubel der isländischen Fußballer, unter meiner großen Müdigkeit plötzlich Euphorie hervor.

Ich hab's geschafft. Bis hierher habe ich es geschafft.

Ich versuche, meine Augen an das Dämmerlicht zu gewöhnen.

Unter meinen Füßen ein Betonboden. Vor mir im Halbdunkel Treppenstufen. Nach den Stufen ein Zwischengeschoss. Von der Decke des Zwischengeschosses hängt eine nackte Glühbirne herab.

Stille. Weder Stimmen noch Geräusche.

Die Welt hat sich aus meiner Welt davongeschlichen und mich allein zurückgelassen. Jetzt kann ich durchgehen bis ganz nach unten, in die großen Keller der Schule: so nah und so weit weg. Keinem wird je einfallen, mich dort zu suchen.

Halb bin ich elektrisiert, halb panisch.

Bist du dir sicher? Ganz ganz sicher? Positiv. Ja, ich bin mir sicher.

Ab hier führt kein Weg mehr zurück.

Ich jage den panischen Mattia zum Teufel und steige die Treppen hinunter.

Aziz

Gizi dreht den Schlüssel, lässt den Motor an, und wir fahren los.

»Dein Zug geht in einer halben Stunde«, hat sie beim Rausgehen gesagt. »Aber der Bahnhof ist in der Nähe.«

Während sie fährt, schnell und stumm, lehne ich den Kopf an das Fenster. Ich bin müde. Meine Augen brennen ein wenig. Manchmal brennt auch mein Hals.

Ich betrachte die Leuchtreklamen, die Lichter, den Abendverkehr.

Heute Nacht habe ich drei Stunden geschlafen, aber jetzt darf ich nicht einschlafen.

Es gibt nur eine Frage, eine einzige. Ich kann sie nicht länger zurückhalten. »Und mein Papa? Mein Onkel Ahmad?«

Gizi antwortet nicht. Sie dreht sich auch nicht zu mir, um mich anzusehen. Ihr Blick bleibt auf die Straße gerichtet. Die Ampel wird grün.

»Fahr los«, sagt sie schließlich, »mehr kannst du nicht für sie tun.«

Mehr kannst du nicht für sie tun. Darin steckt noch eine weitere Wahrheit. *Mehr kann auch ich nicht für sie tun. Ich kann nur dir helfen.*

Vielleicht ist es das, was Gizi mir sagen will.

Dem Weisen, sagt ein afghanisches Sprichwort, reicht ein einziges Wort.

Ich nicke. Ich werde warten. Nun muss ich allein zurechtkommen.

Der Bahnhofsvorplatz ist voller Menschen, ich stürze in den Abgrund meiner Angst.

Bevor wir hineingehen, schaue ich hoch.

Zwei große Statuen stehen auf beiden Seiten der Fassade, dazwischen ein riesiger Bogen und das weiße Zifferblatt einer Uhr.

Dann geht mein Blick noch höher, viel höher. Dort stehen auf einem Sockel weitere Statuen eng zusammen, und galoppierende Pferde, als würden sie gleich losstürmen zwischen den Wolken und auf den Weiden des Himmels grasen.

Gizi geht hinein. Ich folge ihr.

Drinnen sieht alles noch größer aus: die Säulen mit ihren goldenen Köpfen, das Dach aus Eisen und Glas, die Malereien an den Wänden, die großen Lampen, die alles hell erleuchten.

Einen Moment lang verliere ich mich, die Nase in die Luft gereckt. Ich betrachte das Bild einer Frau.

Sie sitzt in einem roten Kleid da und hält eine kleine Sichel und einen Bund Getreideähren in den Händen. Über ihrem Kopf ist ein klarer Himmel mit weißen und bläulichen Wolken vollgemalt.

Ganz unten, in der Öffnung zwischen zwei rosa Säulen, verlässt gerade ein Zug den Bahnhof.

»Beeil dich, Aziz«, wiederholt Gizi.

Ich laufe zu ihr, und wir gehen weiter.

Dann warte ich, während sie sich in eine Schlange stellt.

Ich warte, während sie meine Fahrkarte kauft.

Ich warte, während sie mit jemandem spricht.

Jetzt ist dieser Jemand eine magere Frau, die ein kleines Mädchen auf dem Arm hält. Neben ihr stehen zwei Jungen mit dunklen Haaren, die sich gleichzeitig umdrehen, um mich anzuschauen.

Ich weiß nicht, was Gizi gerade sagt, aber ich weiß, was die Augen der Jungen sagen, die auf mir liegen: Sie verraten ein wenig Gleichgültigkeit und ein wenig Erstaunen. Vielleicht auch Neugier.

Ich schaue nach unten, warte einfach nur.

Dann winkt Gizi mir zu. Ich trete zu ihnen.

»Das ist Magda. Und das sind ihre Kinder. Sie sprechen kein Englisch, aber bis Wien kannst du mit ihnen reisen. Von Wien nach Graz musst du alleine weiterfahren.«

Ich weiß nicht, was ich sagen soll. Ich sage Danke und beuge dabei den Kopf.

Dann schaue ich wieder die beiden Brüder an. Der größere ist fast so alt wie ich, eher dunkle Haut, schwarze Augen. Einen Moment lang erwidert er meinen Blick, dann widmet er sich wieder seinem Handy.

Gizi gibt Magda meine Fahrkarte.

Mir reicht sie den Beutel mit den Brötchen und ein paar Wasserflaschen. Und schließlich einen kleinen Umschlag.

»Ein paar Tage«, sagt sie, »wirst du damit auskommen.«

Geben ist manchmal schwierig. Aber nehmen kann noch schwieriger sein.

Wir blicken uns in die Augen.

Und ich hoffe, dass sie darin alles liest, was ich ihr jetzt sagen möchte, alles, was ich ihr nicht sagen werde.

»Bleib immer bei ihnen sitzen«, sagt mir meine blonde Polizistin fast flüsternd. »Eine Mutter, die mit ihren Kindern reist ... so wirst du weniger auffallen.«

Ich stecke den Beutel, den Umschlag, die Wasserflaschen in den Rucksack. Aber in meinem Herzen werde ich viel mehr mitnehmen.

Dann bleibt gerade noch Zeit einzusteigen, einen Platz im Zug zu finden und durch das Fenster Gizis ein wenig trauriges Gesicht zu sehen.

Ich möchte die Worte finden, um meine Dankbarkeit einzukleiden, sie jede Wüste durchqueren lassen und ihr Mut zu trinken geben, damit sie schließlich Gizi erreicht.

Stattdessen kann ich, während der Zug schon anfährt, nur noch mit der Hand winken und sie an die Fensterscheibe legen.

Also sage ich ihr nur im Stillen: *Friede sei immer mit dir.*

Mattia

Ich strecke die Hand zur Wand aus, wo ich einen Schalter entdeckt habe, aber dann entscheide ich mich schnell um. Besser kein Licht anschalten. Es könnte irgendwo draußen zu sehen sein, und dieses Risiko kann ich nicht eingehen.

Die Dunkelheit wird dichter, die Umrisse der Dinge undeutlicher. Ich mache mir mit dem Handy etwas Licht. Während ich die Treppen weiter hinabsteige, verwandeln sich Räume in andere Räume. Keine Schule mehr. Keine Alltagswelt. Ein Schlauch, der meine Schritte schluckt, dessen Tiefe bodenlos scheint.

Vor mir ein weiterer Gang. Dieses Mal enger und kürzer.

Plötzlich ein Geruch nach Schimmel, unter den Füßen eine kältere Kälte.

Ich bleibe stehen, horche.

Keine Stimmen mehr. Kein Geräusch. Keine Spur von anderen Schritten. Kein Nachhall von Geräuschen.

Große Feuchtigkeitsflecken wie ganze Galaxien an den Wänden. Unter der Decke verlaufen Rohrleitungen, da und dort hängt ein Spinnennetz. Auf dem Boden in einer Mauernische hat jemand einen gelben Plastikhelm vergessen, wie ihn Arbeiter und Maurer tragen. Es riecht nach verschimmeltem Staub.

Ein paar letzte Treppenstufen.

Ich denke an das einzige Mal, als ich hier unten war.

Das hilft auch, um die Angst zu verscheuchen: mir diese dunklen Räume voll mit fröhlichem Chaos vorzustellen, all den Stimmen, dem Lachen, den Zwischenfällen, der Euphorie über die Abwechslung zwischen den üblichen Schulstunden.

Erinnerungsfilm ab.

Turchetti, der Prof für Technisches Zeichnen, hatte uns eine Vermessungsaufgabe gestellt und uns in Fünfergruppen eingeteilt.

Die Aufgabe war einfach und klar: Gebäudevermessung unserer Schule, der größten der Region, in den Fünfzigerjahren durch Erweiterung eines Baus aus dem 19. Jahrhundert entstanden.

So weit seine Erklärung. Zumindest das, woran ich mich erinnere.

»Habt ihr alles?«, höre ich noch seine laute Stimme.

Er richtet seine John-Lennon-Brille.

Er ist ganz aufgeräumt. Energiegeladen. Begeistert. Und bestimmt von uns allen am aufgeregtesten: eine kahle, bebrillte Version von Kapitän Nemo am Steuer seines U-Boots, bereit zu einer Entdeckungsreise über 20 000 Meilen unter dem Meer. Nur dass der zu erforschende Ozean sich auf die dunklen Kellergeschosse unserer Schule beschränkt.

»Dreimeterstäbe?«

»Haben wir, Prof.«

»Laser-Entfernungsmesser?«

»Hier!«

»Theodolite?«

»Auch hier.«

»Maßbänder?«

»Ohne könnte ich nicht leben!«

Das ist natürlich meine Stimme. Der Prof vernichtet mich mit einem Blick, geht aber darüber hinweg.

»Also, Leute, dann geht's jetzt los.«

Und so steigen wir in kompakter Formation hinter Turchetti hinab in die unbekannten Mäander des Untergrunds.

Sie ist nämlich wirklich riesengroß, diese Schule, und sie vereint zwei parallele Welten: Denn von den fast dreitausend Schülerinnen und Schülern, die wir sind, besucht ungefähr die Hälfte die Technische Fachoberschule, die andere Hälfte geht aufs Gymnasium. Ein naturwissenschaftliches Gymnasium. Übersetzt in Schülersprache heißt das: *Kein Latein.*

Damit dreitausend von uns hier Platz finden, haben wir ein ziemlich gigantisches Gebäude, so etwas zwischen einer Fabrik aus den Dreißigerjahren und einem amerikanischen College-Campus, wie man ihn aus Filmen kennt: ein dreistöckiges Hauptgebäude, verschiedene hufeisenförmige Gebäudeflügel aus Backstein und Beton, einen Hangar für den Aeronautischen Zweig mit allerhand Flugzeugmodellen, eine Aula Magna für Konferenzen, ein paar große Sporthallen. Dazu eine undefinierbare Zahl von Klassenzimmern und Fachräumen für Chemie, Informatik und Zeichnen.

Und unter diesem Labyrinth liegen die Keller.

Die also haben wir an jenem Tag vermessen, mit unseren supergenauen Instrumenten, um dann alle Daten in unser Protokoll einzutragen.

Meine Note: eine präzise, glatte Fünf.

Turchetti gewährt keine Gnade bei seinen Noten. Am wenigsten den Witzbolden.

Seit ich diese Schule besuche, kämpfe ich gegen drei tödliche Fallen: Mathematik, Physik und Technisches Zeichnen. In genau dieser fatalen Reihenfolge.

Dann kommt mir ein seltsamer Gedanke. Wie weit ist dieses Leben gerade entfernt?

Wie weit entfernt ist jener Vormittag, die Vermessungsaufgabe, diese Normalität, die ich so verachtenswert und langweilig fand?

So. Ich bin angekommen.

Vor mir die Tür, an die ich mich erinnere.

Das ist jetzt die wahre Herausforderung.

Plötzlich pumpt mein Herz wie wild. Mein Atem tut einen Moment lang dasselbe, um nicht zurückzustehen. Ich stelle mir die

Stockwerke über diesem vor, die vertrauten Räume der Schule. Menschenleer, dunkel, still, völlig verlassen bis morgen früh. Leere, aber bestens überwachte Räume, denn auf jedem Stockwerk gibt es eine Alarmanlage.

Würde ich hochgehen, ginge eine Sirene los, Fliegeralarm ist nichts dagegen.

Deshalb bleibt mir keine Alternative. Wenn sich meine Intuition irrt, muss ich die ganze Nacht in diesem klaustrophobischen Gang verbringen. Opa, sieh zu, dass du mich nicht im Stich lässt. Stell dich jetzt bitte nicht als Aufschneider heraus. Du weißt doch: Alles hängt von dir ab.

Ich setze mich auf die letzte Treppenstufe.

Einen Moment lang bleibe ich so sitzen, unbeweglich, quasi in der Schwebe.

Mit dem Handylicht fahre ich über die Türoberfläche. Die alten, abgeschabten Ränder. Den Türgriff. Das Schloss. Ich sehe die Hand des Profs vor mir, wie sie einen angerosteten Schlüssel in dieses alte Schlüsselloch steckt.

Ich schnappe mir meinen Rucksack. Leere ihn aus.

Und mit meinem Pullover und den im Luna Park gekauften Brötchen schlittert das ganze Erbe meines Opas heraus und verteilt sich über den Boden, mit einem metallischen Klirren, das die Stille erfüllt wie eine Explosion.

Aziz

Ich betrachte mein Spiegelbild im Fenster.
Das magere Gesicht, die großen schwarzen Augen, die tief herabgezogene Mütze.
Ich lehne den Kopf gegen das Glas.
Magda, die Frau, der mich Gizi anvertraut hat, spricht jetzt mit ihrer Tochter. Mit der Stimme streichelt sie ihren Schlaf, mit den Fingern kämmt sie ihre Haare.
Gegenüber sitzen die beiden Brüder, die Köpfe über ein Handyspiel gebeugt.
Ich schaue hinaus.
Sammle Einzelheiten.
Mit den Einzelheiten wehre ich mich gegen die Gedanken.
Ich habe überstürzt gehandelt, als ich wegfuhr. Was werde ich jetzt machen? Wohin werde ich gehen? Welcher Weg erwartet mich morgen?
Ich schaue hinaus.
Sammle Einzelheiten.
Ich könnte sie zu einer langen Kette auffädeln.

Ein rot-grauer Zug auf einem Gleis. Dünen über Dünen aus verrostetem Eisen auf einem etwas traurigen alten Lagerplatz. Gebäude mit Leuchtschriften. *Cinema City. Tesco. Plaza Arena.* Andere, gemalte Schriften auf Mauern. Rot, gelb, schwarz. Weiß und blau.
Wir fahren langsam über einen breiten Fluss.
Das Wasser ist ruhig, grau wie der Himmel.
Donau, sagt jemand.

Niedrige Bäume, ein weicher Hügel, die Statue einer Frau, die davonzufliegen scheint, die Arme in den Himmel ausgestreckt, während unter ihr die Stadt zurückweicht, als wären wir schon im grünen Umland.

Dann beginnt der Zug wirklich schnell zu fahren, und alles verschwimmt.

Die Straßen, die Lichtmasten, die das Gleis ein Stück begleiten, die Dächer der Häuser in den Dörfern, der spitze Turm einer Kirche, der Felsen, der aus der Erde hervorsticht wie ein Knochen aus einer Wunde, die Flecken der Wälder jenseits eines Flusses, die großen Räder, die ich noch nie gesehen habe, die sich mit drei langen, dünnen Armen im Wind drehen.

Meine Augen verlieren sich in ihrem Wirbeln und Wirbeln.

In diesem Grün sehe ich auch andere Grüns. In den Dörfern sehe ich andere Dörfer, in den Wäldern andere Wälder, andere Flüsse.

Die Lichter und Schatten von Täbris. Die großen Palmen voller Datteln am Eingang der Stadt Bam. Der stinkende Lämmerpferch, in dem wir zwei Nächte verbrachten, als es kein Essen und Trinken mehr gab. Die langen, langsamen Reihen der Kamele. Die majestätischen Berge des Elburs, die wir zu Fuß überqueren mussten, an der Grenze zwischen Iran und Türkei. Ihre im Nebel verlorenen Gipfel. Unsere vorsichtigen Schritte beim Abstieg, wenn du denkst, das Schlimmste liegt hinter dir, dabei wird es noch gefährlicher. Der Joghurt, den mir ein alter Kurde angeboten hat: der beste, den ich je gegessen habe.

Die Dunkelheit und die große Angst, als der *Rah Balad*, der uns den Weg zeigte, auch mich zwang, wie alle anderen eine Etappe hinten im Kofferraum zu übernehmen, weil im Auto nicht genug Platz war. Dunkelheit, Übelkeit, Angst. Die Kuppel der Hagia Sophia vor einem safrangelben Himmel. Die Wunden unter meinen Füßen. Der Wald zwischen Serbien und Bulgarien.

Alles dreht sich, mischt sich und verwirrt sich im Wirbel der Räder im Wind.

Die Welt löst sich auf.

Das Letzte, was ich sehe, sind Magdas Finger auf den Haaren ihres kleinen Mädchens.

Ich schaffe es nicht mehr, mein Gebet zu sagen.

Mit dem letzten Gedanken, bevor ich einschlafe, denke ich an Oma. Aber vor allem denke ich an Mama, wie jeden Abend. Ich denke an die honigsüßen Namen, die Papa sich für sie ausdachte.

Da höre ich eine Stimme.

Sie scheint aus einem anderen Leben hierherzudringen.

Sie durchquert Wüsten und Berge und steigt auf den Buckel eines Kamels und wird von einem Floh zu einem Hund getragen und von einer Hand, die den Hund streichelt, in einen dunklen Kofferraum gesteckt und abgesetzt auf dem Stacheldraht an der Grenze zwischen Serbien und Ungarn.

Und jetzt ist die Stimme aus der Vergangenheit hier in diesem Zug, bei mir.

Prinzessin Schwindelig ...
Prin-zes-sin Schwin-de-lig ...

Die Klänge werden zu Watte.

Jeder Ton die Feder eines Kissens.

Und während ich mich in den Federn wiege, versinkt die Welt im Dunkel.

Mattia

Opas Schlüssel haben sich auf einer ganzen Treppenstufe verteilt. Ich überfliege sie mit dem Blick, dann mit den Händen.

Manchmal ploppen Erinnerungen exakt wie Pop-ups auf.

Ich sehe mich und ihn am Küchentisch vor zwei Schuhschachteln, randvoll mit Schlüsseln aller Art.

»Was machst du damit, Opa?«

»Alles und nichts. Das sind nur Erinnerungen.«

»Erinnerungen woran?«

»An die Häuser, die ich gebaut habe.«

Opa war Bauleiter für verschiedene große Baufirmen, und er hat seine Arbeit sehr geliebt. *In den Adern deines Opas fließt Zement*, sagte Papa manchmal.

»Weißt du, wie viele Häuser du in mehr als vierzig Jahren Arbeit bauen kannst?«, fragt Opa in meiner Erinnerung.

Also, erstens ist mir das, um ehrlich zu sein, so was von egal.

Und zweitens habe ich keine Ahnung. Erstens sage ich aber nicht.

»Aber Opa, was weiß ich denn …«

»Um ehrlich zu sein, ich weiß es auch nicht. Irgendwann hört man auf zu zählen: Häuser, Krankenhäuser, Bürohäuser, Schulen, Kindergärten … Aber von jedem Gebäude habe ich am Ende zur Erinnerung einen Schlüssel mitgenommen. Keinen wichtigen Schlüssel natürlich, man hätte mich für einen Dieb gehalten. Schlüssel von irgendwelchen Nebenräumen. Abstellkammer, Bad, Keller … vor allem Kellerschlüssel.«

Mein Opa war echt ein Typ.

Zuerst kam einem seine Logik pervers vor, aber dann wurde

man von ihr einverleibt wie von einer der Fresszellen, die wir in Biologie drangenommen haben.

»Warum ausgerechnet einen Schlüssel?«

»Weil ein Schlüssel leichter ist als ein Ziegelstein.« Da lacht er. »Außerdem öffnet der Schlüssel einen Raum, so wie die Erinnerung die Vergangenheit öffnet.«

»Komm ... das ist ein Satz wie von Papa.«

»Sicher«, gibt er zu, »sicher. Aber von wem, glaubst du, hat dein Vater das? Die Architektur ist eine Schwester der Philosophie. Ob es um ein Haus geht oder einen Gedanken, bauen heißt nach schönen Formen suchen. Wenn es geht, den schönsten Formen.«

An der Stelle ziehe ich dann bestimmt eine Grimasse. Opa hatte manchmal einen Hang zu Merksätzen.

»Und unter all diesen Schlüsseln«, frage ich dann, »gibt es da irgendeinen ganz besonderen?«

Nachdem er einen Moment nachgedacht hat, zieht er einen heraus, der aussieht wie viele andere, höchstens ein kleines bisschen größer, und überreicht ihn mir wie eine Reliquie.

»Und was ist an dem so besonders?«

»Er ist eine Erinnerung an meine Schule. Die jetzt auch deine Schule ist. Ich habe sie Ende der Fünfzigerjahre besucht und konnte damals nicht wissen, dass ich ungefähr zwanzig Jahre später einmal dort arbeiten würde. Wir haben einen ganzen Flügel neu gebaut, für die Werkstätten der Bauhandwerker, und dann den Keller restauriert. Und dort unten erwartete mich eine Überraschung ...«

»Im Ernst, Opa?«

»Im Ernst. Ich kannte den Keller nämlich schon. Ich wusste es nur nicht. Der älteste Teil, ganz hinten, wurde im Krieg als Luftschutzkeller genutzt.«

»Und du ... du warst als Kind dort?! Wirklich? Im Krieg?«

»Du bist pfiffig, wenn du willst. Erraten.«

Jetzt wühle ich mit beiden Händen in Dutzenden und Aberdutzenden von Schlüsseln: dem seltsamen Erbe meines Opas Arturo.

Ich habe keine Ahnung, ob ich Glück haben werde, aber Glück fängt mit Mut an. Wo es endet, weiß man nicht.

Die ältesten, einfachen Eisenschlüssel haben einen runden oder ovalen Griff. Die neuesten, die alle aus Stahl sind, haben kleine Vertiefungen an der Spitze und wirken sehr raffiniert. Die sortiere ich gleich aus.

Dann beginne ich erwartungsvoll die anderen Schlüssel auszuprobieren.

Die meisten gehen gar nicht rein.

Manche gehen rein und lassen sich nicht drehen.

Ein einziger (verflixter) tut einen Moment lang so, als ließe er sich drehen, und lässt mich dann deprimiert zurück.

Alle aussortierten Schlüssel werfe ich nach links auf den Boden. Aus dem Haufen auf der Treppenstufe ziehe ich immer neue Schlüssel heraus.

Ich nehme und werfe weg, nehme und werfe weg. Nehme wieder.

Wie viele Schlüssel habe ich jetzt schon in dieses blödsinnige Schloss zu stecken versucht?

Ich werfe einen Blick auf die aussortierten, die immer mehr werden. Von dem anderen Haufen sind nur noch wenige Schlüssel übrig. Unruhe steigt in mir auf. Mein Plan hängt an einem einzigen Detail, an einer Idee, die plötzlich absurd klingt. Er hängt an der Erinnerung an meinen Opa und seinem seltsamen, sentimentalen Erbe. An meinem Bedürfnis, dort Zuflucht zu finden, wo vor langer Zeit *seine* Zuflucht war, jetzt, wo er selbst nicht mehr da ist.

Mein Plan hängt an einem Schlüssel.

Kein Schlüssel, kein Plan. Null Optionen.

Da packt mich plötzlich die Wut. Wie im Film werfe ich mich

mit dem ganzen Gewicht gegen die Tür, aber den Nahkampf gewinnt sie. Ich ziehe mich mit schmerzender Schulter zurück.

Die letzten drei Schlüssel glotze ich an wie Scrat, das Säbelzahneichhörnchen, in *Ice Age* seine Eichel anglotzt, die von Schrecken ohne Ende bedroht wird: Eiszeit, Tauzeit, Gletscherspalten, Kreaturen aller Art, einem Planeten, der pausenlos Neues ausheckt, und Angriffen von anderen Planeten. Sorge, Hoffnung, Panik. Widerstand gegen das Pech. Pfötchen, die sich an die Zukunft klammern. Zukunft, die an einer Eichel hängt. Eine Nacht, die an einem Schlüssel hängt.

Und dann ... Wahnsinn! Es funktioniert! Ein Schlüssel geht rein und lässt sich drehen.

Von allen Lehrsätzen, die ich *nicht* gelernt habe, aber die man versucht hat, mir beizubringen, erinnere ich mich gerade an einen einzigen.

Er heißt Tarskis Undefinierbarkeitssatz und geht ungefähr so:

Arithmetische Wahrheit kann nicht innerhalb der Arithmetik definiert werden.

Das soll wohl bedeuten, dass manche Wahrheiten dort gesucht werden müssen, wo man sie nicht vermutet. An unwahrscheinlichen, abgelegenen Orten. Im Untergrund, so wie hier. Durch einen Wechsel der Perspektive auf die Dinge.

Dasselbe gilt auch für das Leben. Vielleicht ist es das, was der Lehrsatz denen zu sagen hat, die die Mathematik hassen, sie aber auf die wirkliche Welt anzuwenden versuchen.

Wenn ich mich irre ... dann sorry, Tarski.

Während ich daran denke, öffne ich die Tür.

Ich weiß nicht recht, was ich erwarte. Die Angeln quietschen. Seit wann wurde diese Tür nicht mehr geöffnet? Seit unserer Vermessungsaufgabe für Turchetti? Seit irgendeiner Inspektion?

Ich mache einen Schritt hinein in das Halbdunkel.
Und dann sehe ich die Augen. Nur die.
Ich erstarre vor Entsetzen.

Aziz

Eine Stimme weckt mich. Eine Hand.
Die Stimme wiederholt ein Wort: *Wien*. Die Hand schüttelt sanft meine Schulter.
Ich reibe mir die Augen. Lasse einen Traum los.
Und dann erinnere ich mich, wo ich bin.

Das Erste, was ich sehe, ist Magdas Gesicht, noch über mich gebeugt.
Sie hält ihr schlafendes Kind im Arm, das sich zwischen Busen und Schulter der Mutter eingekuschelt hat wie in eine Höhle.
Magdas Gesicht ist müde, aber sie lächelt.
Ihre Stimme wiederholt noch einmal: *Wien*.
Sie verlagert das Gewicht ihrer Tochter und zieht dem kleineren der beiden Jungen die Kapuze des Pullovers hoch. Der größere ist schon auf den Beinen und schaut aus dem Fenster. Dann gähnt er, greift nach dem Koffer, der zwischen zwei Sitzen steht, und zieht ihn auf seinen Rollen Richtung Ausgang.
Sein Bruder folgt ihm schwankend, und schwankend folge auch ich.
Die Lichter des Bahnhofs leuchten nur schwach durch die Dunkelheit des Abends.
Während der Zug langsamer wird und stehen bleibt, kann ich auf einer Uhr an unserem Bahngleis die Zeit ablesen: 20:16 Uhr. Wer weiß, ob es meinem Vater gut geht. Wer weiß, ob er sich um mich sorgt oder ob Gizi ihn hat wissen lassen, dass ich es geschafft habe weiterzureisen, Ungarn zu verlassen.
Ich kann es schaffen, Papa. Ich habe keine Zweifel mehr. Ich bin so stark, wie du es dir wünschst.

Eine Stimme verkündet unsere Ankunft in Wien.

Die Kälte ist schneidend, die Luft riecht nach Schnee.

Es stehen nur wenige Menschen auf dem Bahnsteig.

Nicht weit von mir sehe ich ein junges blondes Paar. Sie küssen sich.

Ich kann nicht anders, als sie zu beobachten. Sie ist schön, diese Freiheit, auch mit dem Körper miteinander zu sprechen, inmitten von Unbekannten, an einem Ort, der allen gehört. Und es ist ein bisschen seltsam, sich so zu küssen, ohne sich vor der Welt zu verstecken. Ich habe das noch nie gesehen.

Magda rüttelt mich am Arm. Sie ist aufgeregt. Sie sagt etwas.

Ich verstehe ihre Worte nicht, aber ich verstehe ihre Gesten und Blicke, die Eile, zu der mich ihre Stimme drängt.

Sie nimmt mich bei der Schulter und schiebt mich in den Zug, der auf dem Gleis gegenüber steht. Nur wenige Augenblicke, dann setzt er sich in Bewegung.

Und ich bewege mich mit ihm.

Es war nicht einmal Zeit, uns zu verabschieden. Im Licht des Bahnhofs, das hinter der Dunkelheit der Nacht zurückweicht, werden Magda und ihre drei Kinder zu einem letzten Widerschein im Fenster, zu einem Erinnerungstraumbild wie das Gesicht von Gizi.

Der Junge kann schneller gehen als der Alte, aber der Alte kennt den Weg.

Wie oft hast du mir das gesagt, Oma? So oft, dass ich dir nicht mehr zugehört habe.

Jetzt ist es zu spät, dir recht zu geben. Werde ich es schaffen, so ganz allein?

Ich sehe mich im Waggon um.

Nur wenige Menschen sitzen darin.

Drei Männer schreiben an ihren Computern, ein Paar liest Zeitung, eine Frau schläft und schnarcht ein bisschen.

Weiter hinten sitzt alleine ein junger Mann um die zwanzig, er hört Musik und nickt mit dem Kopf im Rhythmus irgendeines Lieds, das nur er hören kann. Die Kabel seiner Kopfhörer sind rot wie seine Haare.

Keiner sieht mich an, das ist gut.

Ich schließe kurz die Augen. Dann mache ich sie schnell wieder auf, voller Angst.

Es gibt zwei Arten von Angst.

Ängste aus der Vergangenheit und Ängste vor der Zukunft. Sie haben nur eines gemeinsam: Sie alle schmerzen in der Gegenwart.

Und jetzt habe ich Angst vor zwei Dingen: dass der Kontrolleur kommt und dass ich einschlafe und nicht rechtzeitig aussteige.

Dann kommt jemand von hinten: meine erste Angst ist schon da.

Der Mann in Uniform und Mütze mustert meine Fahrkarte, dann mustert er mich.

Noch einmal meine Fahrkarte. Noch einmal mich.

Ich habe nichts anderes vorzuzeigen als eine Fahrkarte.

Ich habe kein Dokument in der Tasche, um der Welt zu sagen, wer ich bin, woher ich komme und warum.

Sein Misstrauen ist ein Netz. Um nicht zu spüren, wie sich mein Körper darin verwickelt, erstarre ich bewegungslos wie ein Beutetier.

Er ist ein großer, robuster Mann, mit einer perfekten Uniform und einem Verdacht, was mich betrifft.

Sein Gesicht ist wie aus Stein. Nur die Augen, hell und klar, bewegen sich in diesem Stein, sie ziehen sich zu einem immer schmaleren Spalt zusammen, scharf wie eine Klinge, perfekt für ein Skorpionnest.

Sein Blick wandert langsam über meinen Körper, wandert über

meine Sachen: die Schuhe, die keine Farbe mehr haben, den ausgebeulten, schmutzigen, zerfetzten Rucksack, die alte, über die Ohren herabgezogene Wollmütze.

Ich fühle alle Blicke auf mir.

Nur der Junge mit den roten Haaren hört seine Musik und achtet nicht auf uns, die Beine auf dem Sitz ausgestreckt, den Kopf weiter in wer weiß welchem Rhythmus nickend.

Ich bleibe ruhig. Schaue immer noch den Kontrolleur an.

Und der tut jetzt nur eines.

Ohne Eile, ausdruckslos. Er drückt eine Taste und spricht in sein Telefon.

Wie lang ist eine Minute, wenn du Angst hast? In einer Minute denke ich seltsame Gedanken.

Wenn Menschen Angst haben, drücken sie oft ganz fest ihre Augen zusammen, um die Bedrohung in Dunkelheit zu hüllen, wie um sie damit fernzuhalten.

Tiere nicht.

Wenn Tiere einer Gefahr gegenüberstehen, tarnen sie sich, um sich unsichtbar zu machen, oder sie erstarren, als hätte sie bereits der Tod überrascht.

Aber ich bin kein Tier. Ich kann nur die Augen schließen.

Und als ich sie wieder aufmache, ist bereits ein Polizist hier. Auch er hat eine fleckenlose Uniform, Hosen ohne eine schiefe Falte und keinen Ausdruck im Gesicht.

Seine Hand auf meiner Schulter ist eine kalte, eiserne Zange.

Meine Beine, die nun aufstehen müssen, sind Beine aus Cous-Cous.

Alles ist still. Der Polizist spricht nicht. Ich würde sowieso kein Wort verstehen, aber jetzt seine Stimme zu hören, würde ihn menschlicher machen.

Stattdessen höre ich Papas Stimme.

Wirf dein Herz voraus und spring ihm nach.

So sagt man in unserem Land.

Aber ich habe gelogen. Ich bin nicht stark. Ich habe Angst.

Ich weiß nicht, wie man sein Herz vorauswirft, ich weiß nicht, wie man ihm nachspringt.

Ich weiß nur, dass mein Herz schlägt und schlägt, dass es gegen meine Brust trommelt wie die harten Hufe des Pferdes eines Chapandaz.

Dann passiert es.

Etwas passiert.

Und dieses Etwas passiert so schnell, dass ich mich plötzlich fühle wie in einem Film.

Mattia

Im Licht meines Handys funkelt ein eisiger Blick. Mein Herz donnert mit einem angstvollen *Tu-tum tu-tum* gegen meinen Brustkorb. Einen Moment lang stehe ich so da, erstarrt und bewegungslos, während Schauer über meinen Rücken laufen und das fahle Licht des Handys in meiner Hand zittert.

Ich schaue in diese starren Augen, die Augen schauen mich an.

Ich taste über die Wand neben der Tür. Finde sofort den Lichtschalter. Ich schalte das Licht an – und verstehe. Die Erleichterung ist so groß und unerwartet, dass ich sogar lachen muss.

Sie wurde wohl erst vor Kurzem hierhergebracht, denn letztes Mal war sie noch nicht da: eine Eule, die mich mit finsterer Miene mustert, ihre Augen gelb leuchtend wie LEDs. Sie ist ausgestopft. Stocksteif. Staubig. Die Krallen um einen Stein geklammert, der Stein auf ein Podest geklebt.

Mit ihrem schräg gelegten Kopf, dem übellaunigen, krummen Schnabel und ihrem starren Minion-Blick scheint sie zu fragen: *Wer hat mir das angetan?* Oder vielleicht auch nur: *Was mache ich hier?*

Sorry, frag nicht mich. Ich bin der Letzte, der hier Antworten hat.

Jedenfalls ist die Eule nicht allein. Neben ihr auf einem alten Schreibtisch stehen auch ein Eichhörnchen, ein Fuchs, zwei Siebenschläfer und ein großer schwarzer Adler, der seinen Kopf um drei Viertel gedreht hat, wie Mussolini, wenn er sich für Fotos in Pose warf. Etwas weiter drüben ein graues, mageres Tier mit der schlauen, spitzen Visage einer postatomischen Maus, Größe extralarge. Ich schaue auf das Schild. Ein Steinmarder.

Ein komplettes Empfangskomitee, aus irgendeinem alpinen Wald hierhergeschafft, das mich mit dem hypnotischen Blick gläserner Pupillen anstarrt, aus künstlichen Augen, die immer offen bleiben müssen.

Und um was anzuschauen? Diesen Keller. Was für ein beschissenes Schicksal, denke ich mir.

Ich schaue mich um. Keinerlei Öffnungen. Keiner wird etwas merken. Das Licht kann an bleiben. Hier unten bin ich sicher.

Der Raum ist breit und tief, das Licht der einzigen nackten Glühbirne, die von der Mitte der Decke baumelt, reicht längst nicht bis zu den weit entfernten Wänden. Auf zwei Seiten gehen in regelmäßigen Abständen die langen Gänge ab, die zu den Kellern der verschiedenen Gebäudeflügel der Schule führen. An der Decke verlaufen Rohrleitungen.

An den Wänden lehnt ein Sammelsurium von allem. Ein ganzer Flohmarkt: ein paar alte Schultafeln, unter Staub begrabene Pulte, ein halb verrosteter Propeller, der sicher bei Aeronautik rausgeflogen ist, Globen auf hölzernen Gestellen, viele Stühle aus grünlichem Plastik. Auf den Stühlen eine Ansammlung von Ramsch.

Ich stolpere über einen großen, von der Feuchtigkeit zerlegten Karton, der randvoll ist mit gläsernen Destillierkolben wie bei Harry Potter & Co. Ein Glas fällt heraus und zerschellt. Ein Schauer läuft mir über den Rücken. Die Augen der Waldtiere wirken nach.

Ich gehe an der rechten Wand entlang. Sie erscheint mir am vielversprechendsten. Ein alter Garderobenständer, ein Berg eingerollter geografischer Karten in einer Kiste, Zeichenmaschinen aus Holz und aus Metall. In einer Ecke, hinter den Stühlen, steht ein alter mausfarbener Sessel. Vielleicht von einem Schuldirektor. Wer weiß, vielleicht dem Schuldirektor meines Opas.

Der Sessel ist super für heute Nacht. Ich klopfe mit der Hand darauf. Eine kleine Staubwolke bahnt sich den Weg in meine Nase und schafft es, mich zum Niesen zu bringen.

Staubmilben aus dem Pleistozän, aber immer noch eine Herausforderung für meine modernen Atemwege.

Ich setze mich und ziehe die Beine hoch. Schiebe mir die Schuhe von den Füßen und kicke sie in den Raum.

Dann hole ich mein Abendessen aus dem Rucksack: ein paar Schinkenbrötchen, ein Schokocroissant, ein Päckchen Erdnüsse, eine halb leere Wasserflasche, eine Dose Cola und eine Dose Bier. Ich trinke sonst kein Bier, aber heute Abend muss das sein. Mut braucht manchmal Unterstützung.

Es ist kalt hier, aber weniger kalt, als ich erwartet habe. Diese Schule hat ein dickes Fell, alte Mauern, gut isoliert.

Ich lehne mich zurück und beginne mein Abendessen zu vertilgen.

Bist du zufrieden? Ja, ich bin zufrieden.

Hier wird dich keiner je suchen. Nein, keiner.

Jetzt bist du allein. Ja, ganz allein.

Ganz allein, der Welt den Rücken gekehrt, Herr meiner selbst und meines Schicksals wie ein *uomo nuovo* der Renaissance. Hier bin ich frei zu denken, mir eine Pause von der Schule zu gönnen, in dieser Blase vor mich hin zu schmollen, den Asketen oder den Totalverweigerer zu geben in dieser raumzeitlichen Lücke. Anzuhalten und mein Leben zu betrachten, um zu verstehen, wo es hingeht. Und auch frei, meine Eltern zu bestrafen. Papa für seinen großen Egoismus, dafür, so ein Scheißkerl gewesen zu sein, uns so betrogen zu haben. Mama für ihre Resignation, dafür, dass sie mir alles verheimlicht hat. Und dass sie einfach aufgegeben hat.

In der Freiheit meines Kellers bin ich der große Rächer.

Perfekt. Du bist tough und konsequent. Nicht der Hauch eines Zweifels, richtig?

Richtig. Ganz richtig.

Warum dann dieses dumpfe Gefühl im Bauch? Sogar das Essen schmeckt irgendwie komisch.

Das Brötchen schmeckt nach Beton, das Croissant nach Styropor. Irgendetwas tropft auf die Erdnüsse, die ich mir in den Mund schiebe. Es dauert ein wenig, bis ich verstehe, was es ist. Nein, kein tropfendes Rohr. Keine undichte Stelle an der Decke. Es sind Tränen, die von ganz alleine kommen. Tränen, für die ich mich nun nicht mehr schämen oder sie vor Giulio und Sofia verstecken muss.

Ich öffne das Bier, trinke den ersten Schluck.

Ziehe die Knie hoch bis unters Kinn und schaukle ein wenig vor und zurück, auf den Staubmilben aus dem Pleistozän.

Und schon stürmt ein ganzer Berg von Erinnerungen auf mich ein. So viele so schöne Erinnerungen, dass ich ihnen nicht ausweichen kann. Sie treffen direkt in den Magen, wie die Haken von Tyson Fury.

Und jeder Haken ist zugleich ein Stich ins Herz.

Alles, was ich gerade verloren habe, alles, was mir am meisten fehlen wird.

Wenn Papa und ich, in Sofakissen vergraben, Fußball schauen und jedes Mal, wenn unsere Mannschaft ein Tor schießt, aufspringen und wieder aufs Sofa plumpsen, bis Mama *Ihr Wilden!* schreit und uns das Popcorn wegnimmt.

Wenn wir uns in ganz besonderen Momenten zu dritt umarmen und Mama – die Kleinste von uns dreien – schreit *Ich kriege keine Luft! Aufhören!*, aber deutlich zu verstehen ist, dass sie eigentlich ewig so ohne Luft leben könnte.

Wenn Papa irgendeine Melodie auf seiner alten Gitarre klimpert und, obwohl es schaurig klingt, doch noch Robby Krieger von den Doors zu erkennen ist.

Wenn er mir, ohne dass Mama es weiß, auf einem Feldweg Fahrstunden gibt, mir das Gaspedal durchgeht und ich einen Fasan hinrichte.

Wenn ich Papa ein wenig alarmiert frage: *He, kannst du mal schauen, was ich da am unteren Rücken habe?*, und er nie direkt antwortet, sondern immer auf seine ganz eigene Art: *Vielleicht ist es ein Kainsmal, das eine lebenswichtige Drüse befallen hat. Wahrscheinlicher allerdings ist es ein unreifer Pickel.* Ich hasse seine idiotischen Witzchen, aber sie fehlen mir jetzt schon.

Wenn wir Sumo spielen, den japanischen Nationalsport, und Papa mir erklärt, dass beim Sumo nicht gewinnt, wer brutaler prügelt, wer dreckiger und härter zuschlägt, sondern der, der den anderen dazu bringt, sein Gleichgewicht zu verlieren.

Und wie viele besondere Momente hat es noch gegeben, die wir zusammen erlebt haben?

Das Bier schmeckt mir nicht, aber ich trinke es. Es wärmt mich, es leistet mir Gesellschaft. Zumindest will ich das denken.

In diesen fünfzehn Jahren mit meinem Vater konnte ich so ziemlich alles sein: Fußballfan, Wilder, Schamane, eine echte Nervensäge, wenn ich krank war, Angsthase und Dickkopf, angehender Rockgitarrist. Astronaut oder Hirte von Bethlehem bei Festen im Kindergarten, Helfer bei Selbstmordmissionen wie IKEA-Schränke-Aufbauen, Großbaumeister von Strandburgen, Himmelsbeobachter in Mond- und Sternennächten, Komplize am Steuer unseres Clio, ungestrafter Fasanenmörder.

Bei all dem war er immer dabei. Als Beschützer, Ratgeber, Trainer, Lieferant von Vorträgen und Plüschtieren, Krankenpfleger, Koch, Obernervtöter, Held.

War immer dabei und wird nicht mehr dabei sein.

Ich trinke das Bier aus.

Schaue mich um. Was mache ich hier eigentlich? Die Eule starrt mich neugierig an. Der Königsadler ignoriert mich. Der Steinmarder scheint zu grinsen. »Zur Hölle mit dem alpinen Empfangskomittee!«, rufe ich.

Und was dich betrifft, Papa, weißt du was?

Ich habe viele Jahre gebraucht, aber am Ende habe ich unser Sumo-Turnier gewonnen. Du bist es, der gewackelt hat. Du hast das Gleichgewicht verloren und weißt nicht mehr, wie du auf den Beinen bleibst, ohne Scheiße zu bauen, die denen wehtut, die dich lieb haben.

Mit aller Kraft schleudere ich die leere Bierdose weg und beobachte, wie sie bis an die gegenüberliegende Wand rollt. Dann stehe ich auf, ich schwanke nur ganz wenig.

Ich nehme mir einen Stuhl von den vielen, die da sind, stelle ihn vor den Sessel und strecke die Beine darauf aus. Eine seltsame Müdigkeit legt sich auf mich.

In meinem Kopf wechseln sich Bienenschwärme mit Heavy-Metal-Bands ab.

Meine Lider sind zentnerschwer. Ich schließe die Augen. Alles verschwimmt.

Ein großer, leerer, unterirdischer Raum, der plötzlich abhebt, hoch in den Himmel. Ein riesiger Aufzug? Nein, ein Riesenrad. Und jetzt steigen viele Leute ein. Manche erkenne ich, andere nicht. Meine Mutter ist da. Giulio. Sofia. Und Sofia hält mir einen Schlüssel hin. Aber sie ist zu weit entfernt, ich kann ihn nicht erreichen. Ich muss mich zu Sofia hinüberbeugen, ich muss an den Schlüssel kommen. Plötzlich verliere ich das Gleichgewicht und bin dabei, ins Leere zu fallen, als mich eine Hand von hinten packt und in der Luft festhält. Ich taumele. Ein Kind weint irgendwo. Ein Auto fährt zu dicht hinter mir auf. Das Rad meines Fahrrads wird wieder zum Riesenrad und dreht sich rasend schnell, dreht durch, und ich drehe mich mit.

Dunkel. Nichts. Leere. Ich fliege. Ich falle.
Ich träume und weiß, dass ich träume.
Und fast möchte ich gar nicht mehr aufwachen.

Aziz

Der Junge mit den roten Haaren, der gerade noch Musik hörte, taucht plötzlich hinter dem Polizisten auf und schubst ihn so heftig, dass er fast zu Boden geht.

Der Polizist verliert das Gleichgewicht und prallt gegen den Kontrolleur, während ihm das Telefon aus der Hand fällt.

Der Junge hebt es auf und rennt weg.

Zuerst ist da nur Überraschung. Dann Empörung. Schließlich nackte Wut in ihren Gesichtern. Jetzt zeigen die beiden aber eine Menge Gefühle!

Ich stehe da wie ein Schaf.

Mit offenem Mund kaue ich Verblüffung.

Der Junge mit den roten Haaren rennt zum anderen Ende des Waggons.

Er weicht Beinen, Koffern und Sitzen aus. Er lacht. Er schreit irgendetwas. Er macht ein Zeichen mit der Hand. Noch einmal.

Ich verstehe seine Worte nicht und weiß nicht, was dieses Zeichen bedeutet: ein Mittelfinger in die Höhe gereckt, vielleicht um in den Himmel zu deuten, wer weiß.

Vielleicht bittet er den Himmel um Hilfe.

Vielleicht ist es eine Geste, die man hier gebraucht, um in Momenten der Bedrohung und der Angst um Segen zu bitten.

Wenn es so ist, hat es nicht viel genützt, denn jetzt sind die beiden Männer in Uniform noch wütender und laufen ihm nach.

Der Zug wird langsamer. Wir fahren in einen Bahnhof ein.

Der Junge ist schon am Ende des Waggons und an der Tür angelangt.

Dann reißt er plötzlich die Tür auf, springt flink wie ein Steinbock mit einem Satz hinaus und den Bahnsteig entlang.

Durch das Fenster verfolge ich seine Flucht.

Hinter ihm rennt der Polizist.

Hinter dem Polizisten rennt der Kontrolleur.

Und schließlich fliegt etwas weit weg: Der Junge mit den roten Haaren hat den Arm gehoben und das Telefon zurückgeschleudert.

Es fliegt über den Kopf des Polizisten und landet direkt hinter ihm.

Und während der Polizist es aufhebt und der Kontrolleur gegen den Polizisten stolpert, hat der Junge mit den roten Haaren Zeit genug, meinen Blick zu kreuzen, mir zuzulächeln und zu zwinkern.

Dann bewegt er ganz schnell die Hand.

Und dieses Zeichen verstehe auch ich.

Es heißt *Steig aus. Mach dich davon.*

Es dauert nur einen Augenblick. Wenige Schritte, und ich bin draußen.

Auf dem Gleis gegenüber steht ein Zug bereit zur Abfahrt.

Die Kraft kommt aus den Füßen: Mit einem Satz überwinden sie die drei Stufen der einzigen noch offenen Tür und befördern mich hinein, in Sicherheit am Ende des letzten Waggons.

Ich schaue hinaus. Der Junge ist verschwunden.

Vielleicht in einen Zug gestiegen, vielleicht davongerannt.

Vielleicht kann ich ihm eines Tages danken, vielleicht werde ich ihn nie wiedersehen.

Ich danke dem Allmächtigen, der Lämmer und Wölfe erschaffen hat, aber auch Hirten für die Lämmer, die schlauer sind als die Wölfe.

Ich weiß nicht, wo dieser Zug hinfährt.

Ich weiß nicht, welcher Ort sein Ziel ist.

Ich weiß nur, dass ab diesem Moment sein Ziel auch mein Ziel ist.

Mattia

Der Traum hat mich durcheinandergebracht. Ich brauche ein wenig, bis ich wieder weiß, wo ich bin.

Dann werde ich mit zwei Bedürfnissen wach.

Erstens: Ich muss pissen.

Zweitens, genauso dringend: Ich habe Durst. Und zwar einen grauenhaften Durst. Ich trinke den letzten abgestandenen Rest aus der Coladose, dann schüttle ich die Wasserflasche, die ich mittags am Automaten gekauft habe, obwohl ich weiß, dass sie schon seit Stunden leer ist. Aber ich schaffe es, mit der Zungenspitze die letzten zwei köstlichen Tropfen aufzufangen. Wasservorräte erschöpft. Der Gedanke macht mich noch durstiger.

Ich gebe zu, es war ein höllischer Tag, und bei allem, was passiert ist, habe ich das Problem Hunger und Durst wohl ein wenig unterschätzt.

Mein ausgedörrter Hals ist ein neues Problem. Und wenn es nur für eine halbe Stunde ist, ich muss hier kurz raus. Ich stehe von meinem improvisierten Bett auf. Hinauf kann ich nicht, der Alarm würde losgehen, und wer weiß, wie das endet.

Aber ich erinnere mich noch gut an den Weg, den wir mit Turchetti erkundet haben, als er uns hierherbrachte. Er hatte ihn für ganz zuletzt aufgehoben, quasi großes Finale mit Feuerwerk, so eines, wo die Kinder mit offenem Mund in den Himmel starren.

Schließlich sieht man nicht jeden Tag einen Luftschutzkeller aus dem Zweiten Weltkrieg.

»Mir nach, Leute«, höre ich noch den Prof, während er die Klasse zum hinteren Ende dieses Kellerraums führt, »und passt auf, wo ihr die Füße hinsetzt: Gleich spazieren wir mitten durch die Zeitgeschichte!«

Sein theatralischer Satz lässt uns ganz kalt.

Dafür gefallen uns die Helme mit Stirnlampen umso mehr, die er vorhin an uns verteilt hat, jedem und jeder einen. Jetzt schalten wir alle, ein wenig aufgeregt, unsere Lampen an.

»Ein kleiner Schritt für die Menschheit, ein großer Schritt für die 10b.«

Das bin natürlich ich, der da spricht. Wie viel Quatsch habe ich wohl verzapft, bloß um gut dazustehen auf dieser unsichtbaren Bühne, die ich allein für Sofia aufgebaut hatte?

Ich sehe die wimmelnde Schlange vor mir, in der wir hinter dem Prof hertappen. Sehe ihn am Kopf der Schlange, den unerschrockenen Anführer des Pioniertrupps. Giulio, der ein Bein ausfährt, Marco, der stolpert, aber nicht fällt. Die kreisenden Lichtkegel. Sofias rebellische Locken, noch rebellischer und noch schöner rund um den grellgelben Helm.

Und ich sehe die Hand des Profs, die in einem dunklen Gang in eine kleine Mauernische greift und den Schlüssel für die Tür hervorholt.

Eine kleine Mauernische.

Wo befand sich diese Nische? Der Gang war da hinten, auf der linken Seite. Oder nicht?!

Ich gehe an der linken Wand entlang, an den Maueröffnungen vorbei, von denen jeweils ein Gang zu einem der Gebäudeflügel führt. Auch vor der letzten Öffnung liegt, wie vor allen anderen, eine hohe Stufe. Ich steige hinauf, trete in den Gang. Hier ist die Decke niedriger, und die Dunkelheit überfällt mich.

Ich checke den Akku meines Smartphones. Fast drei Viertel, das sollte reichen als Reserve.

Ich aktiviere die Taschenlampenfunktion, ziehe den Kopf ein und gehe los.

Das Handylicht tut seine Pflicht, genug, um den rohen Boden vor mir zu erkennen, ein paar zertretene Kippen, meine langsam vorantastenden Füße.

Nur noch wenige Meter. Da ist die Nische! Und, an einem Haken, der Schlüssel.

Die Tür quietscht nur ganz leicht. Dann bleibe ich auf der Schwelle stehen.

Es ist, als hätte ich diesen Moment schon erlebt, dieses Zögern schon einmal überwunden. Wie nennt man das? Ein Déjà-vu.

Ich gehe durch die Tür und weiter hinein.

Der Stollen ist eng und lang. Gewölbedecke, unregelmäßige Wände, auf beiden Seiten eine durchgehende, gemauerte Bank. Galaxien von Schimmel- und Feuchtigkeitsflecken auf dem weißgrauen Kalkanstrich der Decke. Eine strenge, kompakte Kälte. Undefinierbare Gerüche in der Nase.

Für einen Augenblick stelle ich mir meinen Opa hier vor. Klein, an der Hand seiner Mutter, wie er genau dort geht, wo jetzt meine Füße gehen.

Ich kenne ein Foto von ihm als Kind. Mein Vater sagt, wir ähneln uns, und ich glaube, er hat recht.

Es ist seltsam zu denken, dass auch mein Opa hier unten Angst hatte, darauf wartete, dass es Morgen wird, sich verwirrt und unruhig fühlte wie ich und vielleicht genauso wild darauf war, ans Tageslicht zurückzukehren, wieder Straßen, Häuser, den Himmel zu sehen. An ihn zu denken, beruhigt mich, tut mir gut.

Es tut mir gut, mich an seine Erinnerungen zu erinnern, an seine Erzählungen vom Krieg: den Klang der Sirene, die Angriffe auf die Stadt meldete, die aufgeregte Flucht in den Bunker, die unerwartete Ankunft der mit den Nazis verbündeten Kosaken, den kleinen, mysteriösen Flieger, der nur nachts auftauchte und alle in Angst und Schrecken versetzte. Er flog tief und schlug immer im Dunkeln zu: ein blitzschneller, präziser Raubvogel. Stieß hinab, feuerte, startete durch. Richtig gemeine Überfälle.

Die fliegende Landplage, so nannten ihn die Zeitungen. Aber die Leute, auch mein Opa, hatten einen anderen Namen für ihn: *Pippo*. Ein lustiger Name, ein Kindername.

Aber vielleicht sind Namen auch dazu gut: Dinge, die uns schrecken, weniger angsteinflößend zu machen.

Ganz hinten ist jetzt ein winziger Lichtschein zu erkennen. Nur ein etwas hellerer Schimmer um das Profil des Luftschutzstollens herum, der aber meinen Füßen neuen Schwung verleiht.

Jetzt laufe ich sogar, erreiche den Lichtschein.

Plötzlich erscheinen vor mir Stufen. Steil, glitschig und grünlich.

Ich fühle das schleimige Moos unter den Füßen, eine andere Art von Kälte auf der Haut. Ich fühle den Wind, der mir ins Gesicht bläst, und finde das ein schönes Gefühl. Es ist wohl die Müdigkeit. Die Anspannung. Dieser so absurde Tag, der endlos zu dauern und wirklich nie enden zu wollen scheint: Alles erscheint mir verzerrt, als würde ich auf etwas warten.

Und dann ist es so weit. Die letzte Stufe.

Die Öffnung ist nur durch morsche Holzbretter versperrt, die ich ohne große Mühe entfernen kann.

Glasscherben, eine zerschlagene Flasche.

Wenige Schritte, und ich bin draußen.

Ein kleiner städtischer Park im alten Teil der Stadt, den die Dunkelheit um diese Zeit in einen geheimnisvollen Ort verwandelt, eine unbekannte, ein wenig unwirkliche Welt.

Die Treppe aus dem Luftschutzkeller endet zwischen der Parkmauer und einem dicken Baumstamm.

Ich schaue nach oben. Über den nackten Ästen schwimmt ein

fast voller Mond in seinem Hof und zieht die Umrisse der Dinge mit einem quietschgelben Marker nach.

Weiter weg, hinter der Mauer, sind ein paar Gebäude zu sehen.

In der Nähe fließt ein Kanal, schwach beleuchtet durch eine Laterne.

Die Stille, die saubere Kälte, der Wind, der ein paar Zweige hofiert. Fehlt nur das Weiß des Schnees. Schnee habe ich immer schon gemocht.

Ein perfekter Ort für jemanden, der Gedichte schreibt. Aber ich schreibe keine Gedichte. Mein Vater tut das manchmal.

Reset Gedanken an meinen Vater.

Um diese Zeit ist der Park menschenleer, und ich weiß nicht, ob das gut oder schlecht ist.

Auf der Haut fühle ich eine seltsame Erregung, dazu eine resignierte Müdigkeit, die meinen Körper und meine Gedanken über die Grenzen der Aufregung hinausträgt.

Ich schaue mich um, gehe los. Unter meinen Füßen harte Erde. Manchmal festgefrorener Splitt. Ein fernes Motorengeräusch, leise knisternde Blätter.

Ich weiche einem niedrigen Ast aus, gehe an einem Stamm und ein paar Bänken vorbei.

Mit dem Fuß kicke ich ein Zeitungsblatt weg, das ein Windstoß daherträgt.

Ein Weg schneidet quer durch den Park und führt zu einer kleinen Anhöhe mit einer kurzen Treppe. Am oberen Ende der Treppe steht ein alter, steinerner Brunnen mit einem kleinen leuchtenden Mittelpunkt: dem runden Auge eines Scheinwerfers, der den Körper einer Statue beleuchtet. Aus der Statue läuft ein Wasserstrahl.

Ich beuge mich darunter und trinke einen langen Schluck, während ich meine im plötzlichen Licht weiß leuchtenden Hände betrachte, dann fülle ich die Wasserflasche bis zum Rand und stecke sie in den Rucksack.

Ich atme die Kälte ein. Trample mit den Beinen. Sehe mich um. Von hier aus kann ich fast alles sehen: Blumenbeete, Bäume, Hecken, die Parkbänke am Weg, die Kurve des Kanals, das Eisentor am Eingang und schließlich die Wand des Gebäudes, das den Park auf einer Seite begrenzt. Und vor der Wand des Gebäudes ein wenig Rauch.

Rauch?! Es sind nur graue Schwaden. Wie es scheint, steigen sie von unten hoch, wie Rauchzeichen der Cheyenne.

Ich starre in die Dunkelheit jener entfernten finsteren Ecke, die in den rauchigen Schwaden zittert.

Da bemerke ich es plötzlich. Es ist unbeweglich, vom Rauch umfangen, der es einhüllt, verhüllt, versteckt.

Es könnte alles sein, sage ich mir, während ich *das Ding* weiter fixiere. Wirklich alles.

Ach ja, Mattia? Los, lass hören.

Na, zum Beispiel ein Haufen Lumpen. Ein großer Hund, der bewegungslos daliegt. Ein Gewirr von losen Ästen, die sich zu dieser seltsamen Form zusammengeballt haben. Oder ein umgefallener Mülleimer, der gegen die Wand gerollt ist.

Irgendetwas eben.

Ach ja? Wirklich?

Nein.

Mein Instinkt sagt Nein.

Schon als Kind ging es mir so: Stand ich zwischen Angst und Neugier, gewann immer die Neugier.

Jetzt ist es genauso.

Ich gehe langsam näher, vorsichtig, wende den Blick nicht ab.

Und als ich fast daneben stehe, muss ich meinem Instinkt recht geben.

Es ist nicht irgendetwas. Nein. Es ist *jemand*.

Mein *Jemand* schläft in einer von zwei Hecken abgeschirmten Ecke, auf einem Eisengitter direkt an der Gebäudewand. Aus dem Eisengitter steigen Dampfschwaden auf. Der Wasserdampf wärmt ihn, oder erspart ihm zumindest ein wenig Kälte in diesen ersten Morgenstunden.

Ich ziehe mich zurück unter ein Grüppchen eng zusammengedrängter Pinien.

Dort, in ein paar Metern Entfernung, bleibe ich stehen, halb versteckt hinter einem Stamm. Zum Teil fühle ich mich wie ein Spanner, zum Teil wie ein Spion in einem alten Film, aber diese Einsicht lässt mich keinen Millimeter zurückweichen: Ich halte die Stellung.

Jemand wirkt nicht bedrohlich.

Solange er schläft, zumindest.

Ich kann mich nicht zurückhalten, ihn anzustarren, meinen hypnotisierten Blick auf diese hässliche zottelige Mütze zu richten, den Rücken, der sich ganz leicht im regelmäßigen Rhythmus des Atems hebt, den zusammengerollten, in einen alten Schlafsack gewickelten Körper. Dieser Schlafsack – ja, das kann man von hier sehen – steckt seinerseits in einem schwarzen Müllsack, einem dieser großen, robusten, die für grobe Abfälle verwendet werden. Im Schlaf ist der Sack verrutscht und reicht jetzt nur noch bis zur Mitte des Rückens. Eines Rückens, der mir reichlich mager erscheint. Er wird von Hustenstößen geschüttelt.

Jemand bewegt sich im Schlaf.

Ich verstecke mich hinter meinem Pinienstamm.

Jetzt gehe ich.

Ich bleibe.

Ich gehe.

Ich warte ab.

Wie schläft man bloß in einem Müllsack? Wie ist es möglich zu träumen, in so einem Ding aus kaltem Plastik? Andererseits, wer hat ihm schließlich befohlen, Meere oder Wüsten zu durchqueren, um ausgerechnet hier zu schlafen? Wir sind doch keine Herberge für die ganze Welt!

Eins. Ich gehe zurück. Meine Freistunde habe ich gehabt, meine Wasserflasche habe ich aufgefüllt. Mission accomplished, Mattia. Und jetzt durchquere ich wieder meinen Bunker und kehre mit Freuden zurück in mein Loft, wo ich noch ein wenig bleiben will. Dort wird mich keiner suchen.

Zwei. Ich beobachte, wie *Jemand* sich im Schlaf bewegt. Er dreht sich auf die Seite. Fast kann ich sein Gesicht sehen. Wenn sie dich anfällt, lässt dich die Neugier nicht mehr los. Ich mache noch ein paar Schritte, gehe näher heran. Ich sehe, wie er einen Arm frei macht und sich die Mütze tiefer über die Ohren zieht. He, aber das ist ... das ist ein Kind!

Drei. Hinter mir höre ich eine Stimme. Ich drehe mich um. Und sehe sie. Sie gehen den Weg entlang. Kommen in diese Richtung. Vielleicht haben sie ihn gesehen, vielleicht nicht. Aber es sind zwei Männer in Uniform, und das scheint mir kein gutes Omen zu sein für Dornröschen hier in seinem schwarzen Plastiksack.

Vier. Ich handle instinktiv. Keine Zeit zum Nachdenken. Ein paar Schritte. Katzensprünge. Ich schüttle *Jemand* kräftig. Er muss einen leichten Schlaf haben. Oder vielleicht schläft er nur halb, wie alle, die immer wachsam, immer zur Flucht bereit sein müssen. Egal. Er wacht sofort auf, starrt mich mit erschrockenen Augen an. Ich weiß selber nicht, was ich sage. Vielleicht gar nichts. Vielleicht *Police*. Aber meine Handbewegung zu den näher kommenden Männern ist eindeutig.

Fünf. Mit einem Satz, der Superhund Bolt alle Ehre machen würde, ist er aus Schlafsack und Plastik geschlüpft. Schnappt sich Rucksack und Schlafsack. Ich stelle in derselben Nanosekunde fest, dass wir keine Wahl haben. Zum Bunker können wir nicht. Die Polizisten sind schon ganz nah und versperren den Weg.

Jemand sieht panisch aus.

Wie könnte ich ihn jetzt noch allein lassen? Ich sprinte los Richtung Eingangstor. Er hängt sich blitzschnell an meine Fersen, wieselflink und mit dem Vertrauen der Verzweiflung.

Sechs. Wir sind auf der Straße. Laufen nebeneinander. Jetzt stecke ich mit drin. Ich weiß nicht, ob als Komplize oder Verbündeter.

Alles hat nur wenige Augenblicke gedauert. Ich werde gerade zum Profi im Abhauen vor Problemen und Schwierigkeiten. Rennen die uns nach, oder denke ich das nur? Ich drehe mich lieber nicht um, um nachzuschauen. Pfeffer im Arsch macht alles einfacher, befreit einen von Zweifeln und Unentschlossenheit. Wir rennen. Wir sind nur Atem und Füße.

Wie hat Sofia es definiert?

Leben ist, was du kriegst, während du nach anderem suchst.

Positiv. Absolut. Nie erschien mir das wahrer.

Ich und *Jemand* kennen uns nicht. Aber wir rennen, nebeneinander.

Pa

Es ist fast vier Uhr morgens, und ich schreibe dir, Mattia.
Es ist schon das fünfte Mal, dass ich es versuche, aber diesmal habe ich beschlossen, bis zum Ende durchzuhalten, diese Gedanken nicht noch einmal im Altpapier zu entsorgen. Ich weiß, es wird ein unvollkommener, ungenauer und verspäteter Brief werden, voller Schuldgefühle und Auslassungen, Zögern und Fehler. Aber auch das Leben ist so.

Es ist nicht einfach, einem Sohn das zu schreiben, was ich dir zu sagen habe, die eigenen Schwächen und Beweggründe offenzulegen und endlich so ehrlich zu sein, wie ich jetzt sein will.

Wo soll ich anfangen, Mattia?

Laut und deutlich höre ich deine Stimme. Du würdest sagen: *Bei der Wahrheit.*

Denn in deinem Alter, das weiß ich wohl, gibt es nur Wahrheiten und Lügen. Genauer: Wahrheit oder Lüge. Gegensätze, die immer absolut daherkommen. Wie auch alles andere: Liebe oder Hass, grauenhaft oder supertoll, Akzeptanz oder Ablehnung, Makellosigkeit oder totaler Dreck, Gipfel des Paradieses oder Abgrund der Hölle. Kein Verständnis für Grautöne, null Toleranz für Abstufungen.

Kein Raum für das Fegefeuer.

Aber das Leben, glaub mir, Mattia, ist vor allem Fegefeuer. Seltene Höhenflüge und ein paar Abstürze, die wehtun. Und dazwischen, in unsicherem Gleichgewicht, nur wir und unser Voranschreiten, manchmal schlingernd, manchmal stabil, ein wenig gestützt durch die ebenso unsicheren Schritte derer, die du liebst und die auch taumeln, die dich lieben und die schlingern wie du. Es hat gedauert, ich weiß, aber siehst du, langsam komme ich zum Punkt.

Wenn du hier wärst, hier vor mir, hättest du vielleicht längst schon die Ohren zugeklappt, mir wie immer Absurdität und Kulturschikane vorgeworfen und mich auf deine Art ermahnt: *Nerv nicht. Komm zur Sache.*

Also versuche ich das jetzt. Ich versuch's, und wenn ich brutal sein muss.

Deine Mutter und ich haben uns kennengelernt, als wir genauso alt waren wie du jetzt. Fünfzehn, Mattia, zwei Kinder. Sitznachbarn im Gymnasium. Geheiratet haben wir mit 24, gleich nach dem Studium. Du warst gewollt, dann herbeigesehnt, und als du endlich geboren wurdest, fühlten wir uns bereichert, du hast unser Leben perfekt gemacht. Das waren gute Jahre. Nein, mehr: glückliche Jahre. Und die kann uns keiner nehmen.

Was dann bloß passiert ist, fragst du?

Es ist passiert, was nach dem Ende des Märchens passiert. Etwas ganz Einfaches und Kompliziertes, unvorhersehbar und absehbar: Das Leben ist passiert, Mattia.

Das Leben geht weiter, und du gehst mit und kannst nichts dagegen tun.

Du kannst die Richtung wählen, kannst dir natürlich ein Ziel aussuchen, entscheiden, wie du dich verhalten willst, während du vorwärtsgehst, aber alles andere kannst du nicht kontrollieren: die scharfen Kurven, die Ungewissheit bei jedem Schritt, die kraftraubenden Steigungen und tückischen Abstiege, die brennende Sonne und den Regen, die Abgründe aus Schmerz und ob du den Weg halten kannst, wenn du dich vom Schmerz erholt hast.

Und dasselbe gilt für die Liebe. Die mächtigsten Gefühle gehorchen keinem Befehl.

Ich kann es nur so sagen, ohne Ausreden und mildernde Umstände: Deine Mutter und ich lieben uns nicht mehr.

Die Liebe, die wir früher fühlten, hat sich allmählich in etwas anderes verwandelt: Zuneigung, Wertschätzung, Alltäglichkeit, gemeinsame Pläne für dich und deine Zukunft. Eltern, aber kein Paar mehr. Eher zwei Freunde, die zusammen leben, essen und schlafen. Große Gefühle und Leidenschaften werden manchmal zur Gewohnheit, und Gewohnheit kann sich in Langeweile verwandeln. Reicht das? Kann sein. Wahrscheinlich reicht es vielen. Aber mir hat es nicht mehr gereicht.

Weil ich Isabella getroffen habe.

Ich will dir nicht von ihr erzählen, will dir nicht auf diesem Blatt noch mehr Gelegenheit für deinen Groll liefern, das verdient sie nicht. Vielleicht wirst du irgendwann – ich sage, vielleicht –, wenn du sie schließlich kennenlernst, feststellen, dass sie eine tolle Frau ist. Aber dafür ist es zu früh. Viel zu früh, das weiß ich.

Ich kann sie mir vorstellen, Mattia, all die Fragen, die du mir stellen willst. Also versuche ich, dir zu antworten.

Wir haben uns vor einem Jahr verliebt. Sie ist jünger als ich, aber nicht viel. Ich weiß nicht, ob ich euch je verlassen hätte, wenn es nicht dieses Kind gäbe. Aber dieses Kind ist da, und ich will ernsthaft versuchen, ihm all die Liebe zu geben, von der ich weiß, dass ich sie dir immer gegeben habe.

Siehst du, ich habe es versucht, ich habe dir alles erzählt. Aber das ist nur meine Wahrheit. Denn jeder von uns lebt sie für sich, die Wahrheit seines Lebens. Jeder hat seine eigene Wahrheit, so wie jeder sein eigenes Leben hat. Ich könnte dir noch viel schreiben, aber ich stelle mir vor, dass es nicht viel ändern würde an dem, was du jetzt fühlst: Wut, Schmerz, sehr viel Enttäuschung. Ich weiß, dass du hinzufügen würdest: *Hass*. Ein Wort, das man oft benutzt, in deinem Alter. Aber das ist ein Missverständnis, Mattia.

Das ist kein Hass, was du fühlst. Es ist nur der ungelöste Widerspruch zwischen deinen Erwartungen an die Welt und dem, was die Welt dir geben kann, die Kluft zwischen dem Leben in deiner Vorstellung und dem Leben im Alltag.

Lass nicht zu, dass dich Unnachgiebigkeit nachtragend macht wie einen allzu strengen Richter. Du bist noch zu jung, Mattia, um der Verlockung des Grolls zu erliegen.

Genug jetzt, hier höre ich auf. Mehr ist es nicht. Nein, etwas habe ich noch.

Ich habe es für deinen 15. Geburtstag geschrieben, aber da war unsere Familie schon in der Krise, und ich habe nie den Mut aufgebracht, dir diese Verse zu geben.

Jetzt kannst du damit machen, was du willst: dich bemühen, sie zu lesen und zu verstehen, oder sie beiseite legen, um sie vielleicht irgendwann zu lesen, wenn du sie verstehen kannst und willst.

Ich kann dir nur sagen, dass ich sie mit der ganzen Liebe eines Vaters geschrieben habe, der sich schuldig fühlt und der mit seinem Sohn so ehrlich sein will, wie es ihm möglich ist, in seiner ganzen Menschlichkeit: einer Menschlichkeit aus Fehlern und Schwächen, Egoismus und Widersprüchen, Mut und Feigheit.

Notizen für unvollständige Zehn Gebote

Erstens: Lerne mit geschlossenen Augen zu sehen
und die ganze Bandbreite zu hören, die Töne im Exil
an den Rändern des Klangs.
Zweitens: Stimme immer deine Schritte
mit denen ab, die zurückbleiben, dein Herz
mit dem schwächsten der Herzen.
Drittens: Vergeude deine Fehler nicht.
Press den Groll heraus, dann
destilliere geduldig einen Teil Mensch
und zwei Teile Demut, mindestens.

Viertens: Werde nicht müde
zu träumen. Aber sei bereit zu kämpfen,
wenn anderen das Träumen verwehrt wird.
Fünftens: Verprasse nicht deine Zeit.
Sechstens: Kleide dich in Erinnerung
wie in eine Haut unter deiner Haut:
Oft mag sie dir Ballast sein, aber
viel öfter wird sie dich schützen.
Alles andere musst du allein entdecken.
Du wählst Tempo und Richtung, den Wechsel
zwischen den Nebeln der Ebene und hohen Horizonten,
der Vertikalen.
Doch auch wenn es nicht hoch fliegt, das Leben:
Versuch ihm nicht allzu sehr wehzutun.

Ich habe dich lieb

Papa

Mattia und Aziz

Wir sind ein Kanalufer entlanggerannt, quer über die Piazza delle Erbe, dann unter den Arkaden der schlafenden alten Palazzi hindurch, und schließlich an einem vertrauten Ort gelandet, der für mich immer Zuhause war: der Brunnen vor der Kirche, der große graue Platz mit den Tauben, wo Mama mit mir als Kind immer hinging, die Umrisse der Loggia del Lionello im Lichtschein der Laternen.

Jetzt, mitten in der Nacht, erkenne ich sie kaum wieder, diese leere, unbekannte Stadt.

Mein Instinkt hat mich in die Altstadt geführt. Hier ist alles beleuchtet, sicherer. Hier fühle ich mich am wohlsten, und hier wollten meine freigelassenen Beine mich und *Jemand* hinbringen.

In diesem milchigen leichten Dunst erscheint die Welt gleich besser, oder vielleicht auch nur ein bisschen weniger gemein.

Wir setzen uns ganz hinten in die offene Säulenhalle der Loggia, in eine dunkle Nische. Hochgezogene Beine, Arme auf die Knie, Rücken an die Wand.

Aus dem Keuchen wird wieder Atmen. Neben mir einige Hustenstöße. Müdigkeit, die mit der Entspannung kommt. Auf dem Uhrturm beginnen die zwei bronzenen Bärtigen, an der zwischen ihnen aufgehängten Glocke die Stunde zu schlagen.

In der Stille, die alles einhüllt, folgt auf jedes metallische *Gong* ein Echo.

Vier Mal *Gong*. Vier Echos. Ich bin noch nie bis vier aufgeblieben. Normalerweise schlafe ich um diese Zeit tief und fest.

Ich ziehe die Wasserflasche aus meinem Rucksack und reiche

sie *Jemand*, der trinkt. Dann gieße auch ich einen großen Schluck in mich hinein, und nach dem ersten gleich noch einen.

So bleiben wir, ohne zu sprechen, versunken in die Merkwürdigkeit dieser neuen Situation. Es ist nicht wirklich Unbehagen. Nein, nur Verwunderung. Was mache ich hier mitten in der Nacht mit einem völlig Fremden? Nicht nur Fremden: einem *Illegalen*. Aber wenn ich an diesen vergangenen Tag denke, den längsten meines Lebens, stelle ich fest, dass es darin keine Logik gibt. Nichts ist mehr an seinem Platz, nach diesem unvorhergesehenen Lauf der Dinge. Von einem bestimmten Moment an begann sich plötzlich alles in einem immer wilderen Tempo zu drehen, wie im Tanz dieser Derwische, die ich einmal im Fernsehen gesehen habe.

Dann kann man genauso gut einfach loslassen. Sich dem Leben ergeben, wie es kommt.

Dein Kopf platzt gleich? Lass ihn platzen. Umherschießende Gedanken? Schieß mit ihnen umher.

Mein Sumo-Gleichgewicht ist längst hinüber.

Jetzt muss ich Improvisation lernen.

So früh am Morgen habe ich meine Stadt noch nie gesehen. Ich betrachte sie mit neuen Augen.

Den weißen und rosa Stein der Loggia, die rhythmische Anordnung der Säulen und Öffnungen in den Bögen und Fenstern, den Portikus am Fuß des Schlosses, die pflanzenumwucherte steinerne Treppe an der Seite des Schlosshügels. Ein umschlungenes Paar geht vorbei. Eine Katze streift um eine Säule und markiert ihr Territorium mit einem zufriedenen Spritzer. Im letzten Stock eines Gebäudes geht ein Licht an und wieder aus. Eine schlaflose Taube fliegt vom Balkon eines Hauses auf.

Dann höre ich die Stimme von *Jemand*. Er spricht Englisch. Überraschung.

»Thank you ... for your help.«

»Woher kommst du?«, frage ich. Ich spreche auch nicht schlecht Englisch.

»Ich komme aus Kabul.«

Ich drehe mich um und schaue ihn an.

Die zottelige Mütze reicht ihm bis unter die Ohren. *Jemand* zieht sie noch weiter runter. Ein Schal um den Hals, die Windjacke zwei Größen zu groß, die Hände in Wollhandschuhen, alte, durchgelaufene Turnschuhe.

Im Dämmerlicht und diesem Michelin-Männchen-Look lässt sich kaum erkennen, wie alt er ist.

Aber er sieht wirklich sehr jung aus.

»Wie heißt du?«, frage ich.

»Aziz. Du?«

»Mattia. Wie alt bist du?«

Er zögert.

»Zwölf ... bald zwölf.«

Er ist tatsächlich noch ein Kind. Stille.

Was gibt es noch zu sagen? Was haben wir beide gemeinsam? Worüber könnten wir sprechen?

Vor uns auf ihren Podesten glänzen die Statuen von Herkules und Cacus mit Lichteffekten auf ihren regennassen nackten Körpern. Muskeln und Speck, prall und protzend. Schönheitsideale verändern sich, hat uns Turchetti in einer Stunde erklärt: Für uns ist diese Üppigkeit nur Fett, in der Antike stand sie für Kraft und Gesundheit.

Da fällt mir etwas ein, woran ich gleich hätte denken können.

»Hast du Hunger?«, frage ich Aziz.

Er nickt. Kompliment. Du bist wirklich einzigartig, Mattia. Und jetzt, wo du es weißt, was willst du jetzt machen? Hast du irgendetwas, das du ihm anbieten kannst, du großes Gastro-Genie? Dann

aber erinnere ich mich, dass es in der Stadt einen Supermarkt gibt, einen einzigen, der auch nachts geöffnet ist. Ich stehe auf. Nehme den Rucksack. »Ich bin gleich zurück«, sage ich. »Rühr dich nicht weg. Warte hier auf mich.«
Er starrt mich ängstlich an, mit erschrockenen Augen, und zieht wieder an dieser Mütze, die ihm niemals jemand klauen würde. Vielleicht ist das eine Macke, oder eine Art Tick. Ich ahne, was er denkt: dass ich ihn loswerden will, dass ich ihn hier sitzen lasse.

Vertrauen ist das einzige menschliche Lebenselixier, hat mein Opa einmal gesagt: Es nährt alle zwischenmenschlichen Beziehungen, aber es muss seinerseits genährt werden. Einverstanden, aber dafür habe ich keine Zeit. Und Geduld noch weniger.

Also nehme ich mein Handy und drücke es Aziz in die Hand.

»Das bleibt bei dir. Ich verlasse mich auf dich!«

Er starrt mich an. Scheint verblüfft. Dann versteht er wohl. Er lächelt. Und nickt.

In drei Sätzen springe ich die Treppen hinab, schon renne ich wieder auf der Straße und unter den Arkaden der Via Mercatovecchio, weiche mit langen, kreativen Schritten den Pfützen und meiner Müdigkeit aus.

Danach fliege ich im Sauseschritt zur Basis zurück, in meinem Rucksack neuen Proviantnachschub und neue Nahrung für das Vertrauen. Wir teilen alles durch zwei: das belegte Brot, die Kekse, die Äpfel, die Chipspackung. Die Köpfe gegen die Wand gelehnt, schweigsam vor Hunger, unsere Handschuhe neben uns abgelegt, am Rand einer Treppenstufe.

»Bist du allein hier?«, frage ich kauend. Wir haben fast alles verputzt.

Wenn mein Bauch voll ist, erscheint mir die Welt besser.

Er zögert. Hört auf zu essen. Dreht sich nicht zu mir um. Lässt den Kopf hängen.

»Mein Vater ist bei mir«, sagt er langsam. »Und mein Onkel. Aber sie müssen erst ... ankommen.«

Das scheint mir nicht ganz klar, aber ich beschließe, nicht nachzufragen. Der entscheidende Punkt ist ein anderer. Ich würde das wirklich gern alle fragen, die hierherkommen:

»Warum bist du nicht zu Hause geblieben?«

Er schaut mich an. Wieder verblüfft.

»Ich konnte nicht. Dort ist Krieg. Terror.«

Ich mache die Chipspackung leer, indem ich mir den Rest in den Mund kippe.

Seltsam, wie leichtherzig man manche Fragen stellen kann, während man Chips knabbert und Coca-Cola nachgießt.

»Und deine Mutter? Bleibt sie in Kabul?«

Seltsam, wie manche Antworten ein leichtes Herz in einen Klumpen verdutzter Scham verwandeln, deinen Arm in der Luft hängen lassen, die Coladose vor dir wie eine Minidrohne, die den Heimweg vergessen hat.

Es gibt keine richtige Art, bestimmte Dinge zu sagen. Daher muss man sie entweder schnell sagen oder gar nicht.

Aziz sagt es schnell. Es sind nur wenige Worte.

»Meine Mutter wurde getötet.«

Seine Mutter wurde getötet.

Der ganze Rest ist nichts als Lärm. Wo, wann, wie: nebensächlich. Hintergrund ohne Bedeutung. Sogar das Warum zählt wenig.

Seine Mutter wurde getötet.

Jedes Detail ist Ketzerei, vor einer Wahrheit wie dieser.

Ich schaue Aziz an. Aziz schaut mich an.

Vor der Ungeheuerlichkeit dessen, was er gesagt hat, finde ich kein einziges Wort, das in diesem Moment Sinn ergäbe, in diesem exakten Augenblick der Nacht, auf dieser versteckten Treppenstufe, in dieser Vertrautheit, die gerade erst entstanden ist wie eine frische Blüte nach dem Gewitter. Also nehme ich seine Hand. Und drücke sie fest. Das ist alles. Aziz zuckt leicht zusammen. Wie es wilde Katzen tun, wenn sie unsicher sind, ob sie vertrauen oder davonlaufen sollen, wenn du sie ungelenk streichelst und mit erfundenen Namen rufst. Aber seine Hand rührt sich nicht. Sie bleibt meiner anvertraut. Meinem Griff ausgeliefert, zusammengedrückt.

Seine Augen werden feucht und bleiben an mir haften, für einen Moment, der mir ewig erscheint und angefüllt ist mit einer so großen Stille, dass Milliarden und Abermilliarden von Worten darin Platz fänden.

Dann zieht sich diese Hand langsam zurück. Mager und kalt fühle ich sie durch meine gleiten, sich ihr zögerlich entziehen.

Einen Augenblick bleibt er so unbeweglich, dass er aussieht wie eine Statue mit Windjacke, dann zieht er sich diese hässliche Mütze herunter bis über die Ohrläppchen, als wäre sie ein mittelalterlicher Helm, der ihn vor der Welt beschützen kann.

In meinen Gedanken taucht eine Erinnerung auf: der Tag, an dem Opa Arturo starb.

Als Papa es mir sagte, war ich gerade aus der Schule gekommen. Und ich musste mich sofort hinsetzen, weil die Küche um mich herum anfing sich zu drehen, sich in Punkte und Linien und Lichter aufzulösen, in Farbprismen zu wirbeln. Formen, die zu anderen Formen wurden, ein Fieber aus Flächen und Löchern, Welt ohne Achse, aus dem Gleichgewicht.

Aber mein Opa starb an einem Herzinfarkt, nach einem friedlichen, langen Leben.

Wie findet eine Welt ihre Achse wieder, in der deine Mutter getötet wurde?

Ich schaue hoch. Ins Weite. Der Regen hat alles sauber gewaschen. Der Platz vor der Loggia liegt da wie ein leerer Ring, umgeben von Schatten und allerersten Morgenlichtern.

Dann reicht ein Nichts, um mich auf die Erde zurückzuholen und in der Gegenwart aufschlagen zu lassen.

Die Sirene eines Rettungswagens, die die Stille durchbohrt. Die zwei Bärtigen, die mit ihren lang gezogenen, altertümlichen *Gongs* fünf Uhr schlagen. Ein Roller, der beim Vorbeifahren an einer Kante und einer Laterne entlangschrammt. Ein Polizeiauto, das langsam über den Platz schleicht, auf seiner städtischen Kontrollrunde.

Ich drücke mich instinktiv flach an die Wand unserer Schatten und Schutz bietenden Nische.

Ich fühle, dass Aziz neben mir dasselbe macht. Still und unbeweglich sitzen wir nebeneinander, bis das Auto weg ist.

Wir bleiben noch ein bisschen so hocken.

Dann springe ich auf die Füße. Zeit zu gehen. Alles, was ich bis jetzt gemacht habe, war schon riskant genug. Jetzt muss ich sofort zurück, heim in meinen Bunker. Und ciao.

»Ich muss gehen«, sage ich zu Aziz, »und ich kann dich nicht mitnehmen.«

Er antwortet nicht, keinen Mucks, protestiert nicht. Keine sichtbare Reaktion.

»Ich habe meine eigenen Probleme«, füge ich also hinzu und kratze eine Wange, die nicht juckt.

»Ja, ich weiß.«

Er scheint wirklich zu verstehen.

»Du weißt?«

»Keiner ist nachts draußen, im Winter. Das heißt. Keiner außer den Illegalen.«

Tatsächlich. Er ist nicht dumm. Es tut mir zwar leid für ihn, aber na ja. Ich bin der Letzte in der ganzen Stadt, der ihm helfen könnte.

»Viel Glück«, sage ich zu ihm und werfe den Rucksack über eine Schulter.

Er nickt langsam. Es sieht aus wie eine Art Verbeugung.

»Viel Glück auch dir.«

Ich gehe los. Dann erinnere ich mich an etwas. Ich krame im Vorderfach des Rucksacks. 20 Euro sind noch da. Zehn reiche ich Aziz. Er nimmt sie nicht. Er schaut mich an. Jetzt sieht er ernst und würdevoll aus, und mit diesem ernsten und würdevollen Ausdruck macht er seine Augen ganz schmal, als wollte er mich aufmerksamer, klarer in den Blick nehmen, Abstand und Hindernisse überwinden, um mich aus der Nähe zu betrachten.

»Nein«, sagt er dann mit fester Stimme. »Nein. Ich bin kein Bettler. Aber danke für dein Essen.«

Falsches Signal? Zu plumpes Angebot? Verstoß gegen afghanische Benimmregeln? Oder ein Mix aus allem?

Ich habe keinen blassen Schimmer. Wenn ich ihn beleidigt habe, tut mir das leid, amen. Damit ist es aber auch gut. Ich winke noch einmal und bin weg.

Auf der obersten Stufe der Seitentreppe drehe ich mich zu ihm um.

Er bewegt sich nicht. Er ist nicht mal aufgestanden. Er sieht noch verlorener aus als vorhin.

Kleines alarmierendes *Sdeng* in der Magengrube. Noch ein *Sdeng*.

Auf keinen Fall. Gar keinen Fall. Gar gar keinen Fall. Ich kann nichts weiter für ihn tun. Es gibt ja auch noch die Caritas, richtig? Und die Polizei, Aufnahmezentren, Betreuer aller Art, die Kaserne, in der die anderen Afghanen leben, das Krankenhaus, falls ihm was fehlt.

Ich renne die Stufen hinunter.
Ich muss los.
Mit der Hand am Geländer halte ich an. Es ist feucht. Eisig kalt. Ein Stück weiter drüben scheißt eine Taube. Langsam gehe ich eine Treppenstufe wieder hoch.
Mattia, mach keinen Quatsch.
Ich gehe wieder runter.
Gut so. Bravo. Jetzt geh.
Meine Füße gehen wieder hoch. Eine Treppenstufe, zwei, drei.
Mattia, was du da machst, ist Quatsch. Riesig wie das Empire State Building. Rasend wie ein Jumbo Jet.

Aziz sitzt an die Wand gelehnt. Den Kopf zwischen den Armen, die Arme auf den Knien, schaukelt er ganz langsam vor und zurück. Ich glaube, er murmelt etwas. Vielleicht betet er. Vielleicht spricht er mit sich selbst. Ich glaube nicht, dass er mich bemerkt, bis ich neben ihm stehe und ihn an der Schulter berühre. Er zuckt zusammen, sieht erschrocken hoch.
Ich setze einen Machoblick auf, Typ echt europäischer Rambo.
»Okay. Du kannst mitkommen. Aber nur für heute Nacht, hast du verstanden?«
Er lächelt. Er hat ein ansteckendes Lächeln.
»Aber nur für heute Nacht. Ich habe verstanden.«
Macht steigt einem sofort zu Kopf. Ich antworte mit einem trockenen Kopfnicken, so Hugh Glass in *The Revenant*. Auch ich bin ein abgebrühter Einzelkämpfer in einer feindlichen, abgefuckten Welt. Auch ich habe persönliche Rache zu nehmen, konsequent bis zum bitteren Ende.
»Und sieh zu, dass du hinter mir bleibst. Ich habe keine Zeit zu verlieren, klar?«
Aziz antwortet angemessen knapp mit einem Nicken.

Dann gehen wir gemeinsam los, mit schnellem Schritt. Er muss ein bisschen traben, aber er folgt mir.

Noch immer verlassene Straßen, Dunkelheit um fünf Uhr morgens Ende Februar, ein halb voller Fahrradfahrer auf dem Heimweg, Kälte, die immer noch nicht nachlässt.

Und da Fortuna immer blind ist, das Pech aber Augen wie ein Scharfschütze hat, fängt es jetzt wieder an zu regnen.

Aziz

Es regnet, es ist kalt und der Wind geht.
Ich kenne den Jungen nicht, der mich führt, und ich weiß nicht, wohin er mich bringen wird.
Aber er rennt, und ich renne ihm nach.

Die Kraft kommt aus den Füßen.
Bis jetzt haben sie mich nie im Stich gelassen.
Und während ich renne, denke ich an eine Schlacht.
Oma Nadira hat mir oft von ihr erzählt, der alten Schlacht von Maiwand.
Vielleicht sollte mir diese Geschichte neue Kraft geben, wenn mir schien, als würde das Leben Krieg gegen uns führen.
Der Sieg in jener Schlacht ist einer jungen Kriegerin zu verdanken. Der Tochter eines einfachen Hirten. Einer Frau wie vielen: Malalai.
Ihr Vater und ihr Verlobter kämpften mit dem Sohn des Emirs gegen das britische Heer, und sie war ihnen gefolgt, um denen nahe zu sein, die sie liebte. Sie verteilte Wasser an die Kämpfer, kümmerte sich um die Verletzten.
Dann jedoch sieht es schlimm aus: Die Afghanen scheinen einer Niederlage entgegenzugehen.
Aber Malalai will nicht aufgeben. Sie beschließt zu handeln.
Doch es ist schwer zu entscheiden, wie sie helfen kann, die junge Tochter eines Hirten, die mehr über Lämmer weiß als über das Leben. Vielleicht ist es ihr Instinkt, der sie leitet, vielleicht die Verzweiflung. Sie wickelt sich in eine Fahne und wirft sich ins Kampfgeschehen, während sie laut ein Landai singt, ein Lied der afgha-

nischen Frauen, um die Krieger mit dem Mut anzustecken, den sie für sich selbst gefunden hat.
Und ihre Stimme steigt hoch und höher.

Es ist eine reine und starke Stimme, lauter als das Klirren der Klingen, lauter als die gebrüllten Befehle, lauter als das Schreien und Klagen und lauter auch als ihre Angst und all die Angst um sie herum.

Sie hören ihr Landai, die afghanischen Krieger. Und sie finden zurück zu Kampfgeist und Mut.

Sie schärfen ihre Waffen und werfen sich in die Schlacht, immer und immer wieder.

Und mit der Hilfe des Allmächtigen gelingt es ihnen, die Briten zu schlagen.

Aber Malalai wird getroffen.

An dieser Stelle der Erzählung ließ Oma eine Stille eintreten, die das Vorher und das Nachher der Geschichte voneinander trennte wie eine weiße, leere Zeile auf einer Buchseite.

Aber Malalai wird getroffen und stirbt.

Vielleicht tragen die Krieger, von Mitgefühl bewegt, ihren leichten Körper auf eine blühende Lichtung. Vielleicht aber liegt ihr blutiger Körper im Blut anderer Körper, und keiner kümmert sich um sie inmitten der Menge der Verwundeten.

Das hat Oma nicht erzählt. Ich weiß es also nicht.

Was ich weiß, ist, dass Dichter und Sänger seit damals und immer noch die Geschichte der stolzen Malalai erzählen. Von ihrer Liebe zu ihrem Mutterland. Von dem großen Opfer ihres Lebens.

Aber wer weiß, ob diese Geschichte wahr ist.

Ob das wirklich alles so war.

Oma sagt, dass gewisse Legenden dazu dienen, das *nang*, das Ehrgefühl, aufzublasen.

Und Ehrgefühl führt zu Stolz.

Und Stolz zu blinder Anmaßung eines Menschen gegen andere Menschen, oder eines Volkes gegen andere Völker.

Vielleicht hat Oma Nadira recht, aber diese Legende gefällt mir.

Der Tag der Schlacht war ein besonderer Tag für Malalai. Es war der Tag, an dem ihre Hochzeit stattfinden sollte.

Vielleicht erwartete sie diesen Tag ungeduldig, seit sie ein Kind war.

Vielleicht trug sie das schöne grüne Kleid, das jede Braut trägt, und den Schleier, der gerade nur ihr Gesicht bedeckte, und unter dem Schleier sahen ihre Zöpfe hervor, die Strähne für Strähne mit Harz aus duftenden Pflanzen gesalbt worden waren. Und ihre Handteller waren mit Hennamalereien geschmückt, vollkommen wie Stickereien.

Es war ein besonderer Tag für sie.

Heute ist ein besonderer Tag für mich.

Heute werde ich vierzehn Jahre alt.

Drei Jahre mehr als die gelogenen elf, die ich zu sein vorgebe.

Wenn Oma Nadira hier wäre, wäre sie sehr früh aufgestanden, um mir wie an jedem Geburtstag alle meine Lieblingsgerichte zu kochen: frittierten Reis mit Rosinen und Karotten, Mantu mit Hackfleisch, Bolani mit Auberginen. Und Huhn mit viel roter Sauce, dieser etwas scharfen, die Zunge und Lippen verbrennt und einen am Ende viel Tee trinken lässt.

Als Nachtisch eine ganze Schale voll Ferni.

Aber Oma Nadira ist nicht hier.

Kein Ferni für meinen Geburtstag. Kein Reispudding.

Doch heute ist trotzdem ein guter Tag, denn jemand hilft mir und bringt mich vielleicht in Sicherheit.

Man muss lange gefroren haben, um zu verstehen, wie sehr die Sonne wärmt.
Nur schade, dass mein Hals in Flammen steht.
Und eisige Schauer über meinen Rücken laufen.
Nur schade, dass ich einfach nicht mehr kann.

Mattia

Der Rückweg war nicht schwierig. Der Park, der Bunker, der Kellergang: Aziz folgte mir still, ohne Fragen zu stellen, vertrauensvoll.

Erst jetzt, als wir angekommen sind, bemerke ich, dass er völlig fertig sein muss. Er ist blass, hat rote Augen. Und diese Hustenanfälle: als wären da tiefe Höhlen in seiner Lunge und Schächte, aus denen es laut pfeift.

Wir sind aber auch klatschnass vom Regen. Ich ziehe Parka und Pulli aus. Streife die Schuhe ab, bleibe in den dicken Socken. Schüttle meine Haare, schlimmer als Argo, wenn er gebadet wird, und trockne sie mit den Socken, die ich als Reserve eingesteckt habe.

Im Rucksack sind auch noch zwei Pullover. Einen ziehe ich an, einen gebe ich Aziz.

Er verneint mit einer Kopfbewegung.

»Los, zieh ihn an«, beharre ich, knapp wie ein großer Bruder, der keine Widerrede duldet.

»Und zieh vielleicht die Schuhe aus. Darin könntest du Thunfische züchten!« Diesen Witz versteht er. Er lächelt.

Das Lächeln mündet in Husten, und der Husten biegt ihn mittendurch. Ich reiche ihm meine Wasserflasche und bedenke ihn mit einem Schlag auf die Schulter. Erste Gehversuche als großer Bruder? Nein nein nein. Gott bewahre.

Denk. Nicht. Mal. Dran.

Endlich nimmt er meinen Pullover an. Er scannt den Raum mit einem Blick, geht ein Stück an der Wand entlang und sucht sich einen dunklen Winkel am Ende des Kellers, wo wacklige Bücherstapel auf einem Schreibtisch zerbröseln. Dahinter versteckt er sich, um sich umzuziehen. Wow, ich kann's nicht glauben! Woher kommt denn diese Prüderie? Aus einer Wüste am Arsch der Welt? Von den Gipfeln des Himalaja?

Dann taucht Aziz wieder auf. Trockener. Aber immer noch in seinem zwanghaften Einheitslook, die Zottelmütze tief ins Gesicht gezogen. Ich muss mir wirklich das Lachen verbeißen. Okay, die Mütze ist fast trocken, er hatte die Kapuze der Jacke darüber. Aber das ist wirklich eine abartige Macke.

Um den Moment zu überspielen, mache ich mich zum Kasper. Das mache ich immer, wenn eine Leere zu füllen ist. Nicht dass mir das schwerfiele, im Allgemeinen gelingt es mir mühelos.

»Willkommen in meinem Schloss«, sage ich.

Aziz sieht sich lächelnd um.

»Du lebst hier?«, fragt er.

»Nur im Winter. Im Sommer bin ich auf den Malediven.«

Er lächelt nicht. Diesen Witz hat er nicht verstanden.

»Ich werde ein paar Tage hierbleiben, denke ich. Die Zeit, um … ein Problem zu lösen.«

Er betrachtet mich. Nickt. Ich vermute, mit Problemen kennt er sich aus, schon wenn sie erwähnt werden, geht ihm ein Lichtlein auf. Und dieses Lichtlein blinkt: *Willkommen. Willkommen in unserer Mitte.*

Um das Thema zu wechseln, improvisiere ich eine Minibesichtigungstour, zickzack durch Ramsch und Schrott.

»Da ist die Küche«, deklamiere ich und zeige auf einen Stapel Stühle. Auf dem obersten thront eine meiner leeren Dosen.

»Hier ist das Bad«, und ich zeige auf einen gelben Plastikhelm: der perfekte Nachttopf.

»Und das ist das Schlafzimmer. Das Highlight des Hauses.« Damit weise ich auf den Sessel, in dem ich geschlafen habe.

»Jetzt suchen wir auch für dich ein Bett.«

Hustenanfall. Ich nehme das als Danke. Meine Augen mustern die Umgebung.

Aber Aziz hat schon seinen Rucksack geöffnet und den alten Schlafsack mit passendem Müllsack herausgezogen.

»Mein Schlafzimmer«, verkündet er, indem er mich perfekt imitiert. »Aber es ist viel besser als deines: Es reist immer mit mir.«

Ich zwinge mich zu lachen, aber ich weiß, dass es nicht lustig ist. Seine Worte sind traurig. Vor allem die Realität ist traurig.

Ich gebe ihm noch einen Schlag auf die Schulter. Den hat er sich verdient: Er ist pfiffig, wenn er will.

Dann muss ich gähnen. Er hustet bloß weiter, während er seinen Schlafsack auf dem Boden ausbreitet.

Plötzlich überrollt mich die Müdigkeit wie eine einzige, gewaltige Lawine.

Nicht einmal Zeit, Gute Nacht zu sagen.

Meine Augen fallen von alleine zu. Und kein Anflug von einem Traum wagt es, mich zu nerven, während ich in die Dunkelheit hinabsinke.

Aziz

Heute Nacht höre ich der Nacht zu.
Sie spricht mit verschiedenen Stimmen, hier unten.
Ich drehe mich wieder und wieder herum. Die Stirn tut weh, mir ist heiß. Und der Schlaf kommt nicht. Noch nicht.
Stattdessen kommen die Erinnerungen. Nahe und ferne Erinnerungen.
Als ich zwölf Jahre alt wurde, hat Oma Nadira mir Bücher geschenkt und einen wunderschönen Pirhan aus Leinen und Seide: eine bodenlange Tunika.
Aber sie hat verlangt, dass ich ihr drei Dinge verspreche.

Das erste Versprechen war: Ich werde studieren.

Man kann alles studieren, sagt Oma. *Die Vergangenheit, die Kunst, den Himmel, die Natur. Die Menschen, ihre Kulturen, die Worte, die die Kulturen beeinflussen, die Ideen, die die Worte beeinflussen.*
Werde niemals müde zu lernen, Aziz. Hör nie auf zu studieren.
Wer nicht studiert, weiß nicht, dass er nichts weiß. Nur im Studium gibt es Auseinandersetzung, und nur durch Auseinandersetzung wirst du wachsen.

Das zweite Versprechen war: Ich werde mich erinnern.

Wir sind angefüllt mit Erinnerung, sagt Oma. *Wir sind wie ein Tandur zum Brotbacken.*
Die Erinnerung ist das Brot des Herzens: Wir müssen sie hüten und an einem warmen und sicheren Ort verwahren.

Nur so können wir die, die wir geliebt haben, an andere weitergeben, wie einen Sauerteig, der in allen zukünftigen Broten weiterlebt.

Aber es war das dritte Versprechen, das mir am schwersten fiel.

Denn dieses Versprechen würde mich verändern, meine Natur ändern, einen anderen Menschen aus mir machen und aus meinem ganzen Leben ein anderes Leben.

Darum fühlte ich, als Oma mich darum bat, mein Herz wanken.

Würde ich das wirklich schaffen? Oma wartete auf eine Antwort.

Meine Antwort ließ auf sich warten.

Mama war seit einem Jahr tot. Diese Entscheidung konnte nur ich treffen.

Ich dachte an viele Dinge, in jenem Moment: all die Dinge, die ich würde tun können, wenn ich Ja sagte.

Frei durch die Straßen gehen.

Mit allen sprechen beim Herumgehen.

Allen ruhig in die Augen schauen, während ich spreche oder ihnen zuhöre, ohne den Blick senken zu müssen.

Und laufen. Springen. Klettern.

Mit dem Fahrrad bergab sausen.

Einen Drachen in den Himmel steigen lassen, Gedanken in die Welt setzen.

Eine Baseballkappe tragen.

Sogar Fußball spielen.

Mein Herz voller Mut fühlen.

Ja, mein Herz voller *dil*, für ein Leben ohne Angst.

Und schließlich würde ich auch noch studieren können.

Für Oma, für Mama und für mich.

Es waren wirklich viele Dinge. Vielleicht mehr, als ich mir je erträumt hatte.

Ich sah Oma Nadira an.
Sie hielt die Schere in der Hand.
Aber sie wartete geduldig. Sie wartete.

Sie wartete auf mein drittes und letztes Ja.

Mattia

Ich habe nicht lange geschlafen.
Was mich geweckt hat, weiß ich nicht.
Eine Art Stöhnen. Eine Stimme. Ein Wimmern, das immer lauter wird. Aziz spricht im Schlaf. Er wirft sich herum, bewegt die Hände, wiederholt immer dasselbe Wort. Ich gehe zu ihm. Verstehe aber nicht, was er sagt.
Er schreit und wacht plötzlich auf. Seine Augen sind weit aufgerissen und starr.
»Geht es dir nicht gut?«, frage ich alarmiert.
Er antwortet nicht, starrt mich immer noch an. Jetzt richtet er sich auf. Sein Blick ist abwesend, verstört. Er wiederholt immer wieder dasselbe Wort in einer fremden, unbekannten Sprache.
Also komme ich noch näher und setze mich neben ihm auf den Boden.
»Aziz, geht es dir nicht gut?«, frage ich noch einmal.
Minutenlang blickt er sich um, als fiele es ihm schwer, sich zu erinnern, wo er ist.
Dann endlich sieht er mich an. Und scheint mich aus einer unendlichen Entfernung scharf zu stellen.
Jetzt ist auch sein Englisch wieder da, und wir können uns verständigen.
»Ich habe Angst.«
»Angst wovor?«
Stille. Erneutes Abtauchen.
»Ganz ruhig. Hier bist du sicher.«
»Ich habe Angst«, wiederholt er störrisch.
Er ist verschwitzt. Scheint zu zittern. Also greife ich einfach nach

seiner Hand. Einer dermaßen heißen Hand, dass man einen Hotdog darauf wärmen könnte. Aber die Berührung unserer Hände scheint eine mächtige Wirkung auf ihn zu haben, als hätte irgendetwas in ihm nur auf ein Zeichen gewartet, um sich endlich jemandem anzuvertrauen, die Angst abzuschütteln und zu sprechen.
Oder vielleicht, wer weiß, ist es nur das Fieber und die Schwäche, die es bewirkt. Das kann ich nicht wissen.
Ich weiß nur, dass er zu erzählen beginnt. Und nachdem er begonnen hat, scheint er nicht mehr aufhören zu können. Es ist wie mit der Katastrophe des Vajont, von der uns die Prof erzählt hat: als eine ganze Bergflanke vom Monte Toc abrutschte, in den künstlichen Stausee stürzte und den See verdrängte, sodass Millionen Tonnen Wasser über die Staumauer hinausschossen und in einer einzigen mörderischen Welle alles überschwemmten und mit sich rissen.

Vielleicht war meine Hand der Monte Toc.
Die Staumauer ist Aziz' Vergangenheit.
Das wild gewordene Wasser ist sein Schmerz.

Manchmal verstehe ich kein Wort. Manchmal bricht eine andere Sprache durch. Aber nicht immer spricht die Stimme. Auch die Stille kann sprechen. Oder der Blick, das Zittern des Körpers, Gesten, die andere Gesten zum Leben erwecken, oder das gefaltete Foto, das Aziz aus einer Tasche in seinem Schlafsack hervorzieht: eine lächelnde junge Frau.
Sie hat dasselbe Lächeln wie Aziz.
Und so verstehe ich alles und sehe es vor mir, und ich sehe es mit einer Klarheit, die keine noch so hohe Auflösung je irgendeinem Film geben könnte.

Die Raserei bärtiger Männer, die im Namen ihrer Wahrheit eine Schule stürmen, Lehrerin und Schülerinnen schlagen. Grenzen, die im Dunkeln überquert werden. Nächte in Viehpferchen. Hunde, die zum Zuschnappen abgerichtet sind. Das Gefängnis in Bulgarien. Ein zusammengekauerter Junge im Kofferraum eines Autos, auf einer Straße voller Schlaglöcher. Seine unendliche Beschämung, weil er vor Übelkeit und Angst gekotzt hat und deshalb nicht aussteigen will. Reisegefährten, die umkehren, weil sie vor Erschöpfung aufgeben. Der Hunger. Und, noch schlimmer, der Durst. Schlepper, die dir ein wenig Wasser für ein Vermögen verkaufen, sodass sich die Ersparnisse von Jahren im Laufe weniger Wochen – *puff!* – in Luft auflösen.

Der Gewehrkolben eines Soldaten, der eine Holztür einschlägt.

Ein Fehler, ein tödlicher Schuss.

Eine Frau, die stirbt. Deine Mutter.

Ich dachte, ich weiß, was Schmerz ist.

Ich dachte, ich hätte schon alles durchgemacht in diesen letzten Stunden: Trauer, Angst, Verrat, Wut, die um dich vibriert wie die Mähne eines Löwen, Furcht vor Ablehnung, Ungerechtigkeit, die dich *Rache!* brüllen lässt, dir ungeahnte Waffen in die Hand gibt und dich mit dem Blick eines Scharfschützen ausstattet.

Ich dachte, ich weiß, was Schmerz ist.

Ich dachte, ich hätte ein Monopol auf Großes Menschliches Leid. Dabei war ich nur ein Dummkopf, der es gewohnt ist, Ansprüche zu stellen. Liebe einzufordern. Urteile zu fällen.

Vielleicht brauchte ich, um mein Leben zu kapieren und damit zurechtzukommen, ein anderes, unbekanntes Leben. Unbekannt, aber aus der Nähe besehen.

Eines mit weniger Glück als meines.

Ich schaue Aziz an. Er liegt mit geschlossenen Augen da. Die Unruhe ist verschwunden. Er ist ganz unbeweglich. Jetzt, wo er alles erzählt hat, scheint er wirklich fertig zu sein.

Wie befreit von der Erinnerung, von Angst und Druck entleert. Ich lege eine Hand auf seine Stirn. Sie ist heiß. Wirklich richtig heiß.

Worauf wartest du eigentlich noch, Mattia?!

Wer weiß schon, wie man sich um einen Kranken kümmert? Außerdem trage ich wohl kaum ein Erste-Hilfe-Set mit mir herum!

Gib ihm wenigstens zu trinken.

Richtig. Da ist noch ein bisschen Wasser. Aber er hat einen verfluchten Durst, das reicht nicht.

Streng dein Hirn an, Mattia. Du hast oft genug Fieber gehabt. Was hat deine Mutter gemacht?

Sie hat mich abgedeckt, um mich atmen zu lassen. Sie hat mir das Pyjamaoberteil ausgezogen. Sie gab mir Paracetamol und machte mir kalte Umschläge auf der Stirn, den Handgelenken und vielleicht auch auf der Brust. Einfach kaltes Wasser, richtig?

Ja, einfach kaltes Wasser. Dazu muss man kein Facharzt sein, oder? Los, mach endlich! Das kriegst du auch hin.

Es ist kein Wasser mehr da.

Sind wir hier in der Wüste?

Nein, natürlich nicht, aber ...

WILLST DU DICH ENDLICH BEWEGEN ODER NICHT?!

Ich sammle die Flasche und die Getränkedosen auf.

»Bin gleich wieder da«, sage ich zu Aziz. Aber er hört mich gar nicht. Er scheint jetzt zu schlafen.

Es kann die Sorge sein, oder der Schlafmangel, oder die Absurdität dieser Situation, in die ich mich gebracht habe: Jedenfalls sehe ich mich jetzt von außen.

Was sich da bewegt, ist mein Avatar. Und die Welt um ihn herum ist eine virtuelle Welt. Wirklichkeitsgetreu, aber irreal, glaubwürdig, aber ausgedacht: eine neue Episode von *Black Mirror*.

Ich düse durch den Gang. Komme in dem kleinen Park heraus. Wie spät kann es sein? Ich weiß es nicht. Ich habe mein Handy nicht mitgenommen.

Der Ort ist mir vertraut, aber heute Morgen kommt er mir verändert, unbekannt vor.

Die Zeit ist eine durchgedrehte Variable. Das erste Licht des Morgens erzeugt flüssige Reflexe wie in einem Aquarium, und alles in diesem Aquarium wiegt hin und her.

Nur ein alter Mann steht am Ende des Parkwegs, in einen grauen Mantel eingemummelt, und führt seinen Hund Gassi. Sonst sehe ich niemanden.

Ich renne zum Brunnen, fülle die Flasche und die Dosen, winke dem entgeisterten Alten zu und dematerialisiere mich als perfekter Avatar, indem ich davonschieße.

Und schon bin ich wieder in meinem geheimen Gang.

Ich renne, ohne stehen zu bleiben, als wäre ich kaffee- und amphetamingedopt, die Kapuze hochgezogen, die noch feuchten Nikes ungeschnürt, keuchend wie ein neunzigjähriger Asthmatiker, Flasche und Dosen in der Hand. Eine Dose tropft beim Rennen.

Im Dämmerlicht des Kellers herrscht Stille, unterbrochen nur durch das hartnäckige Gurgeln der Wasserrohre, die an den Wänden verlaufen, und manchmal durch Aziz' Stimme, der irgendetwas ruft.

Ich verstehe kein Wort. Manchmal sagt er *Ferni*. Oder *Malalai*.

Ich bin einsilbiger und beschränke mich auf ein vages *Schschsch*, das Geräusch, das ich mache, wenn Argo seine überdrehten Momente hat. Ich mache das nicht so sehr, um Aziz zu beruhigen, als vielmehr mich selbst.

Jetzt knie ich mich neben ihn. Er hat die Augen geschlossen, ist verschwitzt. Ich hebe seinen Kopf ein wenig an – er ist ganz schwer – und halte den Hals der Wasserflasche an seine ausgetrockneten Lippen. Er trinkt mit großen Schlucken. Und noch mal.

Dann schaut er mich an und flüstert: *Taliban.*

»Oh nein«, protestiere ich halblaut. »Als Krankenpfleger bin ich vielleicht eine Null, aber ein Taliban bin ich nicht.«

Aber da ist gerade keine Verbindung, ich weiß.

Und so wiederholt er: *Taliban.*

Ich schütte den Rest aus der Wasserflasche über mein Sport-T-Shirt. Das Wasser ist kalt. Sogar eisig. Für kalte Umschläge perfekt, würde ich sagen. Das nasse Shirt wringe ich aus.

Der Geruch erinnert an Stilton, aber das ist gerade das Letzte, was mich kümmert, und bestimmt auch Aziz.

Ich kann mich an die Bewegungen meiner Mutter erinnern. Sie fing mit der Stirn an, dann kam die Brust, schließlich Handgelenke und Hände.

Aziz wehrt sich nicht, aber er spricht noch aufgeregter.

Ganz ruhig, sage ich. *Ganz ruhig* ... Er antwortet, indem er mich *Nadira* nennt.

Ich ziehe ihm den Pullover aus, dann knöpfe ich schnell ein kariertes Hemd auf, das nicht einmal mein Opa angezogen hätte. Darunter ein Baumwoll-T-Shirt, das auch schon bessere Zeiten gesehen hat.

Als ich ihm das T-Shirt über den Kopf ziehe, rutscht auch die Zottelmütze mit.

Dann reiße ich die Augen auf.

Halte den Atem an, Hände in der Luft.

Jede einzelne Zelle verblüfft.

Getroffen und versenkt, würde ich sagen.

Aziz

Durst. Wie beim Gehen. Gehe ich gerade? Nein, wir sind doch angekommen.
 Wo? Ich weiß nicht. Alles ist seltsam, alles so konfus. Aber meine Beine sind ausgestreckt. Und die Arme ausgestreckt. Und meine Füße ruhig. Sie müssen nicht gehen.
 Heute müssen wir nicht weitergehen. Heute bleiben wir hier. Im Schatten. Heiß. Durst. So viel Durst. Manchmal Lichter vor den Augen. Ich zittere, und dann wieder diese Hitze. Weg mit dieser schweren Decke. Weg mit dem Tuch im Gesicht. Ich ersticke in diesen Kleidern. Jemand hilft mir beim Ausziehen. Jemand hilft mir atmen. Dann höre ich Omas Stimme. Oma ist da! Vielleicht hat sie Ferni für mich gemacht!
 Aber jetzt habe ich keinen Hunger. Vielleicht später. Jetzt trinke ich. Das Wasser ist kalt. Ich trinke noch einmal.
 Oma spricht mit mir. Was sagt sie? Ich weiß, Oma Nadira. Ja, ich erinnere mich. Ich erinnere mich an das letzte Versprechen. Warum fragst du mich noch einmal? Warum liest du mir wieder die Verbote der Taliban vor?
 Wie oft hast du sie mir schon vorgelesen? Ich kann sie längst auswendig.

Achtung, Frauen:
 Ihr dürft unter keinen Umständen euer Gesicht zeigen. Wenn ihr ausgeht, müsst ihr die Burka tragen. Andernfalls werdet ihr hart geschlagen.
 Kosmetik ist verboten.
 Schmuck ist verboten.
 Ihr dürft keine reizvolle Kleidung tragen.

Ihr dürft keine Absatzschuhe tragen.
Ihr dürft nur sprechen, um zu antworten.
Ihr dürft Männern nicht in die Augen sehen.
Ihr dürft in der Öffentlichkeit nicht lachen. Andernfalls werdet ihr mit Stöcken geschlagen.
Ihr dürft eure Fingernägel nicht lackieren. Andernfalls wird euch ein Finger abgeschnitten.
Mädchen ist der Schulbesuch verboten.
Alle Mädchenschulen werden sofort geschlossen.
Wer eine Mädchenschule eröffnet, wird geschlagen, und die Schule wird geschlossen.
Frauen ist das Arbeiten verboten.
Wer sich des Ehebruchs schuldig macht, wird gesteinigt.

»Aber was bleibt denn da noch, Oma?«, hatte ich an jenem Morgen gefragt, am Tag meines zwölften Geburtstags. »Bei all diesen Verboten, was bleibt einem da noch?«

»Den Männern der Krieg gegen alle, einschließlich ihrer Frauen und Töchter. Und den Frauen das Ertragen. Deshalb bitte ich dich darum. Es ist meine Aufgabe, dafür zu sorgen, dass du es besser hast. Ich weiß, dass du das kannst. Es wird die Quelle deiner Freiheit sein. Auch der großen Freiheit, mit all den Männern unterwegs zu sein, wenn sich dein Vater mit dir auf den Weg macht, der euch, wenn der Barmherzige es will, in ein neues Leben führen wird. Du darfst dein Geheimnis niemandem verraten, mein Herz, bis du in Sicherheit bist. Das ist das letzte Versprechen, um das ich dich bitte.«

Ich schaue Oma an. Ihren beschwörenden Blick.
Ihre Hände, die die Schere halten.
Die Schere neben meinem Gesicht.
Die in der Sonne glänzenden Klingen.

Sie ahnt meine widerstreitenden Gedanken, versteht meine Lust davonzulaufen.

Sie respektiert meine Zweifel, mein Schweigen.

Sie wartet, geduldig, auf mein Ja.

Aber mein Ja zittert, stolpert, fällt. Es findet den Weg zu meiner Stimme nicht.

Ich lasse den Kopf hängen, zupfe an einem Nagel herum.

Ich werde meine langen Haare abschneiden müssen. Einen Teil von mir verleugnen. Sein, was ich nicht bin.

Ich weiß: Das haben schon viele getan.

Sie haben auch einen Namen: *Bacha Posh*.

Es ist nicht einfach, in diesem Land von Männern ein Mädchen zu sein, all die schriftlichen Verbote einzuhalten und all die ungeschriebenen Verbote, die man erraten muss.

»Glaub mir, Aziza, es ist zu deinem Besten. Von jetzt an wirst du vor den Augen der Welt nur noch Aziz sein. Schwöre es mir, Prinzessin Schwindelig.«

Ich fühle Tränen in den Augen.

Als ich geboren wurde, sagt Oma, fand Mama mich so schön, dass ihr plötzlich so schwindelig wurde, wie es ihr nie vorher passiert war. Deshalb nannte Mama mich so: *Prinzessin Schwindelig*.

Dabei bin ich gar nicht schön. Nein. Aber die Schönheit liegt in den Augen derer, die schauen. In den Namen, die aus Liebe erfunden werden. Im Spiegel, zu dem diese Namen werden.

Ich nehme Oma die Schere aus der Hand.

Sie hat lange, scharfe Klingen.

Die Locken fallen zu Boden wie ein stiller schwarzer Regen.

Prinzessin Schwindelig schneidet sich die Haare selbst.

Sie verwandelt das Versprechen in einen Schwur.

Von jetzt an wird sie ein Junge sein. In den Augen der Welt ist sie nun Aziz.

Mattia

Ich brauche mindestens eine Minute, um mich von meiner Überraschung zu erholen.

Er ist ein Mädchen. Aziz ist ein Mädchen, nicht der Junge, für den ich ihn hielt.

Warum habe ich das nicht früher gemerkt? Ich sehe ihren Busen, die dunklen Brustwarzen. Den Kranz von dunklen Locken, die ihr jetzt, von der Mütze befreit, bis zu den Schultern reichen.

Eine Hälfte von mir ist wie hypnotisiert, die andere Hälfte geht auf Abstand und ruft mich zur Pflicht.

Ich schlucke meine Verblüffung hinunter, den Frosch im Hals hinterher, und beginne mit meinen Abreibungen. So nannte Mama das.

Ich befeuchte ihre Schläfen, die Brust, die kleine Grube unter dem Hals. Ich mache das T-Shirt mit Wasser aus einer der Dosen wieder nass und tupfe ihre Handgelenke und Hände ab. Dann beginne ich von vorne.

So mache ich weiter, wie lange, kann ich nicht sagen, während ich neben ihr kauere und ihr etwas zuflüstere, sobald sie wieder mit ihrem Monolog beginnt. Bis ich endlich merke, dass ihre Aufregung dem Schlaf weicht und ihr Atem regelmäßig wird und mindestens so tief wie meine Erleichterung.

Ich lege ihr die Hand auf die Stirn. Die ist warm, aber nicht mehr heiß. Oder weniger heiß als vorhin.

Vorsichtig ziehe ich sie wieder an.

Dann setze ich mich neben ihren Schlafsack, mit dem Rücken gegen die Wand. Das Adrenalin hat nachgelassen. Eine Dose rollt weg. Ich schaue ihrem rot-weißen Getaumel nach und merke, dass ich völlig erschöpft bin.

Und jetzt?
Jetzt was?
Stell dich nicht blöd. Was wirst du jetzt tun?
Na ja, vielleicht ...
Nein. Kein Na ja und kein Vielleicht. Du weißt, dass du keine Wahl hast.
Im Ernst?
Mehr als positiv.
Dann ...
Dann ist jetzt Schluss mit dem Quatsch.
Aber vielleicht geht das Fieber runter. Vielleicht, wenn ich noch ein bisschen warte ...
Wenn du noch ein bisschen wartest, bist du ein Arschloch. Wahrscheinlich bist du das sowieso, aber in einer anderen Größenordnung. Und das ist der entscheidende Punkt.

Meine zwei Seiten, die sich bekämpfen, kennen die Sumo-Regeln nicht.

Sie begnügen sich nicht damit, den Gegner aus dem Gleichgewicht zu bringen: Sie hauen sich richtig. Wenn möglich, kämpfen sie dreckig. In jedem Fall kämpfen sie hart.

Normalerweise ist die schlechte Seite stärker, aber heute gibt die gute nicht nach.

Am Ende dieser endlosen Nacht hat sich etwas für immer verändert, das wissen sie alle beide, die zwei Mattias, die sich hier belauern und mit Boxhandschuhen in einem Ring herumhüpfen.

Deshalb beschließen sie zum ersten Mal, sich zu vertragen.
Jetzt bleibt nur eines zu tun. Nur eins. Meine Rache ist beendet. Sie hat jeden Sinn und Spaß verloren.

Ich tausche meine Rebellion ein gegen das einzig Vernünftige: an jemand anderen zu denken außer an mich selbst. Mal kurz beiseitezutreten und diesen Jemand an die erste Stelle zu stellen.

Seine Bedürfnisse.

Ich scrolle auf dem Smartphone hinunter zu Ma. Sie antwortet sofort. Meine Stimme klingt müde, rau und falsch.

»Mama?«

Für einen Moment explodiert die Stille. Eine Stille wie ein Getöse.

In diesem Getöse steckt alles und noch viel mehr: Sorge, Schmerz, Erleichterung, eine immer noch atemlose Angst, Dinge, die besser nicht gesagt werden. Oder zumindest nicht jetzt, nicht hier. Und ganz tief unten, so tief unten, dass man schon sehr gut aufpassen muss, ist auch ein Gedichtvers zu hören, derselbe, den ich vor nicht allzu vielen Stunden an eine Tür gekritzelt habe:

Höre, wie schnell mir dein Herz schlägt.

Absurd, ich weiß nicht einmal, wer das geschrieben hat.

Aber in diesem Moment ist es perfekt. Zum zweiten Mal in so wenigen Stunden ist es das Einzige, was es zu sagen gibt.

Das Einzige: für meine Mutter und auch für mich.

Mattia

Ich kann es an ihren Augen und ihren Händen ablesen: Mama ist unentschlossen, ob sie mich umarmen oder übers Knie legen soll.

Schließlich schiebt sie ihre Zweifel beiseite, unterdrückt die Mordgelüste und zerquetscht mich fast in ihrer Umarmung, während sie gleichzeitig redet und weint und lacht, alles zusammen. Und Gott dankt und flucht zugleich.

Es ist also eine ziemlich schizophrene Umarmung, aber sie fühlt sich nach Zuhause an und nach Familie.

Hinter Mama, ein paar Schritte zurück, steht Papa.

Einen Moment lang werde ich ganz starr.

In seinem Gesicht sehe ich eine Menge Emotionen, aber nun findet in seinen Augen ein Zweikampf statt zwischen Unbehagen und Freude, Schuldgefühlen und Erleichterung. Das ist zumindest das, was ich darin lesen kann. Meine Gefühlsampel blinkt und glüht. Kurz steht sie auf Rot. So rot, dass es gar nicht röter geht.

Aber mein Vater hebt eine Hand, eine einfache, nackte Geste: *Ich komme in Frieden*, scheint er zu sagen.

Ich zögere noch einen Moment.

Dann antworte ich mit derselben Geste: *Auch ich kehre in Frieden wieder.*

Da kommt auch er näher. Und umarmt Mama, die mich umarmt.

Und genau wie früher als Kind fühle ich es jetzt, in dieser Umarmung zu dritt: wie instinktiv jeder von uns dreien seinen Atem mit dem der anderen beiden abstimmt. Wie ein seltsames, stummes Trainingsritual, mit dem wir Energie tanken, um zusammen irgendwie eine neue, unbekannte Erfahrung zu bewältigen: den Winter unseres Lebens zu dritt.

Schließlich, ganz langsam, lassen wir uns los.
Ich schaue Papa in die Augen.
»Wann kommt er auf die Welt?«, frage ich langsam.
Und als ob das noch nicht klar wäre, füge ich hinzu: »Mein Bruder.«
»Es wird eine Schwester«, antwortet er, »in weniger als sechs Monaten.«
Dann sagen wir nichts mehr, weil es nichts mehr zu sagen gibt.
Aber ich denke, dass ich vielleicht in einigen Jahren meiner Schwester die Grundlagen des Sumo beibringen könnte, so wie Papa sie mir beigebracht hat. Und ich würde ihr größter Fan sein.

Aziz (wenn das ihr Name ist) liegt auf der Trage. Zwei Sanitäter haben sie in eine Decke eingewickelt.

Sie scheint tief zu schlafen.

Jetzt bringen sie sie hinaus, passen auf jede Stufe auf und auf die engen Kurven der Gänge. Bevor ich ihnen die Treppen hinauf folge, schaue ich ein letztes Mal meine Mutter an. Ich weiß, dass sie meine Gedanken errät: *War das wirklich nötig? Bist du sicher?*

»Mattia, es ist richtig so. Wir wissen nicht, was sie in den letzten Monaten alles durchgemacht hat. Ihr Gesundheitszustand muss ernsthaft überprüft werden.«

Die Korridore der Schule sind seltsam still. Ich habe jedes Zeitgefühl verloren. Wie spät ist es überhaupt? Ich habe keine Ahnung. Aber es ist Unterricht. Sie sind alle in den Klassen.

Meine Mutter steigt in den Rettungswagen. Ich frage, ob ich auch mitdarf. Ich will dabei sein, wenn Aziz aufwacht.

Nach einem langen Zögern lässt mich der Sanitäter einsteigen. Die Seltsamkeit der ganzen Situation muss seine Strenge aufgeweicht haben. Und gerade als ich neben Aziz' Trage Platz nehme, merke ich, dass da oben, an unseren Fenstern im zweiten Stock, meine Klassenkameradinnen und Kameraden still auf uns herunterschauen.

Unter all den Gesichtern suche ich nur eines. Und als ich es finde, lächle ich.

Wir können uns nur kurz zuwinken, indem wir zur selben Zeit den Arm heben und einen Moment lang unsere Blicke einhaken.

Dann schließen sich die Türen vor dem leuchtenden Gesicht Sofias.

Ein Jahr später, oder etwas mehr

Als Sonnenjahr bezeichnen wir die Zeit, die die Erde für einen Umlauf auf ihrer Bahn um die Sonne benötigt: 365 Tage, 5 Stunden, 48 Minuten und 46 Sekunden.

Um die Zeit zu messen und zu bezeichnen, hat die Menschheit Kalender erfunden.

Der Gregorianische Kalender, den Papst Gregor XIII. am 4. Oktober 1582 einführte, beruht auf den Berechnungen des Astronomen Nikolaus Kopernikus und stellt eine Variante des Julianischen Kalenders dar, der vorher galt.

Nach dem Gregorianischen Kalender besteht das Sonnenjahr aus 365 Tagen. Alle vier Jahre wird ein sogenanntes Schaltjahr eingefügt, das aus 366 Tagen besteht.

Nur Afghanistan, Äthiopien, Iran und Nepal folgen nicht dieser Zeitrechnung.

Andere Länder nutzen neben dem Gregorianischen Kalender einen weiteren lokalen Kalender.

Anders als der Gregorianische Kalender funktioniert der Islamische Kalender, der – nach dem Julianischen Kalender – mit dem 16. Juli 622 beginnt, dem Tag der Auswanderung des Propheten Mohammed aus seiner Geburtsstadt Mekka nach Medina. Der Kalender beruht auf den Mondphasen und ist in 12 Mondmonate von 29 oder 30 Tagen unterteilt, sodass das Jahr aus 354 Tagen besteht, denen etwa alle drei Jahre ein Schalttag hinzugefügt wird.

Es wurde berechnet, dass die Jahreszahlen der beiden Kalender in der Zeit zwischen 20850 und 20906 übereinstimmen werden.

Wenn es uns dann noch gibt.

Und wenn wir dann noch daran interessiert sind, unsere Zeit zu berechnen.

Und die Zeit unseres Planeten.

Für den Moment habe ich die Zeit berechnet, die seit jener Nacht vergangen ist: der Nacht im Bunker unter der Schule.

Sechzehneinhalb Monate. Etwas mehr als ein Jahr.

In diesem etwas mehr als einem Jahr ist ganz schön viel passiert.

Große und kleine Dinge. Viele Fehler, alte und neue. Und es lauern bestimmt schon weitere.

Ich versuche, sie wenigstens nicht zu vergeuden, so wie Papa mir einmal geschrieben hat.

Und heute versuche ich, die Dinge, die mir passiert sind, aufzuzählen:

- Ich habe Pierantonio wegen des Diebstahls der Klassenfahrtkasse angezeigt. Nachdem ich mit meinen Eltern darüber gesprochen hatte, wusste ich, dass ich keine Wahl hatte. Es war das einzig Richtige.

  Zuerst war ich verschreckt: Die Vorstellung, dass er sich rächen könnte, wurde zur fixen Idee, die mich in Panik versetzte. Aber zu dieser Rache kam es nicht. Es hat ihm sicher nicht geholfen, dass er sich auch noch besoffen beim Fahren erwischen ließ. Seitdem habe ich ihn nicht mehr gesehen. Ich weiß nur, dass er einen neuen Job hat: gemeinnützige Arbeit. Er ist jetzt Reinigungskraft in einer alten Kaserne, die zum Aufnahmezentrum umfunktioniert wurde. Sein Vater, sagen die Quellen, hat dafür gesorgt, dass die Maßnahme von sechs Monaten auf ein ganzes Jahr verlängert wurde. In meinen Augen ist dieser Vater ein Held.

  Über Bullys habe ich jetzt eines verstanden: Wer sich wie ein Bully benimmt, verlässt sich auf deine Schwäche.

Stark und präpotent sind sie nur mit Schwächeren; mit denen, die dagegenhalten, sind sie selbst schwach.
Und um dagegenzuhalten, braucht man weniger Mut und Stärke als vor allem Würde.

- Schon vor Monaten haben wir Antrag auf eine Aufenthaltserlaubnis gestellt.

Für Aziza und ihren Vater gibt es Hoffnung. Es dauert alles ewig, aber es geht wohl weiter. Mama mit ihrer Biologinnen-Sorgfalt hat die Gesetzeslage studiert. Ich kenne die Gesetzeslage nicht, aber ich kenne meine Mutter. Den Gegner durch Hartnäckigkeit zu verschleißen, ist ihre bewährte Strategie.

Ich habe den Verdacht, dass sie wöchentlich in der Questura vorbeischaut, um sicherzustellen, dass die Bürokratie auch korrekt und in angemessenem Tempo ihren Dienst tut.

Meine Mutter ist optimistisch. Also bin ich es auch.

Was Papa betrifft, sind Mamas Gefühle alles in allem die bestmöglichen: Sie hasst ihn nur ein kleines bisschen. Aber auch hier bin ich optimistisch. Sie ist nicht wirklich fähig zu hassen.

Zu Beginn, einige Wochen lang, hat Aziza bei uns gewohnt. Es gab neue Lücken zu Hause, und sie hat sie auf ihre Art gefüllt. Solange sie auf ihren Vater wartet, lebt sie jetzt in einem Aufnahmezentrum bei einer afghanischen Familie, die eine Tochter in ihrem Alter hat.

Aber jeden Samstagabend essen wir Pizza zusammen. Dieses Ritual lassen wir nie aus. Manchmal ist auch meine Mutter dabei, manchmal irgendwelche Freunde. Nur ein Detail darf sich nicht ändern: Es gibt immer Pizza Kebab.

Über die anderen habe ich etwas verstanden: Wir haben mehr gemeinsam, als uns trennt.

Und das ist alles, glaube ich. Das ist alles. Oder zumindest alles, was wirklich zählt.

- Ende letzten Sommers kam meine Schwester auf die Welt. Es heißt, wir sehen uns ähnlich. Kann sein. Auf jeden Fall ist sie schon eine echte Kanaille, und auch wenn sie noch keine sinnvolle Silbe herausbringt, kann sie sich prima verständlich machen, wenn sie will. Oder, um genauer zu sein: kann sie sich bei mir verständlich machen.
  Am Anfang war es nicht leicht, meinen Vater mit ihr zu sehen, fast als hätte sie meinen Platz eingenommen.
  Mich tröstet nur eine Kleinigkeit.
  Heute Morgen hat sie das erste Wort gesprochen, das nicht wie eine Logopädieübung oder ein Sabberschmatzen klang. Mit ihrem runden Finger hat sie auf mich gezeigt, ein Sabberbläschen produziert, ein einzahniges Lächeln folgen lassen und dann ihr *Tia* ausgesprochen.
  Codename, kombiniere ich, für Mattia. Ihr erstes Wort bin ich.
  Und so hat die kleine Kanaille ihren großen Bruder restlos erobert.
  Über meine Schwester habe ich verstanden: Was sie betrifft, genieße ich eine einzigartige Macht.
  Ich habe sogar ihren Namen ausgesucht. Natürlich heißt sie Sofia.

- Sofia und ich sind seit einem Jahr, vier Monaten und einer Woche zusammen.
  Manchmal streitet sie mit mir. Manchmal streite ich mit ihr. Manchmal, selten, streiten wir beide. Ich habe den Verdacht, dass uns das Streiten gefällt, weil wir uns so gern wieder versöhnen. Auch über die Liebe habe ich etwas verstanden: Sie betäubt Wut und Ängste, gibt jeder einzelnen Zelle den Kick, schießt Herz und Hirn in ferne Umlaufbahnen, versetzt dich augenblicklich in die Hölle oder ins Paradies. Vor allem macht sie süchtig.

Sie ist die einzige legale Droge. Eine mächtige und kostenlose Droge. Man kann sie nicht bezahlen, außer mit noch mehr Liebe.

Epilog

Mama, ich lasse dich jetzt gehen. Ich habe verstanden, dass ich nicht anders kann.

Ich erlaube dem Schneeleoparden nicht mehr, mich aus dem Hinterhalt zu überfallen, sich in die Erinnerung an dich zu verbeißen, meine Gegenwart und meine Zukunft zu zerfleischen.
Aber ich bitte dich: Du bleib bei mir.
Sprich mit mir, wenn zu viel Schweigen um mich ist.
Hör mir zu, wenn ich keine Worte habe.
Hilf mir, die Antwort auf immer kompliziertere Fragen zu finden.
Und ruf mich beim einzig richtigen Namen für falsche Momente: *Prinzessin Schwindelig.*
Dann kann ich wieder ein kleines Mädchen sein. Und wie damals bist du in der Nacht bei mir.

Danksagungen

Jede Geschichte hat Begegnungen und Gesprächen, dem Leben von anderen, das in das Leben der Schreibenden einfließt, viel zu verdanken.

Aber diesmal gilt mein Dank besonders einigen Menschen, die ihre Erfahrungen und Gefühle mit mir geteilt und mir so ermöglicht haben, Gerüche, Geschmäcker, Stimmungen aus Afghanistan einzufangen.

Daher danke ich, auch im Namen von Aziz:

Riccardo Peretto, Oberstleutnant der Alpini, der lebhafte Erinnerungen an das Land hat, in dem er lange Jahre im Dienst war.

S. P., der mutigen afghanischen Menschenrechtsaktivistin, die mir mit großer Zärtlichkeit von »ihren« vielen Mädchen erzählt hat.

Aamir, dessen wahrer Name nicht Aamir ist. Und der, um hierherzukommen, die Balkanroute mit ihren Unwägbarkeiten und Mühen auf sich genommen hat. Nun hat er endlich eine Wohnung für sich, seine Frau und ihre Kinder gefunden. Trotzdem will ich seine Identität lieber schützen.

Dank an meine Agentin Maria Paola Romeo, die gleich an diese Geschichte geglaubt hat: Unser Dialog hat neben der Literatur immer auch das Leben eingeschlossen. Das ist nicht selbstverständlich. Und nicht wenig.

Dank an meine Übersetzerin Michaela Heissenberger, die mit strenger und zugleich leidenschaftlicher Sorgfalt diese Geschichte aus dem Italienischen ins Deutsche übergesetzt hat.

Dank an meine Programmleiterin Chiara Fiengo und meine Lektorin Maddalena Ceretti für ihre Professionalität und die stoische Geduld, mit der sie meine ungesunde Neigung zum Perfektionismus ertragen haben.

Was meine Recherchereisen betrifft, danke ich vor allem Gian Luca Borghese, dem Leiter des Italienischen Kulturinstituts Budapest: Seine Einladung, meine Romane im Institut vorzustellen, hat mir Gelegenheit geboten, die Zugreise durch Ungarn und Österreich noch einmal nachzuvollziehen. Im Vergleich zu Aziz konnte ich diese Reise als Privilegierte genießen, aber ich habe versucht, die Welt aus dem Zugfenster mit seinen Augen zu sehen.

Danke schließlich meinem persönlichen Mikrokosmos der Gefühle: meinen Eltern, meiner Schwester Michela und ihrer Familie, meinem Mann Giuseppe, meiner Tochter Silvia Ludovica.

Ich würde auch schreiben, wenn ich alleine wäre.

Und ich würde ebenso zerstreut herumwandern, während ich an meine Geschichten denke.

Aber sie mit ihnen teilen zu können, verleiht mir Flügel.

Zitatnachweise

Der Satz auf S. 100 und S. 272 ist eine Gedichtzeile von Wisława Szymborska, aus *Alle Fälle*, in: *Hundert Freuden – Gedichte*. Herausgegeben und übertragen von Karl Dedecius. Frankfurt am Main: Suhrkamp, 1996, S. 75.

Autorin und Übersetzerin

Antonella Sbuelz wurde 1962 in Udine, Italien, geboren, wo sie auch lebt und neben ihrer Tätigkeit als Schriftstellerin an einem Gymnasium unterrichtet. Seit 1997 hat sie etliche Gedichtbände, Erzählungen und Romane veröffentlicht und wurde dafür mit zahlreichen Preisen ausgezeichnet. *Heute gehe ich nicht nach Hause* ist ihr erster Roman, der sich explizit an Jugendliche wendet. Im Mai 2022 wählten 160 Kinder und Jugendliche das Buch zum Sieger des *Premio Campiello Junior*, der neugegründeten Jugendsparte des renommierten *Premio Campiello*.

Michaela Heissenberger ist 1968 in Wien geboren, in Südtirol aufgewachsen und hat in Italien Journalismus und Literaturübersetzung studiert. Seit 1999 lebt sie in Berlin und übersetzt viel Kunst- und Kulturgeschichte sowie Autoren wie Dino Buzzati, Stefano Zangrando und Fabio Pusterla.